COMMENT VOYAGER AVEC UN SAUMON

Nouveaux pastiches et postiches

Umberto Eco est né à Alessandria (Piémont) en 1932. Actuellement professeur en sémiotique à l'Université de Bologne, il a enseigné aux États-Unis (Colombia, Yale, New York University et North-Western University) et à Paris, au Collège de France ainsi qu'à l'École normale supérieure de la rue d'Ulm.
Il est l'auteur de nombreux essais, parmi lesquels *Lector in fabula* (Grasset 1985), *Les Limites de l'interprétation* (Grasset 1990), *De superman au surhomme* (Grasset 1993), *Six Promenades dans le bois du roman et d'ailleurs* (Grasset 1996) et *Art et beauté dans l'esthétique médiévale* (1997). Son premier roman, *Le Nom de la rose*, a obtenu en Italie le prix Strega 1981 (l'équivalent du Goncourt) et, en France, le prix Médicis étranger 1982. Vinrent ensuite *Le Pendule de Foucault* (Grasset 1990) et *L'Ile du jour d'avant* (Grasset 1996).
Umberto Eco est célèbre dans le monde entier.

Paru dans Le Livre de Poche :

La Guerre du faux

Le Nom de la rose

Apostille au « Nom de la rose »

Lector in fabula

La Production des signes

Le Signe

Les Limites de l'interprétation

De Superman au surhomme

Le Pendule de Foucault

L'Ile du jour d'avant

Six promenades dans les bois du roman et d'ailleurs

UMBERTO ECO

Comment voyager avec un saumon

Nouveaux pastiches et postiches

TRADUIT DE L'ITALIEN PAR MYRIEM BOUZAHER

GRASSET

Titre original :

IL SECONDO DIARIO MINIMO
Éditions Bompiani, Milan, 1992

PRÉFACE

Les textes que j'avais publiés en France sous le titre *Pastiches et postiches* étaient essentiellement des parodies, d'où le premier mot du titre (le second étant un acte d'humilité, car je ne pouvais écrire « et mélanges »).

Le goût de la parodie ne m'a jamais abandonné, et c'est à ce genre qu'appartiennent certains de ces textes, écrits au cours des dernières décennies, à diverses occasions, pas seulement pour une revue culturelle — comme ceux du premier recueil — mais aussi pour un hebdomadaire. Ces parodies ont en commun avec les précédentes le principe que j'exprimais alors ainsi : « [Elles] anticipent ce que d'autres ont ensuite écrit véritablement. Telle est la mission de la parodie : elle ne doit jamais craindrc d'cxagérer. Si elle vise juste, elle ne fait que préfigurer ce que d'autres réaliseront sans rougir, avec une impassible et virile gravité. » Certains textes de la *Cacopédie* sont de ce type, et il me semble même quc quelques-uns ont été rattrapés, voire dépassés par la réalité.

Entendons-nous bien : ces parodies (tout en ayant une fonction morale qui leur est propre) furent écrites sous l'égide du divertissement, et c'est sous cette même et unique égide que sont nés les textes présentés ici. Je ne dis pas cela pour m'excuser : je défends le droit au divertissement, surtout s'il sert à exercer le langage.

Mais, dans l'ensemble, ces nouveaux « postiches » ne sont pas de simples parodies, pas plus qu'ils ne sont des actes de pur divertissement : si, comme je l'espère, ils peuvent sembler amusants, ils ont presque tous été rédigés sous le coup de l'indignation.

Peut-on s'indigner en souriant ? Non, quand l'indignation naît de la méchanceté et de l'horreur, oui, quand elle naît de la stupidité. Contrairement à ce que disait Descartes, la chose du monde la mieux partagée, ce n'est pas le bon sens, mais la bêtise : car chacun pense en être si bien dépourvu que ceux mêmes qui sont les plus difficiles à contenter en toute autre chose n'ont point coutume d'en désirer moins qu'ils en ont.

Ainsi les textes publiés sous la rubrique *Modes d'emploi* doivent-ils être lus comme une contribution à l'analyse de la bêtise qui nous submerge, dans la culture et la vie quotidienne. En ce sens, ce sont des écrits *réalistes*, si réalisme signifie décrire ce qui existe et ce qui se voit — même quand le ton est celui d'un récit de science-fiction. La stupidité des autres nous indigne, mais le seul moyen de ne pas y réagir stupidement est de la décrire en savourant la grande subtilité de sa trame.

Parodier d'autres textes, établir des références intertextuelles, retrouver la façon dont parlent et pensent les gens, cela pose des problèmes de langage non négligeables lorsqu'on passe d'une langue et d'une culture à l'autre. Si ces textes ont été écrits sous l'égide du divertissement, je dois dire que je me suis aussi beaucoup diverti à travailler avec ma traductrice, pour réinventer avec elle tout ce qui ne pouvait être traduit littéralement. Et elle, dans bien des cas, emportée par le démon du postiche et du pastiche, réinventait les choses à sa manière. Et moi, je riais en français.

I

Galons et galaxies

DÉPÊCHE
DU COMMANDEMENT GÉNÉRAL DU CORPS GALACTIQUE, SOL III
AU Q.G. ZONE IV, URANUS

COMMANDEMENT CONFIRME APRÈS ENQUÊTE SUR PREMIER BATAILLON D'ASSAUT BOOS SCANDALEUX CAS HOMOSEXUALITÉ STOP LISTE RESPONSABLES SUIT STOP ATTENDONS PROMPTE ET SÉVÈRE RÉPRESSION STOP

SIGNÉ
GÉNÉRAL SAPAJOU
COMMANDANT GÉNÉRAL, DU CASINO

DÉPÊCHE
DU Q.G. ZONE IV, URANUS
AU COMMANDEMENT GÉNÉRAL DU CORPS GALACTIQUE, SOL III
CASINO, MONTE-CARLO

INFORMONS COMMANDEMENT QUE BOOS D'URANUS EST RACE HERMAPHRODITE (N. 30015 REGISTRE ETHNIQUE INTERGALACTIQUE) STOP CAS PRÉTENDUE HOMOSEXUALITÉ SONT EXEMPLES EXERCICE NORMAL PRATIQUES SEXUELLES PERMISES PAR LOIS URANUS ET CONSTITUTION INTERGALACTIQUE STOP

SIGNÉ
COLONEL ZBZZ SGDG S/C
GÉNÉRAL COMMANDANT AGWSS
ACTUELLEMENT EN CONGÉ MATERNITÉ

DÉPÊCHE
DU COMMANDEMENT GÉNÉRAL DU CORPS GALACTIQUE, SOL III
AU Q.G. ZONE V, PLUTON

COMMANDEMENT AFFIRME AVOIR CONSTATÉ SCANDALEUX CAS DE MASTURBATION PUBLIQUE DANS BATAILLON CAROTTIERS PLUTON STOP PRÉVOIR CHÂTIMENT POUR COUPABLES DIRECTS ET OFFICIERS RESPONSABLES RELÂCHEMENT DISCIPLINE STOP

SIGNÉ
GÉNÉRAL SAPAJOU
COMMANDANT GÉNÉRAL, DU CASINO

DÉPÊCHE
DU Q.G. ZONE V, PLUTON
À COMMANDEMENT GÉNÉRAL DU CORPS GALACTIQUE, SOL III
CASINO, MONTE-CARLO

DÈS RÉCEPTION DÉPÊCHE INFORMONS COMMANDEMENT QUE CAROTTIERS PLUTON SONT RACE VERMIFORME (D'OÙ HABILETÉ EXCAVATOIRE ET PRODUCTION PRÉLÈVEMENTS CAROTTES POUR PROSPECTIONS GÉOLOGIQUES ZONE PLUTON) SE REPRODUISANT PAR PARTHÉNOGENÈSE STOP ATTITUDE DU CAROTTIER QUI SUCE AVEC SON EXTRÉMITÉ ANTÉRIEURE SON EXTRÉMITÉ POSTÉRIEURE EST SYMPTÔME PROCESSUS SCISSION ET NORMALEMENT ADMISE PAR RÈGLES ARMÉE LOCALE STOP PRÉCISONS MÊME ÊTRE LE SEUL MOYEN EFFECTUER HABITUELLES OPÉRATIONS ENRÔLEMENT NOUVELLES RECRUES STOP

SIGNÉ
GÉNÉRAL BOOSAMMETH
ET GÉNÉRAL BOOSAMMETH

(PRIÈRE ÉTABLIR PRIORITÉ COMMANDEMENT VU RÉCENTE SCISSION POUR PARTHÉNOGENÈSE AU SOMMET)

DÉPÊCHE
DU COMMANDEMENT GÉNÉRAL DU CORPS GALACTIQUE, SOL III
AU Q.G. ZONE IV, URANUS
AU Q.G. ZONE V, PLUTON

COMMANDEMENT REFUSE ARGUMENTS SPÉCIEUX ET JUSTIFICATIONS PERMISSIVES PORTANT HAUTEMENT ATTEINTE TRADITIONS MORALES, RAPIDITÉ D'ESPRIT ET HYGIÈNE ARMÉE GALACTIQUE, FIÈRES TRADITIONS GRENADIERS DE SARDAIGNE ARTILLEURS DE METZ ET CHASSEURS ALPINS STOP SIGNATAIRES DÉPÊCHES IMMÉDIATEMENT DESTITUÉS STOP GARNISONS CONSIGNÉES STOP

SIGNÉ
GÉNÉRAL SAPAJOU
COMMANDANT GÉNÉRAL, DU CASINO

Comité Intergalactique Défense Minorités Ethniques Fomalhaut (Poisson Austral)

Excellence, je mc permets de porter à votre connaissance les affaires référencées dans la documentation ci-jointe, d'où il ressort que le Général Sapajou (un Terrien, je suppose) applique à l'administration militaire galactique une optique que j'oserai déclarer obsolète, du moins depuis l'époque du président Flanagan (dramatiquement assassiné par un fanatique africain), lequel avait si brillamment dcfcndu le droit des races périphériques à l'absolue égalité des droits. Vous n'êtes pas sans savoir que la doctrine Flanagan établit que « tous les êtres de toutes les Galaxies sont égaux devant la Grande Matrice, indépendamment de leur forme, du nombre de leurs écailles ou de leurs bras, et indépendamment même de l'état physique (solide, liquide ou gazeux) dans lequel il se trouve qu'ils vivent ». Ce n'est pas un hasard si le Gouvernement de la Fédération Intergalactique a institué le Haut Commissariat à la Relativité Culturelle et Biologique qui gère le Registre Ethnique Intergalactique et propose à la Haute Cour de Justice les intégrations légitimes et les modifications des lois galactiques au fur et à mesure que la civilisation terrienne s'étend aux ultimes confins du Cosmos. Quand, après la chute des Grands Empires Atomiques (les ex-URSS et USA), les peuples du bassin méditerranéen, grâce à la découverte des qualités énergétiques de l'acide citrique, se rendirent maîtres d'abord de la Terre puis de l'Univers qu'ils sillonnaient en astronefs propulsés par cette force puisée de ce fruit que le poète avait jadis chanté, tout le monde pensa qu'il était de bon augure que la domination de l'Univers fût confiée à des peuples ayant déjà subi de sévères discriminations raciales dans le cadre de leur propre planète, et vous n'avez pas oublié l'enthousiasme qui salua la loi Hefner permettant l'accouplement entre femmes terriennes et pentapénidés de Jupiter (même si nous savons le tribut de sang que coûta cette malheureuse expérience pionnière qui contraignait la population jupitérienne, industrieuse mais sans doute trop énergique, à satisfaire cinq excitations simultanées sur une seule femme monovulvaire). Quoi qu'il en soit, c'est de cette expérience d'une indubitable ouverture que naquirent les lois intergalactiques, qui font aujourd'hui encore la fierté de notre Fédération.

Nous nous félicitons de ce que les règlements militaires intergalactiques se soient alignés sur le principe de l'intégration et qu'ils aient même exigé que le service militaire soit effectué sur une planète différente de celle de la naissance. C'est donc avec un particulier désappointement que nous avons constaté depuis longtemps une infraction à cette règle, la preuve en étant que les Carottiers de Pluton font leur service uniquement sur leur planète, et que c'est sur leur planète uniquement que les Boos d'Assaut d'Uranus font leur service. Ainsi, on comprend pourquoi le Général Sapajou, dont les compétences militaire et administrative restent indéniables, ignore encore leurs particularités anatomiques et leurs modes de reproduction. Mais Votre Excellence a sans doute pu se rendre compte de la gravité de l'incident diplomatique provoqué par cette affaire, les journaux télévisés se faisant amplement l'écho des émeutes sur les deux planètes en question.

Aussi, je prie instamment Votre Excellence de bien vouloir prendre des mesures afin de redonner tout son poids opérationnel au principe intergalactique d'intégration ; et j'espère que des splendides hauteurs de la Moyenne Corniche et du Palais Présidentiel de La Turbie, d'où Votre Excellence domine l'enchanteresse vision de la mer Méditerranée, partira un prompt et paternel avertissement lancé aux Commandements Militaires qui dans l'ancien Casino de Monte-Carlo président aux Jeux Galactiques du Potlatch Belliqueux.

Avec ma plus haute considération, je vous prie d'agréer l'expression de mon très respectueux dévouement à la Grande Matrice Combinatoire de l'Univers, et me présente à vous prostré sur mes trente genoux.

Signé
Avram Boond-ss'bb

À l'illustre Polypode Avram Boond-ss'bb
Fomalhaut (Poisson Austral)

Dans la Croix du Sud, la paix, bon Polypode. Permettez-moi de me présenter à vous au nom de notre très aimé Président Intergalactique, en tant qu'Attaché aux Relations Publiques, pour donner à votre lettre l'issue et la satisfaction qu'elle mérite, dans la lumière de la Grande Matrice.

Son Excellence n'oublie pas les devoirs qui lui incombent en tant que Garant de l'Intégration, mais elle doit tenir compte aussi de ceux qui lui échoient en tant que Commandant Suprême du Grand Jeu du Potlatch Belliqueux.

Si depuis les siècles des siècles, il fut difficile de gouverner les armées, les anciens Hébreux ayant même assigné cette tâche à leur Deus Sabaoth, ce devoir est à fortiori inégal sinon impossible dans le cadre de la Paix Intergalactique. Vous savez que les plus grands hommes d'État ont admis, depuis le XXIIe siècle de l'ère chrétienne, combien une armée composée de quelques centaines de milliers d'hommes est dangereuse et récalcitrante en une période transitoire de paix. Les grands coups d'État du XXe siècle ont justement été dus à l'excès de paix (aussi le défunt président Flanagan en vint-il à dire que seules les guerres sont le berceau de la démocratie). Imaginez alors (mais vous savez parfaitement tout cela) combien il est ardu de gouverner une armée d'un milliard d'êtres appartenant à diverses ethnies intergalactiques, dans des conditions de Paix Perpétuelle et en l'absence institutionnalisée tant de frontières à défendre que d'ennemis les menaçant. En ce cas, vous n'êtes pas sans savoir qu'une armée coûte plus cher mais tend également à multiplier ses effectifs, en fonction de la fameuse loi de Parkinson. Vous pouvez donc imaginer les inconvénients qui en découlent.

Prenons le cas précis des Carottiers de Pluton et des Boos d'Uranus. Initialement, on avait pensé les intégrer au Corps Mixte Lunaire qui, par règlement, se compose de patrouilles motorisées sur tracteur formées de deux Terriens (un bersaglier et un garde royal de la police montée canadienne) et de deux extraterrestres :

l'exiguïté de l'espace oxygéné de la section antérieure du tracteur rendait impossible la coexistence des militaires qui avaient tous deux des chapeaux à larges bords ; en outre, il s'est avéré que les plumes du bersaglier contenaient des allergènes auxquels sont très sensibles les chevaux, c'est sans doute la raison pour laquelle la légendaire sagesse militaire n'a jamais voulu la constitution de régiments de bersagliers à cheval. Mais vous savez aussi combien la garde royale canadienne est attachée à sa monture, au point de ne pouvoir s'en séparer même sur un tracteur (la tentative de jucher sur une bicyclette les Tuniques Rouges a lamentablement échoué, et il est mauvais de ne pas respecter les traditions des différents corps d'armée). En tout cas, cela ne fut rien par rapport à ce qui s'ensuivit après l'introduction de Plutoniens et d'Uraniens dans la section postérieure du tracteur. D'abord parce que les Boos d'Assaut sont munis, on le sait, d'une longue queue qui ne pouvait pas ne pas sortir du tracteur, traînant sur le terrain et se couvrant ainsi de plaies difficilement guérissables, ensuite parce que les Boos vivent dans une atmosphère de gaz inflammables et que les Carottiers de Pluton ne survivent qu'à une température de 2 000 degrés Fahrenheit, et qu'aucune cloison étanche ne garantit un isolement réciproque suffisant. À cela s'ajoute le fait — le plus grave d'entre tous — que les Carottiers de Pluton sont compulsivement poussés à s'enfoncer dans le terrain pour en extraire des carottes (au sens pétrolifère du terme), chose qui sur Pluton ne porte pas à d'irréparables conséquences vu la capacité régénératrice du sol local, mais qui sur la Lune avait vite amené à ce processus que les techniciens ont appelé de façon pittoresque la « gruyérisation » (laquelle compromettait la stabilité gravitationnelle même du satellite). Bref, on dut renoncer au projet d'intégration, et au jour d'aujourd'hui les patrouilles lunaires motorisées sur tracteur sont exclusivement composées de pygmées Bandar (Jungle de Bengali), particulièrement adaptés à cette besogne. Le critère fonctionnel a prévalu sur celui de l'intégration. Il est à noter que la solution est anormale aux termes du règlement et qu'elle s'inspire officiellement d'un décret-loi provisoire. Vous comprenez donc quels furent les nombreux problèmes auxquels l'autorité centrale s'est trouvée confrontée et je ne vous cache pas qu'une solution comme celle évoquée ci-dessus a été prise en désaccord avec le Haut Commandement du Casino. Il est aussi vrai que les responsables militaires ne sont pas tous à la hauteur des problèmes infinis que pose l'administration d'une armée intergalactique.

En tout état de cause, quant à la question examinée ici, Son Excellence me charge de vous dire que l'on va pourvoir à la rotation normale des Hauts Commandements : le Général Sapajou sera détaché dès demain à la Centrale d'Approvisionnement sur Bételgeuse, et le Commandement du Corps Galactique sera assuré par le Général Belpech, auparavant émérite Commandant des Lanciers de Bénodet. Quant au Commandement Général d'État-Major Intergalactique, il sera assuré par le Général Fidel Mantray-Trécond, auparavant Chef des Services Secrets, officier d'une illustre lignée de militaires du Liechtenstein, qui sera indubitablement à la hauteur de ses lourdes et multiples tâches.

Nous espérons que ces mesures constitueront des garanties suffisantes aux yeux du Comité Intergalactique pour la Défense des Minorités Ethniques, et l'on a pris un soin particulier à ne pas choisir pour une charge si délicate un militaire provenant de zones traditionnellement racistes comme l'Afrique, la Sicile ou la région PACA. Son Excellence elle-même pense qu'il est grand temps de se décider à enfreindre la tradition légale selon laquelle les Hauts Commandements sont toujours confiés à un militaire d'origine méditerranéenne, et vous savez mieux que moi combien est encore grand le prestige de la civilisation citronnière. Nous sommes tous des enfants nés d'une technologie de l'acide citrique. Comment l'oublier ?

Je reste votre très dévoué.

Aimé Desbidasse
Chargé des Relations Publiques
de son Excellence le Président
de la Fédération Intergalactique
Palais de La Turbie, Méditerranée

Rapport réservé au Président de la Fédération
Service de Coordination des Services Secrets, Rome

C'est avec une certaine hésitation que notre service a donné suite à l'ordre de Votre Excellence de clarifier la position de l'agent Wwwsp Gggrs, vu que la condition même de l'existence d'un Service chargé de coordonner l'activité des Services Secrets en conflit réciproque est le secret absolu de ses informations. Nous obéissons si scrupuleusement à ce principe que, en règle générale, afin d'éviter toute fuite, nous ne nous tenons pas au courant de l'activité des services que coordonne notre Service. S'il nous arrive parfois de prendre connaissance d'un événement, c'est dans le seul but d'assurer l'entraînement de nos vingt-six mille employés, en vertu de la théorie du Tour à Vide Institutionnalisé qui régit l'existence même des Forces Armées Intergalactiques.

Pour comprendre la position de l'agent Wwwsp Gggrs, un bivalve miniaturisé originaire de Cassiopée, il faut connaître la situation des trente-sept Services Secrets des Galaxies Fédérées. Cette situation, je vais l'expliquer à Votre Excellence, partant du principe que, si les services susnommés ont bien fonctionné et si notre service de coordination a obéi à son devoir de Désinformation Contrôlée, le gouvernement doit probablement tout en ignorer.

Votre Excellence le sait bien, les Galaxies Fédérées souffrent du fait d'être une entité étatique sans frontière et donc sans ennemis possibles, condamnée pour ainsi dire à la paix perpétuelle. Cette situation a indéniablement compliqué la configuration d'une Armée, sans que les Galaxies puissent pour autant renoncer à en avoir une — au cas où elles perdraient l'une des prérogatives essentielles d'un État souverain. C'est pourquoi il a été fait recours à la lumineuse théorie du Tour à Vide Institutionnalisé, qui permet à une Armée d'un format inimaginable de s'occuper de sa seule autosubsistance — remédiant à la nécessité de son renouvellement grâce à l'institution du Potlatch Belliqueux, ou Jeu de la Guerre.

Cette solution n'a pas été difficile à mettre en place, vu que depuis longtemps (avant même la Pax Mediterranea et l'unification des Galaxies) les armées de l'ère vulgaire s'occupaient déjà presque uniquement de leur autosubsistance. Toutefois, elles avaient deux importantes soupapes de sécurité. D'abord, la création d'une série continue de guerres locales, sous la pression des centres de pouvoirs économiques, afin de sauvegarder une économie de guerre très rentable ; ensuite, l'espionnage réciproque entre États avec, pour corollaire, l'entretien des tensions, les coups d'État, les guerres froides provoquées, etc.

Votre Excellence le sait pertinemment, la découverte de la puissance énergétique de l'acide citrique n'a pas fait que donner le leadership galactique aux pays sous-développés producteurs de citrons, elle a aussi radicalement changé les lois économiques, mettant fin à l'ère de la technologie industrielle et de la consommation. La conséquence fut de rendre caduque sinon la possibilité, du moins l'intérêt de provoquer des conflits locaux. Un fait qui, on le sait, a exacerbé les deux problèmes majeurs du bon fonctionnement interne de l'Armée, à savoir la relève des troupes (grâce aux décès au combat) et la promotion des officiers (pour mérite de guerre). Le Potlatch Belliqueux a pallié ces graves inconvénients et aujourd'hui nos stades de l'espace se délectent chaque dimanche de la rencontre sanglante entre des unités de notre glorieuse Armée, qui font preuve, l'une contre l'autre, de valeur et de courage, soutenues par l'amitié, l'esprit de coopération et le mépris du danger. Jamais dans l'histoire de l'homme on n'avait vu des jeunes de toutes race et condition sociale mourir le sourire aux lèvres sans un mot de haine pour « l'ennemi », reconnu comme un ami, un frère qui, pour de simples raisons de tirage au sort, se bat dans le camp adverse. Et permettez-moi de souligner ici le comportement héroïque de la Quatrièmc Division Hypertransportée du Caméléon qui, dimanche dernier, dans le Derby de la Croix du Sud, poussée aux confins de l'hémisphère céleste par les Lions du Serpentaire, afin d'éviter de s'écraser en masse sur les tribunes du gouvernement, placées sur Fomalhaut, est allée se fracasser sur Alpha, enrichissant le Potlatch Belliqueux par l'anéantissement de 50 000 civils — réintroduisant courageusement le sacrifice de victimes non belligérantes dans la pratique guerrière, événement qui ne s'était plus produit depuis l'archaïque Âge du Napalm.

Mais revenons à notre problème. Si le Potlatch Belliqueux a résolu la question de la relève des enrôlements et des carrières pour hauts faits de guerre, il n'a certes pas résolu le problème de l'espionnage. Bien entendu, il serait vain qu'une unité espionne celle qu'elle devra rencontrer au sein du Potlatch, car, chacun le sait, les alliances et l'importance des forces en présence sont du domaine public, disponibles dans les diverses gazettes militaro-sportives. Par ailleurs, la non-existence d'ennemis extérieurs risquerait de vider de leur sens les Services Secrets. Mais, de même qu'un État ne peut survivre sans Forces Armées, de même les Forces Armées ne peuvent survivre sans Services Secrets. Pour une raison au moins : ainsi que l'enseigne la doctrine Honki-Henki, la direction des Services Secrets est biologiquement nécessaire à une Armée pour y « griller » ce surplus de généraux et amiraux qui ne pourront jamais être promus aux charges suprêmes. C'est pourquoi il est nécessaire que les Services Secrets existent, qu'ils déploient une intense activité, que cette activité soit parfaitement inefficace, et dangereuse pour l'autosubsistance de l'État. Un nœud de problèmes difficile à résoudre.

Or, la doctrine Honki-Henki a eu le mérite d'exhumer un précieux modèle que nous a offert l'actuelle Œnotrie (anciennement l'Italie) vers la fin du XXe siècle de l'ère dite vulgaire : le modèle de l'espionnage réciproque entre Corps Séparés.

Mais pour que les Corps Séparés de l'État puissent s'espionner réciproquement, deux conditions sont nécessaires : d'abord, chacun des Corps Séparés doit mener une intense activité secrète que les autres auront envie de connaître ; ensuite, les espions doivent avoir facilement accès aux informations. La seconde condition est satisfaite par le principe de l'Espion Unique : un unique agent, expert du double jeu, qui espionne en même temps pour le compte de plusieurs Corps Séparés, est toujours en possession de nouvelles fraîches et de source sûre.

Mais si les Corps Séparés, en vertu du principe du Tour à Vide Institutionnalisé, ne font rien ni de public ni de secret ? Alors, il est nécessaire que l'espion employé remplisse une troisième condition : être en mesure de recueillir et de fournir des nouvelles inventées. En ce cas, l'espion ne devient plus seulement un intermédiaire mais la source même des nouvelles. En un certain sens, on peut dire que ce n'est pas tant le Corps Séparé qui crée l'Espion, mais l'Espion qui crée le Corps Séparé.

Dans cette perspective, l'agent Wwwsp Gggrs se présentait comme le meilleur des candidats, et ce pour diverses raisons. En premier lieu, c'est un bivalve de Cassiopée, une espèce qui raisonne à partir de logiques polyvalentes et toujours avec des énoncés à haute opacité référentielle ; l'admirable fusion de ces deux qualités les rend particulièrement aptes au mensonge, à l'autocontradiction systématique, à la rapide manipulation de synonymes apparents et au mélange critique de termes *de re* et *de dicto* (du genre : « Si le Stagirite est Aristote et Stagirite est un mot de neuf lettres, alors Aristote est un mot de neuf lettres » ; un type de raisonnement qui, sans doute à cause du haut niveau de formalisation logique atteint par nos officiers, semble très populaire jusque dans les garnisons les plus perdues de la banlieue galactique).

Ensuite, Wwwsp Gggrs est, rappelons-le, un bivalve miniaturisé (comme d'ailleurs la majeure partie des natifs de Cassiopée). Il lui est donc facile de pénétrer dans les endroits les plus improbables, remédiant à ses difficultés motrices en se déguisant traditionnellement en cendrier ou poudrier pour se glisser au fond des poches ou des sacs des agents-médiateurs : et l'on assigne en général à cette tâche les Infiltrés de chaque Corps Séparé, qui, en tant que tels, vont et viennent d'un corps à l'autre sans être sujets au moindre contrôle.

Ayant expliqué les raisons pour lesquelles l'agent Wwwsp Gggrs a été enrôlé par au moins trois corps d'armée, il ne me reste plus qu'à justifier l'incident auquel fait référence la demande d'informations que nous envoie Votre Excellence.

Il semble donc que l'agent en question, soudoyé par le Haut Commandement du Capricorne, le Corps de Police d'Antarès et la Direction Militaire de la Grande Ourse, au lieu de se faire payer par le Capricorne pour espionner Antarès et l'Ourse, par Antarès pour espionner l'Ourse et le Capricorne, et par l'Ourse pour espionner Antarès et le Capricorne — ce qui lui aurait rapporté six salaires —, en raison d'un goût inné de l'intrigue, se faisait au contraire payer par Antarès pour espionner Antarès, par l'Ourse pour espionner l'Ourse et par le Capricorne pour espionner le Capricorne. Impossible de ne pas voir l'incorrection du geste qui amenait chaque Corps Séparé à dépenser des sommes énormes pour avoir des renseignements sur lui-même. Il est à noter que la supercherie n'aurait jamais pu être découverte étant donné que les renseignements fournis par l'agent étaient faux ; chaque responsable de Corps Séparé recevait toujours des informations qu'il ne connaissait pas encore, si bien qu'il pensait qu'elles se référaient à un autre corps.

On découvrit le pot aux roses quand le Général Proazamm du Haut Commandement du Capricorne, voulant obtenir des renseignements top-secret sur son propre Sous-Commandant, décida d'enrôler Wwwsp Gggrs dans ce but, et convoqua le Capitaine Coppola, qui allait chaque mois sur Pluton pour apporter son salaire à l'agent (lequel, soit dit en passant, était recherché par d'autres autorités du Capricorne pour des délits mineurs). C'est seulement en parlant avec le Capitaine Coppola que le Général se rendit compte de la situation ambiguë et soupçonna quelques irrégularités dans l'organisation du Service Secret du Capricorne ; aussi s'adressa-t-il au Service de Coordination qui déclara, ainsi que l'exigeait son devoir, qu'il n'était au courant de rien. Cela suffit au Général Proazamm pour se douter que ses soupçons étaient fondés ; comme, on le sait, les Capricorniens sont télépathiques, il était inévitable que le soupçon du Général Proazamm soit capté par les services télépathiques de la *Gazette de Procyon*, bien connue pour sa soif de nouvelles à scandale. D'où l'incident public.

Nous sommes par conséquent en mesure d'assurer à Votre Excellence que l'agent coupable a été promptement neutralisé afin qu'il n'exerce plus ses activités d'espionnage. Il a été en effet nommé secrétaire général de la Commission Intergalactique pour la Moralisation des Services Secrets. Le Général Proazamm a été transféré à une autre charge au Commandement des Sables Mouvants de Bételgeuse, d'où nous est parvenue, d'ailleurs, ce matin même la nouvelle de sa mort accidentelle alors qu'il inspectait le Marais numéro 26. Quant à la *Gazette de Procyon*, elle a été achetée par le Haut Commandement pour l'Acide Citrique, qui a assuré qu'elle continuerait à vivre en tant que voix libre et démocratique.

Je vous prie de croire, Excellence, en mon respectueux dévouement.

Signé
Amiral Spatial de l'Équipe IV
(nom omis — top-secret)
Chef de Service Coordination Services Secrets

P.S. : Je vous prie de noter que, aux termes du règlement de ce Service de Coordination, l'ensemble des informations contenues dans la présente lettre sont fausses, pour des raisons de sécurité militaire.

Commandement d'État-Major Intergalactique
Casino, Monte-Carlo
Du Général Fidel Mantray-Trécond
à tous les Corps de la Galaxie

Officiers, Sous-officiers, Soldats, je prends aujourd'hui le commandement général et suprême de notre glorieuse Armée. Que la mémoire des héroïques combattants d'Austerlitz et de Solférino, du Piave et de la Marne soit l'augure de nos futures victoires.

Vive l'Univers !

P.S. : Pour célébrer la Fête Galactique du 2 juin, dimanche prochain, dans la zone des Gémeaux, il y aura un grand Potlatch Belliqueux. Le IIIe Détachement Hyménoptères de Sirius rencontrera le Bataillon Tonnerre de Véga.

Signé
Fidel Mantray-Trécond

DÉPÊCHE URGENTE
DU Q.G. SIRIUS
À ÉTAT-MAJOR, CASINO

RAPPELONS RESPECTUEUSEMENT COMMANDEMENT QUE HYMÉNOPTÈRES DE SIRIUS MESURENT 6 (SIX) MILLIMÈTRES DE HAUTEUR ET 2 (DEUX) MILLIMÈTRES DE CIRCONFÉRENCE, TANDIS QUE SOLDATS DE VÉGA ENRÔLÉS DANS BATAILLON TONNERRE SONT RACE GARAMANTS PACHYDERMIQUES PESANT 8 (HUIT) TONNES CHACUN STOP CONSIDÉRONS RENCONTRE NON RÉALISABLE CAR, CAUSE FAIBLE DENSITÉ POPULATION SIRIUS, LE IIIe DÉTACHEMENT HYMÉNOPTÈRES COMPTE 500 (CINQ CENTS) UNITÉS TANDIS QUE BATAILLON TONNERRE DE VÉGA COMPTE 25 000 (VINGT-CINQ MILLE) UNITÉS STOP

SIGNÉ
GÉNÉRAL BOHL

DÉPÊCHE DE
ÉTAT-MAJOR À
Q.G. SIRIUS

MOT IMPOSSIBLE INEXISTANT VOCABULAIRE SOLDAT INTERGALACTIQUE STOP EXÉCUTION STOP

SIGNÉ
GÉNÉRAL FIDEL MANTRAY-TRÉCOND

Note réservée au
Général Fidel Mantray-Trécond

Nous nous permettons de faire remarquer à Votre Excellence que, au cours de la normale rotation des Corps Intergalactiques pour le service d'honneur rendu au Président de la Fédération, on a fait appel ce mois-ci aux Porte-Drapeaux de la Mort de Pégase. L'Administration ne méconnaît pas la splendide préparation militaire de ce corps d'élite, mais elle fait remarquer que les habitants de Pégase ont une taille moyenne de dix mètres ; leur pied mesure trois mètres sur deux. Le fait qu'ils soient monopodes ne rend pas moins préoccupante la situation, vu que lesdits soldats sont contraints de progresser par sauts. Durant la cérémonie inaugurale pour la Foire du Levant à Bari, la semaine dernière, un garde du Président a piétiné par mégarde l'Archevêque des Pouilles. C'est pourquoi nous prions votre Excellence de prendre des mesures afin que la rotation des corps soit accélérée, et que soient exclus du service les soldats appartenant à des ethnies incommensurables par rapport au format terrestre.

Le Président de la Fédération déconseille en outre de faire combattre dans les Potlatchs Belliqueux les Coureurs d'Orion. Cette civilisation ayant développé une forme de transmigration des âmes par métempsycose, les Orioniens vont à la mort avec une extrême nonchalance si bien que toute rencontre où ils se trouveraient impliqués se révèle sportivement déloyale. On conseille tout au plus de les faire combattre contre d'autres unités ayant développé un grand sens de la survie après la mort, Gardes Suisses du Vatican, Infanterie Irlandaise, Phalanges Espagnoles, Aviation Japonaise.

Du secrétariat du Palais Fédéral
La Turbie

Commandement d'État-Major
au Président de la Fédération Intergalactique
La Turbie

Excellence, je ne saurais prendre en considération les conseils que vous m'avez envoyés par l'intermédiaire de votre secrétariat. Les Soldats Intergalactiques sont tous égaux devant ce Commandement et je ne peux admettre des traitements de faveur et des discriminations d'aucune sorte. Durant mon long et glorieux passé de militaire, je n'ai jamais fait de distinctions entre riches et pauvres, Calabrais et Vénitiens, grands et petits. Je me rappelle qu'il y a bien longtemps maintenant, en 2482, j'ai résisté aux pressions d'une presse piétiste et secrètement raciste et j'ai envoyé en service de patrouille dans le Sahara le IVe Harponneurs Esquimaux de la Terre du Prince Joseph. Ces merveilleux soldats moururent tous dans l'accomplissement de leur devoir. Quand un soldat est en uniforme, je ne regarde pas le tonnage. Je suis désolé de l'incident survenu à l'Illustre et Défunt Prélat Pouilleux, mais l'Armée ne peut dévier de ses principes. Au cours du désormais très lointain XXe siècle, des centaines de milliers de soldats italiens furent envoyés en chaussures de tennis sur les champs de bataille russes et il ne m'apparaît pas que le prestige des Hauts Commandements en ait été entaché. La décision du Commandant fait l'héroïsme du Soldat.

Vive l'Univers !

Signé
Général Fidel Mantray-Trécond

DÉPÊCHE
DU COMMANDEMENT D'ÉTAT-MAJOR
À CENTRALE D'APPROVISIONNEMENT
BÉTELGEUSE

SCANDALISÉ VARIÉTÉ DES RATIONS ET PRÉOCCUPÉ PAR PERMISSIVITÉ CULINAIRE INFLÉCHISSANT TRADITIONS DISCIPLINAIRES DE NOTRE GLORIEUSE ARMÉE STOP ORDONNE À DATER DE CE JOUR UNIFICATION DES RATIONS ALIMENTAIRES SUR FORMAT STANDARD POUR TOUS LES MILITAIRES GALAXIES FÉDÉRÉES STOP PAR QUANTITÉ DE CINQ CENTS GRAMMES CHACUNE UNE GALETTE UNE BOÎTE VIANDE CONGELÉE QUATRE TABLETTES CHOCOLAT UN DÉCILITRE D'EAU-DE-VIE STOP

SIGNÉ
GÉNÉRAL MANTRAY-TRÉCOND

DÉPÊCHE
DE CENTRALE APPROVISIONNEMENT
BÉTELGEUSE
À COMMANDEMENT ÉTAT-MAJOR
CASINO

RAPPELONS VARIÉTÉ BIOLOGIQUE DES CORPS ARMÉE INTERGALACTIQUE STOP PAR EXEMPLE SOLDATS ALTAÏR HABITUÉS MANGER CHAQUE JOUR 360 (TROIS CENT SOIXANTE) KILO-

GRAMMES VIANDE DE GNOU D'ALTAÏR STOP SAPEURS LIQUIDES D'AURIGA SONT COMPOSÉS EXCLUSIVEMENT ALCOOLS ÉTHYLIQUES ET RATION EAU-DE-VIE SEMBLERAIT POUR EUX PROVOCATION ET INVITATION AU CANNIBALISME STOP MILITAIRES HOOKS DE BELLATRIX ABSOLUMENT VÉGÉTARIENS TANDIS QUE CHASSEURS DE CHEVELURE DE BÉRÉNICE SE NOURRISSENT DE GIBIER LOCAL BIPÈDE SANS PLUMES CHOSE QUI PROVOQUE DÉPLORABLES CAS DE MÉPRISE AINSI DÉTACHEMENT CHASSEURS A DÉVORÉ PAR ERREUR UN BATAILLON ALPIN INVITÉ EN VUE INTÉGRATION ET CONFONDU AVEC PAQUETS DE RATION STOP SAISISSONS OCCASION POUR REPOSER PROBLÈME STANDARDISATION UNIFORMES IMPOSÉE PAR COMMANDEMENT STOP IMPOSSIBLE ADAPTER UNIFORME STANDARD VESTE-MARTINGALE À SOLDATS HAUTS DE HUIT MÈTRES AYANT CINQ BRAS STOP PANTALONS TYPES TOTALEMENT INADAPTÉS À SOLDATS VERMIFORMES STOP PRIÈRE PRENDRE MESURES RAPIDES SOUPLE ADAPTATION DIVERSES EXIGENCES BIOLOGIQUES STOP

SIGNÉ
GÉNÉRAL SAPAJOU

DÉPÊCHE
DE COMMANDEMENT ÉTAT-MAJOR, CASINO
À GÉNÉRAL SAPAJOU
CENTRALE APPROVISIONNEMENT
BÉTELGEUSE

DÉBROUILLEZ-VOUS STOP

SIGNÉ
GÉNÉRAL MANTRAY-TRÉCOND

Rapport confidentiel
au Commandement Militaire de Valladolid, Europe
et p. c. au commandement de Corps Galactique, Sol III

Le Commandement des Finances Intergalactiques a découvert que les Chauffeurs Militaires de Valladolid falsifient les bons d'essence pour introduire du carburant soustrait à l'Armée sur le marché noir intergalactique. Aujourd'hui, d'après les relevés du conseil de discipline réuni par nous, lequel a vérifié durant huit ans chaque acte administratif et chaque bon de chargement et de déchargement du Commandement des Chauffeurs Militaires de Valladolid, il apparaît que 9 (neuf) barils d'essence ont disparu. Ce travail de contrôle étant effectué par de loyaux Informaticiens de Bootes qui, sur Terre, doivent être constamment maintenus en chambre de décompression alimentée par du strontium 90, nous suspendons l'enquête car elle a coûté jusqu'à ce jour quatre-vingt mille crédits intergalactiques, c'est-à-dire trois millions d'anciens dollars canadiens. Nous prions les Commandements intéressés d'approfondir ladite enquête et de démasquer les responsables.

Signé
Commandement Finances Intergalactiques
Arcturus (Bootes)

Rapport confidentiel
au Commandement Finances Intergalactiques
Arcturus (Bootes)

Engagé par le Commandement local des Chauffeurs Militaires, j'ai mené une enquête sérieuse sur la disparition des neuf barils d'essence et suis parvenu aux conclusions suivantes. Le carburant a été embarqué à

Bilbao à bord d'avions-fusées par des contrebandiers de Saturne puis il a été transféré sur Algol (Persée) où ce liquide est considéré comme une boisson superalcoolisée (c'est-à-dire superoctanique). Je n'ai pu remonter la filière des responsables en raison d'un conflit de compétences survenu lors du passage de la Terre à Persée. Sur Sol III en effet, le problème relève de la Direction de la Motorisation, tandis que sur Persée il est du ressort de la Direction des Approvisionnements. Il est donc hautement conseillé de signaler toute l'affaire à la Direction Générale des Transports Militaires Intersidéraux ayant son siège à Procyon, sur le formulaire 367/00/C.112 sous la rubrique « Contrebande interne »

Signé
Commandement
Guardia Civil
Valladolid

DÉPÊCHE
DE LA DIRECTION GÉNÉRALE
DES TRANSPORTS MILITAIRES INTERSIDÉRAUX
AU COMMANDEMENT FINANCES INTERGALACTIQUES
ARCTURUS (BOOTES)

AFFAIRE BARILS ESSENCE SIGNALÉE SUR FORMULAIRE 367/00/C.112 N'EST PAS DE LA COMPÉTENCE DE CETTE DIRECTION CAR AVIONS-FUSÉES AU DÉPART DE BILBAO POUR PROCYON EFFECTUENT RELATIVISATION EN HYPERESPACE ET ARRIVENT À DESTINATION TROIS CENTS ANS AVANT D'ÊTRE PARTIS STOP PROBLÈME RELÈVE DONC DES ARCHIVES HISTORIQUES MILITAIRES VELLETRI STOP LEUR SIGNALER L'AFFAIRE SUR FORMULAIRE 50/SS/99/P STOP

SIGNÉ
DIRECTION
TRANSPORTS MILITAIRES INTERSIDÉRAUX

DÉPÊCHE
DES ARCHIVES HISTORIQUES MILITAIRES VELLETRI
À COMMANDEMENT FINANCES INTERGALACTIQUES
ARCTURUS (BOOTES)

IMPOSSIBLE DONNER SUITE À AFFAIRE SIGNALÉE FORMULAIRE 50/SS/99/P CAR ARCHIVES HISTORIQUES MILITAIRES — CAUSE ÉQUIPEMENT INSUFFISANT — SONT ENCORE EN TRAIN DE CLASSER DOCUMENTS PÉRIODE COMPRISE ENTRE BATAILLE DE LÉPANTE ET GUERRE DE 14-18 STOP

SIGNÉ
ARCHIVES HISTORIQUES MILITAIRES

Note du Général Fidel Mantray-Trécond
au Commandement Finances Intergalactiques
Arcturus (Bootes)

Qu'est-ce que c'est que cette histoire de barils d'essence ? L'essence n'est plus utilisée par l'armée depuis l'année 1999 de l'ère dite vulgaire ! Et que fiche un Commandement de Chauffeurs Militaires à Valladolid ?

Signé
Mantray-Trécond

Commandement Finances Intergalactiques
Arcturus (Bootes)

Excellence, mon Général, nous comprenons votre étonnement mais ce Commandement, fidèle à la devise des Finances Intergalactiques (« Ne jamais lâcher prise »), doit encore expédier des dossiers hérités des Administrations Militaires passées et tous transférés dans nos archives de Bootes. L'affaire en question remonte à quelques centaines d'années, mais nous pouvons en tout cas témoigner qu'il existe bien à Valladolid un Commandement de Chauffeurs Militaires. Le fait que ce dernier ne gère pas de véhicules motorisés n'est pas de notre compétence. Cependant, il semble que l'Office National des Hydrocarbures, existant encore en Œnotrie, produit de l'essence tout exprès pour ce Commandement, sans doute en vertu d'anciennes dispositions non encore abrogées. On se demande pourquoi un Office National des Hydrocarbures existe encore, mais toujours est-il qu'il existe et qu'il a son siège à Rome, dans l'édifice qui accueille également l'Office de Liquidation des Retraites des Rapatriés des Colonies et la Commission d'Attribution des Décorations Militaires aux Morts de la Troisième Guerre d'Indépendance.

Signé
Le Général Commandant
Arcturus Arcturus d'Arcturus, Arcturus (Bootes)

Note réservée
du Commandement d'État-Major, Casino
au Commandement Finances Intergalactiques,
à la Guardia Civil de Valladolid,
aux Archives Historiques Militaires de Velletri,
à la Direction Générale Transports Militaires Intersidéraux,
au Commandement de Corps Galactique, Sol III

Fidèle à la devise de mon Régiment d'origine (« Quieta non movere, mota quietare »), je conseille d'archiver tout le dossier évoqué dans les lettres précédentes. La force sustentatrice de notre glorieuse Armée étant le respect des traditions, je trouverais inopportun et offensant de mettre en doute la fonction historique et la loyauté à la Constitution du glorieux Corps des Chauffeurs Militaires de Valladolid, qui s'est indéniablement déjà couvert de gloire quelque part, en une circonstance quelconque. Si l'Armée sentait lui faire défaut la confiance de ses supérieurs et de l'opinion publique, qui n'hésitent pas à mettre en doute les fonctions d'une de ses glorieuses unités, cela aurait pour fatale conséquence de créer des complexes psychologiques qui amoindriraient le sens du devoir, l'esprit de sacrifice, la rapidité et la force d'âme des troupes, des sous-officiers, des officiers.

Affaire classée.

Signé
Général Fidel Mantray-Trécond

Centre d'Études Relativité Ethnique
Alpha du Centaure

Excellentissime Général Mantray-Trécond, ayant pris par hasard connaissance de l'affaire « essence de Valladolid », consommée sur Algol comme boisson superalcoolisée, nous nous permettons de faire remarquer que ce cas n'est pas unique en son genre. Il faudrait ne pas oublier les inconvénients issus de la relativité des us et coutumes en vigueur dans l'Armée Intergalactique. Ainsi, à la nouvelle d'une épidémie de conjonctivite chez les Briarées de Regulus, le Commandement d'Approvisionnement de Bételgeuse a envoyé là-bas cent mille hectolitres d'eau boriquée à but thérapeutique, ignorant que sur cette planète l'acide borique est utilisé (illicitement) comme une drogue. Il faudrait donc que les diverses substances administrées par l'armée soient classées en fonction de leurs possibles usages relatifs. Nous conseillons d'adapter les formulaires à souches de Koenig-Stumpf qui permettent $83\,000^{10}$ combinaisons différentes.

Signé
Le directeur du centre
Docteur Malinowski

Centre Études Relativité Ethnique
Alpha du Centaure

Excellentissime Général Mantray-Trécond, nous vous remercions d'avoir suivi notre conseil, mais nous nous permettons de vous rappeler qu'il a peut-être été imprudent de demander au centre mécanographique d'Altaïr de remplir les formulaires à souches de Koenig-Stumpf. Ces formulaires présupposent en effet une géométrie non euclidienne d'origine riemannienne et prévoient une logique modale. Les indigènes d'Altaïr au contraire pensent selon une logique univalente (pour eux une chose est ou bien elle est) et mesurent l'espace selon une géométrie hypœuclidienne ou d'Abbott qui prévoit une seule dimension. Rappelez-vous en outre l'incident créé sur Altaïr par l'introduction d'écussons pour distinguer les différents corps, alors que les Altaïriens ne reconnaissent qu'une seule couleur. Franchement, on se demande comment un centre mécanographique peut exister sur Altaïr, vu que les autochtones ne sont pas en mesure de percevoir des objets tridimensionnels. Dans les moments de doute, on se demande même comment il se fait que quelque chose existe sur Altaïr et si ça existe. Jusqu'à présent, les seuls témoignages de l'existence d'une forme de vie sur ladite étoile nous ont été fournis par les relevés du centre PSI de Mount Wilson qui se prétend en communication télépathique avec les susdits indigènes.

Respectueusement

Signé
Le directeur du centre
Docteur Malinowski

DÉPÊCHE
DU COMMANDEMENT D'ÉTAT-MAJOR
À COMMANDEMENT POLICE CONSTELLATION CENTAURE
ET COMMANDEMENT POLICE PLANÉTAIRE SOL III

ORDRE DE METTRE IMMÉDIATEMENT AUX ARRÊTS DOCTEUR MALINOWSKI POUR OUTRAGE AUX GLORIEUSES FORCES MILITAIRES D'ALTAÏR STOP ORDRE EN OUTRE DE FERMER CENTRE PSI DE MOUNT WILSON STOP IL EST INADMISSIBLE QUE DES ATTACHÉS AU CENTRE MILITAIRE PASSENT LEUR JOURNÉE ENTIÈRE À PENSER STOP AUCUN TIRE-AU-FLANC NE SERA TOLÉRÉ STOP CENTRE ROUVRIRA QUAND IL SERA POSSIBLE ENREGISTRER COMMUNICATION TÉLÉPATHIQUE SUR FORMULAIRE EN DOUBLE EXEMPLAIRE STOP

SIGNÉ
GÉNÉRAL FIDEL MANTRAY-TRÉCOND

DÉPÊCHE
DE L'AVANT-POSTE
DU PETIT NUAGE DE MAGELLAN
AU COMMANDEMENT D'ÉTAT-MAJOR INTERGALACTIQUE
CASINO, MONTE-CARLO
ET À LA PRÉSIDENCE FÉDÉRATION
LA TURBIE

DE L'EXTRÊME LIMITE DE L'UNIVERS PROGRESSION SIGNALÉE OBJETS VOLANTS NON IDENTIFIÉS STOP PATROUILLE SAPEURS VOLANTS DE CANOPE DÉTRUITE PAR UNITÉS ENVAHISSEURS STOP ENVAHISSEURS SUPPOSÉS PROVENIR D'HYPERZONE UNIVERS STOP LEUR PUISSANCE DESTRUCTRICE, FONDÉE SUR ÉNERGIE INCONNUE, MENACE SURVIE FÉDÉRATION INTERGALACTIQUE STOP DEMANDONS INSTRUCTIONS STOP PENSONS QUE...

(MESSAGE INTERROMPU)

DÉPÊCHE
DE LA PRÉSIDENCE FÉDÉRATION
À COMMANDEMENT D'ÉTAT-MAJOR INTERGALACTIQUE

POUR LA PREMIÈRE FOIS DE SON HISTOIRE FÉDÉRATION DOIT AFFRONTER ENNEMI EXTÉRIEUR STOP ORGANISER DÉFENSE IMMÉDIATE STOP AVONS FOI EN HAUTES TRADITIONS MILITAIRES DE NOTRE ARMÉE ET PROFONDE EXPÉRIENCE DES COMMANDEMENTS FACE À TRAGIQUE ET HISTORIQUE SITUATION STOP GÉNÉRAL MANTRAY-TRÉCOND ASSUME DIRECTEMENT COMMANDEMENT OPÉRATIONS STOP

SIGNÉ
PRÉSIDENT PICPOUL DE PINET

DÉPÊCHE
DU COMMANDEMENT D'ÉTAT-MAJOR
INTERGALACTIQUE, CASINO
À TOUTES LES UNITÉS OPÉRATIONNELLES
DE L'UNIVERS

OFFICIERS, SOUS-OFFICIERS. SOLDATS ! L'HEURE DU DESTIN FRAPPE AUX PORTES DES GALAXIES FÉDÉRÉES ! DE NOTRE RAPIDITÉ, DE NOTRE ABNÉGATION, DE NOTRE EFFICACITÉ TACTIQUE ET STRATÉGIQUE DÉPEND LE DESTIN DE NOTRE PATRIE ! SOLDATS ! CHACUN À SON POSTE ET UN POSTE POUR CHACUN ! ASSUMANT DIRECTEMENT LE COMMANDEMENT DES OPÉRATIONS J'ORDONNE : TOUTES LES UNITÉS MOBILES DU SYSTÈME SOLAIRE SE DISPOSERONT ENTRE GUADALAJARA ET LE DANUBE ; LE IVe CORPS D'ARMÉE CANTONNÉ SUR BOOTES IRA OCCUPER BASTOGNE, MALMÉDY, LE MONT CASSIN ET RONCEVAUX ; LE Ve CORPS D'ARMÉE DE FACTION DANS LES PLÉIADES ET LES ÉMÉRITES PELOTONS D'OCTOPODES DU SERPENTAIRE SE PLACERONT LE LONG DES FLEUVES PIAVE ET TAGLIAMENTO ET FABRIQUERONT DES PONTS DE BARQUES ; LES PELOTONS CUIRASSÉS DES POILUS LIQUIDES D'AURIGA GARDERONT LA POSITION MONT GRAPPA (PRÉVOIR CHAMBRE DE DÉCOMPRESSION ET CLOCHES SOLIDIFICATION À ALTITUDE 118) ; LES PERSÉIDES DE LA MORT D'ALGOL SE DISPOSERONT SUR LA RIVE GAUCHE DE

LA MARNE ET LE COMMANDEMENT DES CHAUFFEURS DE VALLADOLID METTRA À DISPOSITION SES TAXIS ; LES GARDES SUISSES DU VATICAN SE PRÉPARERONT À SOUTENIR LE SIÈGE DE LA ROCHELLE ; LES CAROTTIERS DE PLUTON REJOINDRONT IMMÉDIATEMENT MALTE QU'ILS TIENDRONT À TOUT PRIX. LES AUTRES BATAILLONS RESTERONT EN ATTENTE DES ORDRES DANS LA PLAINE DE WATERLOO. NOS POITRINES FERONT BARRAGE À L'ENNEMI ENVAHISSEUR QUI DEVRA REMONTER EN DÉSORDRE CES ABÎMES DE L'HYPERESPACE QU'IL A DESCENDUS AVEC TANT D'ORGUEILLEUSE ASSURANCE. QUE JAMAIS NE DÉFAILLENT LES GRANDES TRADITIONS MILITAIRES DE NOTRE GLORIEUSE ARMÉE ! RÉPONDONS DE FAÇON APPROPRIÉE, EFFICACE, DÉCIDÉE ET HÉROÏQUE À CETTE GRANDE OCCASION QUE L'HISTOIRE NOUS OFFRE !

SOLDATS ! VIVE TRIESTE, METZ, TOUL ET VERDUN, TERRITOIRES GALACTIQUES ! NOUS VAINCRONS !

(1976)

II

Modes d’emploi

NOTE

Dans cette section, j'ai réuni des textes publiés sous la rubrique « La Bustina di Minerva », lancée dans L'Espresso *en 1985 — quelques-uns sont des refontes de plusieurs Bustine — plus des articles parus dans le même hebdomadaire. J'ai à chaque fois indiqué leur date de parution afin de rendre compréhensibles et pardonnables certaines références à l'actualité (ainsi, je m'attardais longuement sur l'explication de ce qu'est un fax à une époque où cet appareil était moins répandu que maintenant*[1]*).*

« Comment faire l'Indien » est inédit. Je l'avais écrit à titre éducatif pour mes enfants encore jeunes. Cela explique pourquoi il dit des choses que tout spectateur adulte connaît.

---

1. Tandis que je corrige les épreuves, je regarde un épisode de la nouvelle série de *Colombo* où notre lieutenant futé fait preuve d'étonnement, d'émerveillement et d'interrogation devant un fax.

Comment voyager avec un saumon

À en croire les journaux, notre époque est troublée par deux grands problèmes : l'invasion des ordinateurs et l'inquiétante expansion du Tiers-Monde. C'est vrai, et moi je le sais.

Dernièrement, j'ai fait un voyage bref, un jour à Stockholm et trois à Londres. À Stockholm, j'ai eu le temps d'acheter un saumon fumé énorme, à un prix dérisoire. Il était soigneusement emballé dans du plastique, mais on m'a conseillé, puisque j'étais en voyage, de le garder au frais. Facile à dire.

Heureusement, à Londres mon éditeur m'avait réservé une chambre de luxe, équipée d'un frigo-bar. Arrivé à l'hôtel, j'ai eu l'impression d'être dans une légation de Pékin pendant la révolte des Boxers.

Des familles campant dans le hall, des voyageurs enfouis sous des couvertures dormant sur leurs bagages... Je m'informe auprès des employés, tous Indiens, plus quelques Malais. Ils me répondent que la veille, le grand hôtel s'était doté d'un système informatique qui, par manque de rodage, venait de tomber en panne deux heures auparavant. Impossible désormais de savoir si les chambres étaient libres ou occupées. Il fallait attendre.

En fin d'après-midi, l'ordinateur était réparé et j'ai pu prendre possession de ma chambre. Préoccupé par mon saumon, je le sors de ma valise et me mets en quête du frigo-bar.

D'habitude, les frigo-bars des hôtels normaux contiennent deux bières, deux eaux minérales, quelques mignonnettes, un petit assortiment de jus de fruits et deux sachets de cacahuètes. Celui de mon hôtel, gigantesque, contenait cinquante mignonnettes de whisky, gin, Drambuie, Courvoisier, Grand Marnier et autres calvados, huit quarts Perrier, deux de Badoit, deux d'Évian, trois bouteilles de champagne, plusieurs canettes de stout, de pale-ale, de bières hollandaises et allemandes, du vin blanc italien et français, des cacahuètes, des biscuits salés, des amandes, des chocolats et de l'Alka-Seltzer. Aucune place pour mon saumon. Deux grands tiroirs s'offraient à moi : j'y ai déversé tout le contenu du frigo-bar, j'ai installé mon saumon au frais, et je ne m'en suis plus occupé. Le lendemain à quatre heures, mon bestiau trônait sur la table et le frigo-bar était de nouveau rempli jusqu'à la gueule de produits de qualité. J'ouvre les tiroirs et constate que tout ce que j'y ai déposé la veille est encore là. Je téléphone à la réception et demande d'avertir le personnel d'étage que s'ils trouvent le frigo vide ce n'est pas que je consomme tout mais c'est à cause d'un saumon. On me répond que cette information doit être donnée à l'ordinateur central, car le personnel n'étant pas anglophone, il ne peut recevoir des ordres parlés, mais seulement des instructions en Basic.

J'ai ouvert deux autres tiroirs pour y transférer le nouveau contenu du frigo-bar, dans lequel j'ai ensuite logé mon saumon. Le lendemain à quatre heures l'animal gisait sur la table et commençait à dégager une odeur suspecte.

Le frigo regorgeait de bouteilles et mignonnettes, quant aux quatre tiroirs, ils rappelaient le coffre-fort d'un *speak-easy* au temps de la prohibition. Je téléphone à la réception et apprends qu'ils ont eu une nouvelle panne d'ordinateur. Je sonne et tente d'expliquer mon cas à un type portant les cheveux attachés en catogan : hélas, il parlait un dialecte qui, d'après ce que m'a expliqué par la suite un collègue anthropologue, n'était pratiqué qu'au Khéfiristan à l'époque où Alexandre le Grand fêtait ses épousailles avec Roxane.

Le matin suivant, je suis allé régler ma note. Elle était astronomique. Il apparaissait qu'en deux jours et demi, j'avais consommé plusieurs hectolitres de Veuve Clicquot, dix litres de whiskys divers et variés, y compris quelques malts très rares, huit litres de gin, vingt-cinq litres de Perrier et d'Évian, plus quelques bouteilles de San Pellegrino, davantage de jus de fruits qu'il n'en faudrait pour maintenir en vie tous les enfants de l'UNICEF, une quantité d'amandes, de noix et de cacahuètes à faire vomir le légiste chargé de l'autopsie des personnages de *La Grande Bouffe*. J'ai essayé de m'expliquer, mais l'employé, en souriant de toutes ses dents noircies par le bétel, m'a certifié que l'ordinateur avait enregistré tout ça. J'ai demandé un avocat, on m'a apporté une mangue.

Mon éditeur est furieux et me prend pour un parasite. Le saumon est immangeable. Mes enfants m'ont dit que je devrais boire un peu moins.

(1986)

Comment faire tomber une valise à roulettes

« Rien ne va dans ce pays ! » répétons-nous à l'envi, notre autoflagellation naturelle nous poussant à ajouter que tout est mieux à l'étranger. Parfois c'est vrai. Mais parfois, je me dis que l'incapacité — ou stupidité — est une qualité innée chez l'humain, répartie de manière égale, au même titre que le bon sens cartésien, sur toutes les races, toutes les nationalités, à tout niveau social. Il y a quelques années, est apparue sur le marché la valise à roulettes, avec poignée rétractable, spécialement conçue pour l'avion. On la traîne derrière soi sans effort, pas besoin de l'enregistrer, on embarque et son format permet de la ranger dans le compartiment à bagages. Je précise que ce type de valise est parfait aussi pour le train. Il s'agissait donc d'une merveilleuse invention et moi, voyageur compulsif, j'en ai aussitôt acheté une.

Mais très vite, j'ai fait une douloureuse découverte. Ces objets avaient la forme d'un parallélépipède, avec six faces rectangulaires, les parties opposées étaient égales et — comme n'importe quelle valise — ils avaient deux côtés larges et quatre côtés étroits, constituant les bords. La poignée rétractable et les roulettes se trouvaient sur le côté vertical le plus étroit. Si par hasard, en faisant votre valise, il vous prenait l'idée de placer au fond ou sur le dessus quelque objet lourd (livres ou ordinateur), lorsque vous la traîniez (en courant, bien entendu, car vous alliez rater votre avion ou votre train), la valise ne manquait jamais de se déséquilibrer et de tomber sur le côté. Il vous fallait la redresser, reprendre votre course, et elle tombait de nouveau. Alors, vous deviez marcher à pas lents pour garder l'équilibre de l'engin et, ce faisant, vous ratiez votre avion ou votre train. Je précise que cela se produisait avec toutes les marques.

Longtemps (moi qui ne suis pas un expert), j'ai cru que c'était de ma faute, que je faisais mes bagages de manière irrationnelle. Et puis est arrivée la nouvelle génération de valises, avec poignée et roues non plus sur le côté étroit mais sur le côté large. Merveille des merveilles ! La valise ne tombe plus, vous pouvez la remplir comme bon vous semble et vous ne ratez plus votre train (ou votre avion).

C'était l'œuf de Colomb, et je me suis empressé de bazarder l'ancienne pour acheter (au prix fort) la nouvelle. Mais je n'ai pu m'empêcher de demander au vendeur : « Dites-moi, ces industries internationales ont une grande expérience des valises, leurs bureaux d'études sont dotés des meilleurs ingénieurs et designers. Comment se fait-il qu'ils aient mis deux ou trois ans pour s'apercevoir du problème ou, mieux encore, pourquoi n'y ont-ils pas pensé tout de suite ? » Le vendeur a ouvert les bras en signe d'ignorance, et j'en fais autant aujourd'hui avec vous. Je vois une seule explication à cela : c'est en forgeant qu'on devient forgeron et pour arriver à une invention parfaite, il était nécessaire de passer par des stades intermédiaires et des processus dits d'cssais et d'erreurs. Mais enfin, que ce soit nous qui soyons obligés de faire des essais pendant deux ou trois ans et de payer pour les erreurs des designers de valises, voilà qui me paraît alimenter l'argument de la stupidité également partagée.

Autre histoire. Aujourd'hui, dans le monde entier, tout hôtel qui ne soit pas un bouge met à votre disposition sur le lavabo de la salle de bains des petits flacons, tous rigoureusement identiques, contenant du shampooing, du bain moussant, du lait pour le corps et quelques autres crèmes d'utilisation et application non identifiées ; il y a aussi des petites boîtes, toutes rigoureusement identiques, contenant des savonnettes, des éponges cubiques imbibées d'acide sulfurique pour nettoyer les chaussures, un bonnet de douche. Chacun de ces emballages porte écrit en gros le nom de l'hôtel ou la marque du produit, tandis que le contenu est en général indiqué en tout petit, sur le côté. Quand on sait que la plupart du temps, on les attrape alors qu'on est nu, souvent déjà mouillé, et sans lunettes, quand on sait que plus l'hôtel est cher, moins il y a de chances que ce soient de jeunes auto-stoppeurs qui les utilisent, mais plutôt des adultes ayant dépassé l'âge fatal de la presbyopie, il est absolument impossible, au moment crucial, de savoir si vous êtes en train de saisir le shampooing ou le lait pour le corps, le cirage ou le bonnet de douche.

Et là, je ne vois aucune excuse valable. Ces gadgets sont à la mode depuis des années, et il est impossible que leurs designers ne se soient jamais frictionné le corps avec de l'onguent pour chaussures. Pourquoi persévère-t-on dans ce tragique travers ? Mystère et boule de gomme.

Notez en outre que, hormis le shampooing et le bain moussant, les autres produits mis à votre disposition ne sont jamais utilisés, sinon par des fêtards ramollis sortis tout droit d'une orgie néronienne. Tandis que (sauf dans les hôtels japonais et chinois), on ne place jamais sur votre lavabo les deux seuls objets que vous aurez fatalement oubliés, un peigne et une brosse à dents (lesquels, fabriqués en plastique et destinés à durer un jour ou deux, ne coûtent pas très cher, en tout cas moins qu'un petit flacon de lait pour le corps).

Que les imbéciles existent, c'est fatal. La seule chose que j'aimerais connaître, c'est le salaire des imbéciles qui s'occupent de ces choses-là.

(1996)

Comment manger en avion

Il y a quelques années, un voyage en avion (Amsterdam aller-retour) m'a coûté deux cravates Brooks Brothers, deux chemises Burberry, deux pantalons Armani, une veste de tweed achetée dans Bond Street et un gilet Krizia.

Je m'explique. Les vols internationaux ont la bonne habitude de servir un repas. Tout le monde sait que les sièges sont étroits, la tablette aussi, et qu'il arrive à l'avion de bouger. En outre, les serviettes sont minuscules et laissent à découvert le ventre si on la glisse dans le col, et la poitrine si on la pose sur l'estomac. Le bon sens voudrait que l'on offrît des nourritures non salissantes et compactes. Pas nécessairement des barres de céréales. Par nourritures compactes, j'entends une escalope panée, un steak grillé, du fromage, des frites ou du poulet rôti. Parmi les nourritures salissantes, on a les spaghetti bolognaise, le goulash, la gratinée à peine sortie du four ou le consommé bouillant servi dans une tasse sans anses.

Or, le menu type d'un avion propose une viande archicuite baignant dans une sauce marron, des légumes finement hachés et marinés au vin rouge, du riz à la sauce tomate et des petits pois à l'étuvée. Les petits pois, on le sait, sont des objets insaisissables — même les plus grands chefs ont renoncé à faire des petits pois farcis — surtout si l'on s'obstine, ainsi que l'impose l'étiquette, à les manger à la fourchette et non à la cuiller. Ne venez pas me raconter que les Chinois sont plus mal lotis, je vous assure qu'il est plus facile d'attraper un petit pois avec des baguettes que de l'embrocher sur une fourchette. Et inutile de m'objecter qu'avec une fourchette, on n'embroche pas les petits pois mais qu'on les ramasse, de tout temps les fourchettes ont été dessinées à seule fin de renverser les petits pois qu'elles feignent de ramasser.

Ajoutons qu'en avion, les petits pois sont invariablement servis au moment où l'appareil traverse une zone de turbulences, quand le commandant conseille d'attacher les ceintures. Par conséquent, suite à un calcul ergonomique fort complexe, les petits pois n'ont qu'une alternative : se glisser dans le col ou atterrir au creux de la braguette.

Les anciens fabulistes nous l'ont appris, pour empêcher un renard de boire dans un verre, il suffit que ledit verre soit étroit et haut. Les verres des avions sont bas, évasés, de véritables cuvettes. Et bien évidemment, par une loi physique, tout liquide ne peut qu'en déborder, même sans l'aide des turbulences. Le pain n'a rien de la baguette française, dans laquelle il faut mordre et tirer fort même quand elle est fraîche, c'est un type particulier d'agglomérat de semoule qui, dès qu'on le saisit, explose en un nuage de poudre très fine. En vertu du principe de Lavoisier, cette poudre ne disparaît qu'en apparence : à l'arrivée, vous découvrez qu'elle est allée s'accumuler sous votre séant, emplâtrant tout l'arrière de vos pantalons. Quant au gâteau, soit il ressemble vaguement à une meringue et il va faire pâte avec le pain, soit il vous dégouline sur les doigts, quand votre serviette en papier est désormais imbibée de sauce tomate, et donc inutilisable.

Reste, il est vrai, la serviette rafraîchissante. Le problème, c'est qu'on ne la distingue pas des sachets de sel, de poivre et de sucre, si bien que, après le sucre saupoudré sur la salade, la serviette rafraîchissante atterrit dans le café, servi bouillant dans une tasse faite en un matériau thermoconducteur, remplie à ras bord, afin qu'il puisse s'échapper facilement de vos mains brûlées au deuxième degré pour aller s'amalgamer aux sauces désormais engrumelées autour de votre ceinture. En business class, le café vous est directement renversé sur le ventre par l'hôtesse en personne, laquelle s'excuse en espéranto.

À n'en pas douter, le vivandier d'une compagnie aérienne se recrute dans les rangs de ces experts de l'hôtellerie dont la spécialité est d'adopter le seul type de pot qui, au lieu de verser le café dans la tasse, en répand quatre-vingts pour cent sur les draps. Mais pourquoi ? L'hypothèse la plus évidente est que l'on veut donner au voyageur l'impression du luxe ; on suppose par ailleurs qu'il a en tête ces films hollywoodiens où Néron s'abreuve à de larges coupes en inondant sa barbe et sa chlamyde, et où les seigneurs féodaux dévorent d'énormes cuissots en aspergeant de jus leur chemise de dentelle, tandis qu'ils embrassent une courtisane.

Mais alors, pourquoi, en première classe où le siège est plus spacieux, sert-on des nourritures compactes, genre caviar russe moelleux sur toasts beurrés, saumon fumé et queues de langouste à l'huile et au citron ? Parce que dans les films de Visconti, les aristocrates nazis s'écrient « Fusillez-le » en glissant dans leur bouche un simple grain de raisin ? Peut-être.

(1987)

Comment se servir de ces foutus pots à café

Le bon café existe. Vous avez le café napolitain, l'*espresso*, le café turc, le *cafesinho* brésilien, le petit noir français, le *coffee* américain. Tous sont différents mais chacun est excellent à sa manière. Parfois, le café américain est une mixture ultrabouillante servie dans des gobelets en plastique façon Thermos qu'utilisent en général les buffets de gare à des fins de génocide ; cela dit, chez les particuliers ou dans de modestes *luncheonettes*, le café au percolateur accompagnant les œufs au bacon est délicieux, très parfumé, se boit comme de l'eau, et vous provoque une crise de tachycardie car une seule de ces tasses contient plus de caféine que quatre de nos *espresso*.

À part ça, vous avez la lavasse. Généralement composé de chicorée pourrie, d'ossements de cadavres et de quelques grains de café récupérés parmi les déchets d'un hôpital pour syphilitiques, il est reconnaissable à son incomparable arôme de pieds marinés dans de l'eau de vaisselle. On le sert dans les prisons, les maisons de correction, les wagons-lits et les palaces. En effet, si vous descendez au Plaza Majestic, au Maria Jolanda & Brabante ou à l'Hôtel des Alpes et des Bains, vous pouvez toujours commander un express, mais le temps qu'il arrive à votre chambre, il est quasiment recouvert d'une couche de glace. Pour éviter ce désagrément, vous choisissez le Continental Breakfast, et vous vous apprêtez à jouir du plaisir d'un petit déjeuner servi au lit.

Le Continental Breakfast comprend deux petits

pains, un croissant, un jus d'orange à doses homéopathiques, une coquille de beurre, un minuscule pot de confiture de myrtilles, un autre de miel, un troisième de confiture d'abricots, un pot de lait froid, une note de cinq cents balles, et leur satanée lavasse. Les gens normaux utilisent des récipients — je ne parle pas de la bonne vieille cafetière d'où l'on verse directement l'odorant breuvage dans sa tasse — qui favorisent la descente du liquide grâce à une fine avancée en pointe appelée bec, tandis que la partie supérieure dispose d'un dispositif de sécurité les maintenant fermés. Le Grand Hôtel ou les Wagons-Lits vous servent leur lavasse dans un pot au bec très évasé — genre pélican difforme — et au couvercle extrêmement mobile, étudié pour que — attiré par une irrépressible horreur du vide — il glisse aussitôt vers le bas dès qu'on incline l'objet. Ces deux artifices permettent d'abord de renverser la moitié du café sur les croissants et la confiture, puis, grâce au dérapage du couvercle, de répandre le reste sur les draps. Dans les wagons-lits, les pots à café sont ordinaires, c'est le mouvement du train qui aide à l'épanchement du café ; dans les hôtels, en revanche, le pot est en porcelaine, afin que le glissement du couvercle se fasse en douceur, sans à-coups, mais soit fatal.

Sur les origines et les motivations de ce foutu pot, il existe deux courants de pensée. Selon l'école de Fribourg, cet artifice permet à l'hôtel de prouver que les draps entre lesquels vous vous glissez le soir ont bel et bien été changés. À en croire l'école de Bratislava (cf. Max Weber, *L'Éthique protestante et l'esprit du capitalisme*), ce satané pot interdit de prendre racine au lit car il est très inconfortable de manger une brioche détrempée, dans des draps eux-mêmes imbibés de café.

Inutile de chercher ces foutus pots dans le commerce. Les chaînes des grands hôtels et des wagons-lits en ont l'exclusivité. La prison, quant à elle, sert sa lavasse dans des quarts en métal, car des draps imbibés de café, noués en vue d'une évasion, se camouflent plus facilement dans l'obscurité.

L'école de Fribourg suggère de prier le garçon d'étage de déposer le petit déjeuner sur le guéridon et non sur le lit. L'école de Bratislava rétorque que ça évitera au café d'éclabousser les draps mais certainement pas de gicler du plateau pour aller tacher votre pyjama (que l'hôtel n'a pas à changer chaque jour) ; quoi qu'il en soit, pyjama ou pas, le café servi à table atterrit tout droit sur votre bas-ventre et votre pubis, provoquant des brûlures là où il est plutôt conseillé de les éviter. À cette objection, l'école de Fribourg répond par un haussement d'épaules, et ça, franchement, ce sont de foutues manières.

(1988)

Comment user du chauffeur de taxi

À l'instant même où l'on monte dans un taxi, se pose le problème d'une bonne interaction avec le chauffeur. Le chauffeur de taxi est un individu qui passe sa journée à se faufiler dans la circulation urbaine — activité qui mène soit à l'infarctus soit au délire paranoïaque — en conflit avec les autres conducteurs humains. En conséquence de quoi, il est nerveux et abhorre toute créature anthropomorphe. Cela fait dire aux *radical chic* que les chauffeurs de taxi sont tous des fachos. Faux. Le chauffeur de taxi se contrefiche des problèmes idéologiques : il hait les défilés syndicaux, non pour leur couleur politique mais parce qu'ils paralysent le trafic. Il vouerait aux gémonies une manif de la Cagoule. Tout ce qu'il demande, c'est un gouvernement fort qui colle au mur l'ensemble des automobilistes privés et instaure un couvre-feu raisonnable de six heures du mat à minuit. Il est misogyne, mais avec les femmes qui sortent. Celles qui restent à la maison pour éplucher les patates, il les tolère.

Le chauffeur de taxi italien se divise en trois catégories. Celui qui éructe ce genre d'opinions tout au long de la course ; celui qui, très tendu, se tait et communique sa misanthropie à travers sa conduite ; celui qui résout ses tensions grâce à la pure narrativité, détaillant à son passager tout ce qui lui est arrivé avec les autres clients. Ce sont des tranches de vie dépourvues de la moindre signification parabolique, qui, racontées au Café du Commerce, obligeraient le patron à mettre le narrateur dehors, en lui disant qu'il est temps d'aller se coucher. Mais le chauffeur de taxi les juge curieuses et surprenantes, et vous avez intérêt à les ponctuer de quelques « Non, c'est pas possible, des gens pareils, on a pas idée, qu'est-ce qu'y faut pas entendre, ça vous est vraiment arrivé ? ! ». Si cette participation ne tire pas le chauffeur de son autisme fabulatoire, du moins vous fait-elle vous sentir meilleur.

À New York, un Italien risque gros lorsque, lisant sur la plaque d'identité un patronyme à consonance péninsulaire, il révèle sa propre origine. Le chauffeur se met alors à baragouiner dans un sabir inconnu, et il se fâche tout rouge si vous ne le comprenez pas. Vous devez aussitôt dire en anglais que vous parlez uniquement le dialecte de votre village. De toute façon, il est convaincu qu'en Italie la langue nationale est désormais l'anglais. En général, les taxis new-yorkais ont soit un nom juif soit un nom pas juif. Ceux qui ont un nom juif sont sionistes réactionnaires, ceux qui ont un nom pas juif sont réactionnaires antisémites. Ils n'affirment pas, ils exigent un pronunciamiento. Difficile de savoir comment se comporter avec ceux dont le nom est vaguement moyen-oriental ou russe, et dont on ne comprend pas s'ils sont juifs ou non. Pour éviter tout incident, mieux vaut alors dire qu'on a changé d'avis, qu'on ne veut plus aller sur la Septième à l'angle de la Quatorzième, mais à Charlton Street. Aussitôt, le chauffeur pique une colère, freine et vous jette de son véhicule, car les taxis de New York connaissent uniquement les rues à numéros, pas celles avec des noms.

Le taxi parisien, en revanche, ne connaît aucune rue. Si vous lui demandez de vous emmener place Saint-Sulpice, il vous débarque à l'Odéon en disant qu'à partir de là, il ne sait pas comment y aller. Mais auparavant, vous aurez eu droit à une longue lamentation quant à votre exigence, ponctuée de « Ah, ça, monsieur, alors... ». Ne lui suggérez pas de regarder son plan, soit il ne répondra pas soit il vous fera comprendre que si vous vouliez une consultation bibliographique, vous n'aviez qu'à vous adresser à un archiviste paléographe de la Sorbonne. Les Asiatiques constituent une catégorie à part : avec une extrême cordialité, ils vous font faire trois fois le tour des grands boulevards, avant de vous demander quelle différence ça fait s'ils vous ont déposé Gare de l'Est au lieu de Gare du Nord, puisque c'est toujours une histoire de trains.

À New York, impossible d'appeler les taxis par téléphone, à moins d'appartenir à un club. À Paris, on peut. L'ennui, c'est qu'ils ne viennent pas. À Stockholm, vous ne pouvez les appeler que par téléphone, car ils n'ont pas confiance en un type qui se balade dans la rue. Seulement, pour connaître le numéro de téléphone, vous devez arrêter un taxi en maraude et, comme je viens de le dire, ils n'ont pas confiance.

Les chauffeurs de taxi allemands sont gentils et corrects, ils ne parlent pas, se contentant d'appuyer sur le champignon. Quand vous descendez, blanc comme un linge, vous comprenez pourquoi ils viennent se reposer en Italie, en roulant à soixante à l'heure devant vous sur la voie réservée au dépassement.

Si on met en compétition un taxi de Francfort en Porsche et un taxi de Rio en Volkswagen cabossée, c'est le Brésilien qui gagne, parce que, entre autres, il ne s'arrête pas aux feux. S'il le faisait, il se retrouverait à côté d'une Volkswagen cabossée, remplie de gamins qui tendent le bras et vous volent votre montre.

Dans le monde entier, il existe un moyen infaillible de reconnaître un chauffeur de taxi : c'est quelqu'un qui n'a jamais de monnaie.

(1988)

Comment passer la douane

La nuit dernière, à l'issue d'un de mes innombrables rendez-vous galants, j'ai trucidé ma dernière maîtresse en date en lui fracassant la tête avec une précieuse salière signée Cellini. D'abord au nom de l'éducation morale très stricte reçue dans mon enfance — une femme encline au plaisir est indigne de pitié —, ensuite pour des raisons esthétiques, afin d'éprouver le frisson du crime parfait.

Au son pur d'un CD diffusant une musique pour eaux du Baroque anglais, j'ai attendu que le cadavre refroidisse, que le sang coagule, puis avec une scie électrique j'ai découpé le corps, en m'efforçant de respecter les principes anatomiques fondamentaux, en hommage à la culture sans laquelle il n'existerait ni courtoisie ni contrat social. Ensuite, j'ai placé les morceaux dans deux valises en peau d'ornithorynque, j'ai passé un complet gris et j'ai pris un wagon-lit pour Paris.

Après avoir remis au conducteur mon passeport et un formulaire où je déclarais avec exactitude la centaine de milliers de francs en ma possession, j'ai dormi du sommeil du juste, car rien ne favorise davantage l'endormissement que le sentiment du devoir accompli. Quant aux douaniers, ils ne se seraient jamais permis de déranger un citoyen qui, en voyageant en première et en single, déclarait *ipso facto* son appartenance à une classe hégémonique, se plaçant par là même au-dessus de tout soupçon. Situation d'autant plus appréciable que, afin d'éviter les crises de manque, j'avais emporté un peu de morphine, huit ou neuf cents grammes de cocaïne et une toile du Titien.

Je ne dirai rien de la façon dont, à Paris, je me suis débarrassé des misérables restes. Je me fie à votre imagination. On peut aller à Beaubourg et déposer les valises sur l'un des escaliers roulants, personne ne s'en apercevra avant longtemps. On peut aussi les enfermer à la consigne automatique de la Gare de Lyon. Le mécanisme de réouverture à l'aide d'un mot de passe est si compliqué que des milliers de colis y sont en souffrance sans que personne se hasarde à venir vérifier. Plus simplement, il suffit de s'attabler à la terrasse des Deux Magots après avoir abandonné les valises devant la librairie La Hune. En moins de deux, on vous les fauchera et c'est votre voleur qui les aura sur les bras. Cela dit, il me serait difficile de nier que l'événement a fait naître en moi cette énorme tension qui accompagne toujours la réalisation d'une œuvre artistiquement parfaite et complexe.

De retour en Italie, me sentant nerveux, je résolus de m'accorder quelques jours de vacances à Locarno. Par un inexplicable sentiment de culpabilité, habité de l'impalpable crainte que quelqu'un me reconnût, je décidai de voyager en seconde classe, vêtu d'un jeans et d'un polo au crocodile.

À la frontière, je fus assailli par des fonctionnaires des douanes débordant de zèle. Ils fouillèrent mon bagage jusqu'au plus intime et me dressèrent un procès-verbal pour avoir importé en Suisse une cartouche de cigarettes italiennes. Ensuite, ils me firent remarquer que la validité de mon passeport était échue depuis quinze jours. Enfin, ils découvrirent au creux de mes sphincters 50 francs suisses d'une provenance incertaine, pour lesquels je n'étais pas en mesure de produire un document officiel d'achat régulier auprès d'un organisme de crédit.

On m'a interrogé sous une lampe de 1 000 watts, frappé avec un drap de bain mouillé et interné provisoirement dans une cellule d'isolement sur un lit de contention.

Par bonheur, j'ai eu la présence d'esprit de dire que j'appartenais à la loge P2 depuis sa fondation, que j'avais posé deux ou trois bombes dans les trains express à des fins idéologiques, et que je me considérais comme un prisonnier politique. Aussitôt, on m'a attribué une chambre individuelle au Centre de Bien-Être du Grand Hôtel des Îles Borromées. Un diététicien m'a conseillé de sauter quelques repas afin de retrouver mon poids de forme, tandis qu'un psychiatre a ouvert un dossier afin d'obtenir une détention à domicile pour anorexie avérée. En attendant, j'écris des lettres anonymes aux juges des Tribunaux de ma juridiction, insinuant qu'ils se les adressent réciproquement, et j'ai accusé Mère Teresa d'avoir eu des rapports actifs avec les Troupes Communistes Combattantes.

Si tout se passe bien, dans une semaine je suis chez moi.

(1989)

Comment voyager dans les trains américains

En avion, vous pouvez voyager avec un ulcère, la gale, les genoux cagneux, le tennis-elbow, la danse de Saint-Guy, le sida, la phtisie galopante et la lèpre. Mais pas avec un rhume. Ceux qui ont essayé savent que, lorsque l'avion descend d'un seul coup de dix mille pieds, on ressent des douleurs aux oreilles, on a l'impression que notre tête va éclater et on frappe des poings contre le hublot en hurlant qu'on veut sauter, même sans parachute. Sachant cela, j'ai décidé de partir enrhumé à New York, équipé d'un spray nasal à l'effet dévastateur. Ça s'est mal passé. À l'arrivée, j'avais le sentiment d'être au fond de la fosse des Philippines, je voyais les gens bouger les lèvres mais n'entendais strictement rien. Le médecin m'a expliqué par gestes que je souffrais d'une inflammation des tympans, il m'a gavé d'antibiotiques et m'a interdit de prendre l'avion pendant vingt jours. Comme je devais me rendre dans trois localités de la Côte Est, je me suis déplacé en train.

Les chemins de fer américains sont le reflet de ce que pourrait être la terre après une guerre atomique. Oh, bien sûr les trains partent ! Le problème, c'est qu'ils arrivent souvent avec six à sept heures de retard, quand ils ne tombent pas en panne en rase campagne ; quant aux gares, elles sont immenses, glaciales, vides, sans un bistrot, hantées de types aux mines patibulaires, sillonnées de souterrains rappelant le métro new-yorkais du *Retour sur la planète des singes*. La ligne New York-Washington, qu'empruntent journalistes et sénateurs, offre — en première — le confort d'une business class et on y sert un repas chaud du niveau d'un restau U. Mais sur les autres dessertes, les wagons sont dégoûtants, les banquettes en skaï éventrées, et le bar propose une nourriture à vous faire regretter (et j'exagère à peine) la sciure recyclée de nos trains régionaux.

On nous abreuve de films en Technicolor nous montrant des crimes abominables commis dans de luxueux wagons-lits où des femmes blanches sublimes sont alimentées en champagne par des serveurs noirs tout droit sortis d'*Autant en emporte le vent*. Faux, archifaux. En réalité, les passagers noirs des trains américains sortent tout droit de *La Nuit des morts-vivants* et les contrôleurs blancs arpentent dégoûtés les couloirs en trébuchant sur des boîtes de Coca, des bagages abandonnés, des journaux enduits d'une mayonnaise ayant giclé des sandwichs emballés dans du plastique bouillant, irradié par des micro-ondes très dangereuses pour le patrimoine génétique.

En Amérique, le train n'est pas un choix. C'est une punition pour avoir ignoré l'étude de Weber sur l'éthique protestante et l'esprit du capitalisme, et commis l'erreur de rester pauvre. Toutefois, le dernier mot d'ordre des *liberals* est la nécessité du *politically correct* (le langage ne doit pas faire sentir les différences). Aussi les contrôleurs sont-ils très aimables même avec les clochards (il faudrait dire « pas banalement rasé »). À la Pennsylvania Station, on a des « non-partants » qui errent, lançant des regards distraits sur les bagages d'autrui. Mais personne n'a oublié la polémique sur les brutalités policières de Los Angeles, et New York est une ville politiquement correcte. Un policier du genre irlandais s'approche du présumé vagabond, se fend d'un sourire et lui demande ce qu'il fabrique dans les parages. Celui-ci en appelle aux droits de l'homme. L'agent, séraphique, observe qu'il fait une très belle journée dehors, puis s'éloigne en faisant osciller (pas tournoyer) sa longue matraque.

En outre, on compte beaucoup de fumeurs parmi les pauvres, lesquels se refusent à abandonner l'ultime symbole de leur marginalisation. Ainsi, m'étant hasardé à monter dans l'unique wagon fumeurs, je me suis retrouvé en plein *Opéra de quat'sous*. J'étais le seul en costume-cravate. Pour le reste, des monstres catatoniques, des vagabonds dormant la bouche ouverte et râlant, des zombies comateux. La voiture était en queue de train, si bien qu'à l'arrivée ce ramassis de parias devait parcourir une centaine de mètres avec la démarche de Jerry Lewis.

Rescapé de l'enfer ferroviaire, après avoir passé des vêtements non contaminés, je me suis rendu à un dîner donné dans le salon privé d'un *Faculty Club*, en compagnie de professeurs élégantissimes, parlant une langue très châtiée. À la fin du repas, j'ai demandé si je pouvais aller fumer quelque part. Silence, sourires gênés, puis l'un d'eux a fermé les portes, une dame a sorti de son sac un paquet de cigarettes, d'autres ont pillé le mien. Regards complices, petits rires étouffés comme dans l'obscurité d'un cabaret de strip-tease. Ce furent dix minutes de délicieuse et frémissante transgression. J'étais Lucifer, j'arrivais du monde des ténèbres et je les éclairais du flambeau du péché.

(1991)

Comment visiter les marigots de demain

Cet été, par un fâcheux concours de circonstances, je n'ai pas pris de vraies vacances. Pardon pour ce détail autobiographique sans intérêt, mais je dois l'évoquer car, bien que n'étant pas un magnat des affaires, j'ai quand même atterri à Grand Cayman. Je m'explique : en novembre, durant plusieurs semaines, mon travail m'a amené à parcourir de long en large les deux Amériques et, lorsque j'ai découvert, ô divine surprise, que j'avais cinq jours de libres à cheval sur un week-end, j'ai cherché la première île des Caraïbes où je pouvais me rendre sans trop de complications, et je m'y suis réfugié. C'était une des trois îles Cayman, un peu au sud de Cuba, non loin de la Jamaïque, un petit État qui fait partie du Commonwealth britannique, où l'on paie en Cayman Dollars, et croyez-moi, payer en dollars caïmans, ça vous fait l'effet d'être à Disneyland.

Les îles Cayman ont trois caractéristiques. Primo, et je vais y revenir, c'est un célèbre paradis fiscal ; deuzio, la mer est calme, limpide, tiède et, en s'y baignant, on peut croiser des tortues marines très rapides ou frôler des races à la taille inimaginable mais pas effrayantes du tout, plutôt sympas même, au point que je songe à un nouveau Manifeste pour la Défense de la Race ; tertio, le tourisme local se fonde en grande partie sur la mythologie de la flibuste.

Ce dernier point vient de ce que leur position et leur absence de population en firent le lieu d'ancrage et la base opérationnelle des navires pirates. Et bien sûr, l'office local du tourisme exploite à fond le mythe : il approvisionne d'immenses supermarchés en panoplies du parfait pirate qui font la joie des petits visiteurs, et il organise des festivals de la piraterie. Un galion, crédible malgré ses dimensions modestes, accoste dans la rade, des hommes en débarquent avec le bandeau noir sur l'œil, le crochet, le sabre d'abordage, bref, tout le toutim, ils enlèvent des gamines piaillantes déguisées en costume d'époque, se battent en duel, et à la fin, on a droit aux feux d'artifice, à la danse des pirates en plein air, puis on s'empiffre de ragoût de tortue, et de *conch* mariné ou en paupiettes, sorte de calamar caoutchouteux riche en protéines que les locaux cuisinent de diverses façons. Le spectacle est conseillé aux familles, et les acteurs (vous imaginez le réservoir d'emplois que constitue la piraterie pour les pacifiques Caïmans) n'ont même pas le droit de boire une bière durant leurs incursions.

Or, nous savons tous que les vrais pirates étaient des forbans, des gens sans foi ni loi, capables de vous couper la main pour voler une bague, avides de viols et de mises à sac, s'amusant follement à jeter à la mer des pauvres bougres du haut de leur passerelle ; des voyous en somme, des fils, maris et pères de femmes aux mœurs légères, horribles à voir, mal lavés, puant l'ail et le rhum. Mais le temps guérit toutes les blessures, Hollywood est passé par là, ces misérables sont devenus des héros de légende et on les offre aux familles de touristes comme des modèles de vie fascinante et aventureuse.

Revenons maintenant au fait que les îles Cayman soient un paradis « off shore », c'est-à-dire un pays où l'on transfère les capitaux puisqu'il n'y a aucune entrave fiscale : les corsaires du dessous-de-table, les flibustiers des *Opérations Mains Sales*, les marchands de canons, bref tous ceux que la morale actuelle désigne comme de la mauvaise graine à éradiquer, ne s'en privent pas et nous suivons cela chaque jour dans les chroniques judiciaires. Mais qu'en sera-t-il dans deux ou trois cents ans ?

Le temps aura guéri les blessures. Sur l'île, je pensais aux escrocs venus du monde entier pour tramer, à l'abri des villas isolées de la côte, ce que trament en général les pourvoyeurs d'affaires, les corrompus compulsifs et autres blanchisseurs d'argent sale. Et je me disais que dans deux cents ans, l'office local du tourisme organiserait l'arrivée théâtrale des salauds de notre temps. Nouvelle flibuste, race maîtresse, affameurs de veuves, oppresseurs d'orphelins, orfèvres de la fraude fiscale, les « surfers » du « off shore » débarqueront de somptueux yachts équipés d'hélicoptères, accompagnés d'ondulantes starlettes et de mannequins en herbe. Ce sera pour de faux, bien sûr, les vrais personnages étant morts depuis longtemps, mais ils seront tous déguisés en richc avocat d'affaires véreux, en expert de la banqueroute frauduleuse, en passeur de pot-de-vin rasé de près et fleurant bon l'eau de toilette coûteuse, une chaîne en or sur le torse bronzé...

Les touristes paieront pour voir les gibiers de potence de notre siècle. Et, tandis que pour les pirates de jadis, on a retenu les noms de Morgan, Drake, l'Olonnais, Captain Flint et Long John Silver, pour ceux du futur, il faudra y aller en douceur. Car pour l'instant, ils sont juste mis en examen, mais ils n'ont pas encore été jugés coupables.

(1995)

Comment acheter des gadgets

L'avion survole majestueusement des plaines illimitées, des déserts immaculés. Le continent américain sait encore nous offrir des instants de relation tangible avec la nature. J'en oublierais presque la civilisation, mais voilà que dans la poche située à l'avant de mon siège, entre les instructions pour l'évacuation rapide (de l'avion, en cas d'accident) et le programme des films, au son des *Concertos brandebourgeois* diffusés par mon casque, je tombe sur un exemplaire de *Discoveries*, une brochure qui énumère, photos alléchantes à l'appui, des objets à commander par correspondance. Les jours suivants, sur d'autres vols, je découvre *The American Traveller, Gifts with Personality*, et autres publications de ce genre.

Elles sont d'une lecture fascinante, je m'y perds, j'en oublie la nature, si monotone car, dit-on, « *non facit saltus* » (j'espère que mon avion n'en fera pas non plus, des sauts). La culture est d'autant plus intéressante qu'elle sert à corriger la nature. La nature est rude, ennemie, tandis que la culture permet à l'homme d'agir avec un gain d'effort et de temps. La culture libère le corps de l'esclavage du travail, elle le dispose à la contemplation.

Songez par exemple combien il est fastidieux de manipuler un *nasal spray*, vous savez, un de ces flacons pharmaceutiques que l'on presse entre deux doigts pour envoyer une vaporisation bienfaisante déboucher nos narines. Finies les angoisses. *Viralizer* (4 $ 95) est un appareil où l'on insère ledit flacon et qui l'écrase pour vous en propulsant le jet à grande vitesse vers la secrète intimité de vos voies respiratoires. Naturellement, l'engin doit être tenu des deux mains et, globalement, à en juger par la photo, on a l'impression de se tirer dessus avec une kalachnikov. Mais tout a un prix.

Je suis frappé, et espère ne pas l'être ultérieurement, par *Omniblanket*, qui coûte la bagatelle de 150 dollars. En apparence, c'est une simple couverture chauffante, mais elle est équipée d'un programme électronique visant à adapter sa température aux diverses parties du corps. Je m'explique : si la nuit, vous grelottez vers les épaules et suez au niveau de l'aine, il suffit de programmer *Omniblanket*, elle vous maintiendra les épaules au chaud et l'aine au frais. Oui mais vous serez dans de beaux draps si, par excès de nervosité, vous gigotez dans le lit et vous retrouvez la tête en bas. Vous vous rôtirez les roubignoles ou ce que vous avez d'autre dans cette zone-là, en fonction des différents sexes. Je ne crois pas qu'on puisse demander une amélioration à l'inventeur, je le soupçonne d'être mort carbonisé.

Il vous arrive sans doute de ronfler, troublant ainsi le sommeil de votre partenaire, homme ou femme. Eh bien, le *Snore Stopper* est une sorte de montre que vous enfilez au poignet avant de dormir. Grâce à son audiosensor, *Snore Stopper* détecte votre moindre rugissement, émet une impulsion électrique qui, en remontant le long du bras, atteint un de vos centres nerveux et interrompt je ne sais trop quoi, toujours est-il que ça marche, vous ne ronflez plus. L'objet ne coûte que 45 dollars. L'ennui, c'est qu'il est déconseillé formellement aux cardiaques. De surcroît, il pèse presque un kilo. Vous pouvez donc l'utiliser auprès du conjoint auquel vous êtes uni par des décennies d'habitude, mais pas avec l'aventure d'une nuit, car faire l'amour en ayant un engin d'un kilo au poignet risque de provoquer quelques incidents collatéraux.

Vous le savez, pour éliminer leur cholestérol, les Américains font du jogging, c'est-à-dire qu'ils courent pendant des heures jusqu'à s'écrouler raides morts d'un infarctus. *Pulse Trainer* (59 $ 95) se met au poignet, et un fil le relie à un petit capuchon de caoutchouc qu'on enfile au bout de l'index. Lorsque votre système cardio-vasculaire est au bord du collapsus, une alarme retentit. C'est un beau progrès si l'on songe que, dans les pays sous-développés, on s'arrête simplement quand on est hors d'haleine — un paramètre bien primitif qui explique sans doute pourquoi les enfants du Ghana ne font pas de jogging. Le plus étonnant, c'est qu'en dépit d'une telle négligence, ils n'aient pas une once de cholestérol. Avec *Pulse Trainer*, vous courrez tranquilles, et si en plus vous vous ceignez le torse et la taille de ceintures *Nike Monitor*, une voix électronique, renseignée par deux microprocesseurs et un Doppler Effect Ultra Sound, vous annoncera la distance parcourue et votre vitesse (300 $).

Si vous aimez les bêtes, je vous conseille *Bio Bet*. Ça se passe autour du cou de votre chien et ça émet des ultrasons (Pmbc Circuit) qui tuent les puces. Ça ne coûte que 25 dollars. Je ne sais si on peut l'utiliser sur le corps humain pour tuer les morpions, mais je redoute les habituels effets collatéraux. Piles Duracell Lithium non incluses dans le conditionnement. Le chien doit aller se les acheter tout seul.

Shower Valet (34 $ 95) vous fournit, d'un seul tenant accroché au mur, un miroir de salle de bains antibuée, une radio, une télé, un porte-lames et un distributeur de mousse à raser. La pub affirme qu'il transformera l'assommante routine matinale en une « expérience extraordinaire ». *Spice Track* (36 $ 95) est une machine électrique contenant tous les flacons de toutes les épices possibles et imaginables. Les pauvres les alignent sur une étagère au-dessus du fourneau, et quand ils veulent saupoudrer, disons, de la cannelle sur leur portion quotidienne de caviar, ils doivent les prendre de leurs propres doigts. Vous, vous tapotez sur un clavier un algorithme (en Turbo Pascal, je crois) et l'épice désirée, grâce à une rotation, se présente à vous.

Si vous voulez faire un cadeau à l'être aimé pour son anniversaire, moyennant 30 dollars seulement, une société spécialisée lui envoie un exemplaire du *New York Times* du jour de sa naissance. S'il est né le jour d'Hiroshima ou du tremblement de terre de Messine, c'est son problème. Cela sert aussi à humilier les personnes détestées, si elles sont nées un jour où il ne s'est rien passé.

Sur les long-courriers, on loue pour deux ou trois dollars des écouteurs diffusant de la musique ou la bande originale du film. Les voyageurs habituels et compulsifs, effrayés par le sida, peuvent acheter (19 $ 95) des écouteurs personnels et personnalisés — stérilisés — qu'ils trimbaleront de vol en vol.

En passant de pays en pays, vous aurez besoin de savoir combien de dollars vaut une livre sterling, ou combien de doublons espagnols il faut pour un thaler. Les pauvres utilisent un crayon à papier ou une calculatrice à 50 balles. Ils lisent les cours sur leur journal favori et ils multiplient. Les riches achètent un *Currency Converter* à 20 dollars : l'engin fait la même chose qu'une calculatrice, à ceci près qu'il doit être reprogrammé chaque matin par le directeur général en fonction des cours quotidiens et qu'il est probablement incapable de répondre à la question (non monétaire) « Six fois six ? ». Le fin du fin : une calculatrice qui, pour le double du prix, fait la moitié de ce que savent faire les autres.

Vous avez ensuite les agendas miracles (*Master Day Time, Memory Pal, Loose-Leaf Timer*, etc.). Un agenda miracle est fait comme un carnet normal (sauf qu'en général il ne rentre pas dans votre poche). Comme un carnet normal, après le 30 septembre vient le 1er octobre. Ce qui change, c'est la description. Imaginez — vous explique-t-on — que le 1er janvier vous preniez un rendez-vous pour le 20 décembre ; il y a presque douze mois entre les deux dates, et aucun esprit humain ne peut mémoriser un détail aussi insignifiant pendant tant de temps. Alors que faire ? Le 1er janvier, vous ouvrez votre agenda à la page du 20 décembre et vous écrivez « 10 heures, monsieur Smith ». Merveilleux ! Durant toute l'année, vous pourrez oublier ce lourd engagement, il suffit que le 20 décembre à sept heures du matin, tandis que vous mangez vos céréales au lait, vous ouvriez votre agenda et comme par miracle vous vous souvenez de votre rendez-vous... Mais admettons que le 20 décembre, vous vous réveilliez — que sais-je — à onze heures et que vous ne regardiez votre agenda qu'à midi ? Il est sous-entendu que si vous avez dépensé 50 dollars pour l'agenda miracle, vous aurez au moins le bon sens de vous lever tous les jours à sept heures.

Afin d'accélérer votre toilette du 20 décembre, vous serez tentés d'acquérir, contre 16 malheureux dollars, le *Nose Hair Remover*, ou *Rotary Clipper*. C'est un instrument qui aurait fasciné le marquis de Sade. Il s'enfile dans le nez (en général) et, par une rotation électrique, il tranche les poils internes, inaccessibles aux ciseaux de couturière avec lesquels les pauvres essaient habituellement, et vainement, de les couper. Je ne sais s'il existe un conditionnement macro pour votre éléphant.

Le *Cool Sound* est un frigo portatif pour pique-nique, avec télé incorporée. La *Fish Tie* est une cravate en forme de merlan, 100 % polyester. Le *Coin Changer* (un mini-distributeur de monnaie) vous évite de fouiller vos poches au moment d'acheter votre journal. Hélas, il est gros comme la châsse qui contiendrait le fémur de saint Alban. L'histoire ne dit pas où, en cas d'urgence, on trouve les pièces de monnaie pour le remplir.

Le thé, si la plante est bonne, nécessite uniquement un récipient pour faire bouillir l'eau, une petite cuiller et, au mieux, une passoire. *Tea Magic* (9 $ 95) est une machine hyper-compliquée qui réussit à rendre la confection d'une tasse de thé aussi laborieuse que celle d'une tasse de café.

J'ai des troubles hépatiques, de l'acide urique, une rhinite atrophique, une gastrite, le genou des lavandières, un tennis-elbow, une avitaminose, des douleurs articulaires et musculaires, les gros orteils en marteau, des eczémas allergiques et je souffre peut-être même de la lèpre. Dieu soit loué, je ne suis pas hypocondriaque par-dessus le marché. Le fait est que chaque jour je dois me rappeler qu'à telle heure j'ai tel cachet à prendre. On m'a offert des boîtes à pilules en argent, mais j'oublie de les remplir le matin. Se balader avec l'ensemble des flacons amène à dépenser une fortune en maroquinerie, et puis ce n'est pas commode quand on se déplace en trottinette. Le *Tablets Container* a résolu tout cela, qui, avec un encombrement non supérieur à celui d'une Lancia Thema, vous accompagne durant votre laborieuse journée et, par rotation, vous fournit au bon moment la bonne pilule. Plus raffiné encore, l'*Electronic Pill Box* (19 $ 85) pour des patients qui n'auraient pas plus de trois maladies à la fois. La boîte a trois compartiments, et un ordinateur incorporé émet un signal quand il est l'heure de prendre votre pilule.

Trap-Ease est épatant si vous avez des souris chez

vous. Vous y mettez du fromage à l'intérieur, vous le posez là et vous pouvez même aller à l'Opéra. Dans les pièges normaux, quand elle entre, la souris se heurte à un bidule qui fait s'abattre une sorte d'assommoir qui l'occit. *Trap-Ease*, en revanche, est construit avec un angle obtus. Si la souris s'arrête au niveau de l'entrée, elle est saine et sauve (mais elle ne grignote pas le fromage). Si elle le boulotte, l'objet opère une rotation de 94 degrés et un rideau de fer tombe derrière elle. Comme l'engin coûte la bagatelle de 8 dollars et qu'il est transparent, vous pourrez, au choix, observer la souris les soirs où la télé est en panne, la relâcher au beau milieu des champs (option écologique), balancer le tout à la poubelle, ou — durant le prochain siège — plonger directement l'animal dans une marmite d'eau bouillante.

Le gant *Leaf Scoops* transforme vos mains en celles d'un palmipède issu, par mutation radioactive, d'un croisement entre une oie, un ptérodactyle et une victime d'Alien. Il sert à ramasser les feuilles mortes de votre parc de 80 000 acres. Moyennant 12 dollars et 50 cents, vous économisez sur le jardinier ou le garde-chasse (conseillé à Lord Chatterley). *Tie Saver* asperge votre cravate d'un nuage huileux de sorte que vous pouvez manger un Big Mac chez Maxim's et diriger ensuite votre conseil d'administration sans ressembler au docteur Barnard après sa dernière greffe (15 $). Utile pour les inconditionnels de la brillantine, on peut s'essuyer le front avec la cravate.

Que se passe-t-il quand votre valise est pleine à craquer ? Le demeuré moyen achète une autre valise, en daim ou en sanglier. Mais du coup, il a les deux mains occupées. La solution : le *Briefcase Expander*, une manière de bât qui se superpose à votre unique valise, où vous pouvez entasser votre fourbi restant. Le tout atteint une épaisseur de deux mètres passés, et, pour

45 dollars, vous éprouverez la sensation de voyager avec un mulet sous le bras.

Ankle Vallet (19 $ 95) permet de cacher les cartes de crédit dans une poche secrète scotchée au mollet. Indispensable aux trafiquants de drogue. Dès que vous prenez le volant, placez *Drive Alert* derrière votre oreille. Si un coup de barre — ou un coup dans l'aile ou ce que vous voulez — vous amène à incliner la tête en avant au-delà du seuil toléré, une alarme se déclenche. À en juger par la photo, l'objet transforme l'utilisateur en un hybride de Mr Spock, du Prince Charles et d'Elephant Man. Si vous en êtes harnaché quand on vous demande « Veux-tu m'épouser ? », ne répondez pas d'un « oui » énergique. Vous finiriez foudroyé par un ultrason.

Je termine avec, en vrac, un distributeur automatique de graines pour oiseaux, un bock personnalisé équipé d'une sonnette de bicyclette (vous l'actionnez pour réclamer une autre tournée), un sauna facial, un distributeur de Coca-Cola en forme de pompe à essence, et, merveille des merveilles, *Bicycle Seat*, une selle double, une pour chaque fesse. Idéale pour les vélocipédistes prostatiques. La pub dit qu'elle a un « split-end design (no pun intended) ». Traduisez : « Elle vous fend le derrière en deux (soit dit sans malice) ».

Entre deux avions, on peut aussi explorer les kiosques à journaux, on y apprend plein de choses. Dernièrement, j'ai découvert l'existence de plusieurs revues consacrées aux chasseurs de trésors. J'ai acheté *Trésors de l'Histoire*, éditée à Paris, qui publie des articles sur d'hypothétiques gisements prodigieux disséminés en France, des indications géographiques et topographiques précises, des informations sur les trésors déjà mis au jour en ces mêmes lieux.

Ce numéro-là énumère les trésors qu'on trouve au fond de la Seine : ça va des monnaies anciennes aux objets balancés à l'eau au cours des siècles, épées, vases, bateaux, en passant par un tas d'autres butins compromettants, y compris des œuvres d'art. Il recense également les trésors enterrés en Bretagne par la secte apocalyptique d'Éon de l'Estoile au Moyen Âge ; les trésors de la forêt enchantée de Brocéliande, remontant à l'époque de Merlin et du cycle du Graal, avec de minutieuses indications vous permettant d'identifier, si vous avez du pot, le Saint-Graal lui-même ; les trésors enterrés par les Vendéens sous la Révolution française en Normandie ; le trésor d'Olivier le Diable, barbier de Louis XI ; les trésors que les romans d'Arsène Lupin évoquent, apparemment pour de faux mais qui existent pour de vrai. En outre, la revue présente un *Guide de la France trésoraire*, dont on ne vous donne qu'un aperçu, puisque l'œuvre complète, disponible à 26 francs chez tous les bons marchands de journaux, contient 74 cartes à l'échelle 1 : 100, chacun pouvant choisir celle de sa région.

Le lecteur doit se demander comment fouiller sous terre ou sous l'eau. Pas de problème. La revue offre articles et publicités sur l'attirail indispensable au bon chercheur. Il y a plusieurs types de détecteurs pour l'or, les métaux ou les autres matières précieuses. La recherche sous-marine nécessite combinaisons, masques, palmes ainsi que des instruments équipés de discriminateurs de fréquence identifiant les seuls bijoux. Certains de ces engins coûtent des milliers de francs, d'autres atteignent ou dépassent le million de centimes. On vous propose également des cartes de crédit, avec lesquelles, contre une dépense de dix mille francs, vous pouvez continuer à faire vos emplettes grâce à un bon d'achat de mille francs (on ne comprend pas la raison de ce rabais, vu qu'à ce stade l'acheteur devrait avoir trouvé au minimum un coffre rempli de doublons espagnols).

Moyennant quatre mille balles, vous pouvez vous offrir un *M-Scan* qui, pour encombrant qu'il soit, vous permet de déceler des monnaies de cuivre à vingt-deux centimètres de profondeur, une cassette à deux mètres et une masse optimale de métal enfouie à environ trois mètres sous vos pieds. Les modes d'emploi précisent comment orienter les différents types de détecteurs, informent que le temps pluvieux favorise la recherche des grosses masses et le temps sec celle des petits objets. Mieux vaut utiliser le *Beachcomber 60* sur les plages ou les terrains très minéralisés (vous comprenez bien que si une monnaie de cuivre est ensevelie à côté d'un gisement de diamants, la machine peut faire des caprices et ignorer la pièce). En outre, une pub précise que 90 % de l'or mondial reste à découvrir et que *Goldspear*, un appareil très maniable — il coûte une brique — est conçu expressément pour les filons aurifères. Beaucoup moins cher, le détecteur de poche *(Metal Locator)* pour cheminées et meubles anciens. À moins de cent cinquante francs, un petit atomiseur de AF2 permet de nettoyer et désoxyder vos monnaies trouvées. Si vous voulez de plus amples informés, on vous donne une biblio aux titres alléchants : *Histoire mystérieuse des trésors français, Guide des trésors ensevelis, Guide des trésors perdus, France terre promise, Les Souterrains de la France, La Chasse aux trésors en Belgique et en Suisse,* j'en passe et des meilleures.

On se demande pourquoi, avec toute cette richesse à disposition, les rédacteurs de cette revue perdent le meilleur de leurs jours à l'écrire au lieu de partir pour les forêts de Bretagne. Eh bien, la revue, les livres, les détecteurs, les palmes, les désoxydants et tout le toutim sont vendus par une seule et même organisation, laquelle possède une chaîne de magasins disséminés un peu partout. Le mystère est levé : le filon, eux, ils l'ont déjà trouvé.

Reste à savoir qui sont leurs clients. Ce sont sans doute les mêmes que ceux qui, en Italie, essaient de deviner le juste prix à la télé et courent après le mécénat des lessiviers. Les Français au moins y gagnent de saines promenades dans les bois.

(1986)

Comment remplacer un permis de conduire volé

En mai 81, de passage à Amsterdam, je perds (ou me fais voler dans un tram, car même en Hollande on pratique le vol à la tire) mon portefeuille contenant peu d'argent mais diverses cartes et mes papiers. Je ne m'en aperçois qu'au moment du départ, à l'aéroport, et constate aussitôt qu'il me manque ma carte de crédit. À une demi-heure de l'embarquement, je me lance à la recherche d'un bureau où déclarer cette perte, cinq minutes plus tard je suis reçu par un sergent de la police aéroportuaire, lequel, en bon anglais, m'explique que la chose ne relève pas de sa compétence, le portefeuille ayant été perdu en ville, mais il accepte toutefois de dactylographier ma déclaration et m'assure qu'à neuf heures du matin, à l'ouverture des bureaux, il téléphonera lui-même à l'American Express, résolvant en dix minutes la partie hollandaise de mon problème. De retour à Milan, je téléphone à l'American Express, le numéro de ma carte est signalé dans le monde entier, le lendemain j'ai une nouvelle carte. C'est chouette la civilisation, me dis-je.

Puis je fais l'inventaire des autres cartes disparues et présente ma déclaration à la préfecture. Temps de la démarche : dix minutes. Chouette, me redis-je *in petto*, en matière de police, nous n'avons rien à envier aux Hollandais. Entre autres papiers perdus, il y a ma carte de presse et je réussis à en avoir un duplicata en trois jours. Superchouette.

Hélas, il y avait aussi mon permis de conduire. Ce n'est pas vraiment un problème, me semble-t-il. C'est une question de voitures, Ford se profile à notre horizon, nous sommes un pays autoroutier. Je téléphone à l'Automobile Club, ils me répondent qu'il me suffit de communiquer le numéro du permis perdu. Oui, mais je ne l'ai noté nulle part, il ne figure que sur mon permis, justement. J'essaie de savoir si on ne pourrait pas retrouver ledit numéro en regardant à mon nom. Impossible, disent-ils.

J'ai besoin de conduire, c'est une question de vie ou de mort. Aussi, je me résous à faire ce que je ne fais jamais d'habitude : emprunter les raccourcis privilégiés. En général, je m'abstiens de ce type de démarche car je n'aime pas déranger mes amis ou mes connaissances et je déteste ceux qui le font avec moi. Par ailleurs, j'habite Milan, ville où il n'est pas nécessaire de téléphoner au maire si on a besoin d'un papier à la mairie : il est plus rapide de faire la queue au guichet approprié, le personnel y est plutôt efficace. Mais enfin, la voiture nous rendant tous un peu nerveux, je me décide à téléphoner à une Haute Personnalité de l'Automobile Club de Rome, laquelle me met en contact avec une Haute Personnalité de l'Automobile Club de Milan, laquelle dit à sa secrétaire de faire tout ce qu'elle peut. Hélas, elle peut peu, très peu, la brave dame.

Elle me donne quelques tuyaux, me conseille de chercher un ancien reçu de location AVIS, lequel — béni soit le papier carbone ! — porte le numéro de mon permis, elle m'aide à régler rapidement les démarches préliminaires, puis elle m'adresse à l'endroit idoine, le bureau des permis de la préfecture. Je découvre un hall immense pullulant d'une foule désespérée et puante, quelque chose comme la gare de New Delhi dans un film sur la révolte des Cipayes, où les postulants, armés de Thermos et de sandwichs, campent en racontant des histoires terribles (« Moi, je suis là depuis la guerre de Libye ») et atteignent enfin le guichet au moment même où il ferme. C'est ce qui m'arrive.

Disons que c'est l'affaire de deux ou trois jours de file d'attente, au cours desquels, à chaque fois que vous vous présentez, on vous informe que vous avez rempli le mauvais formulaire ou acheté le mauvais timbre fiscal, et vous êtes bon pour refaire la queue ; mais ça on le sait, c'est dans l'ordre des choses. « L'affaire est en bonne voie, me dit-on, revenez dans une quinzaine. » En attendant, « Taxi ! ».

Quinze jours plus tard, après avoir enjambé ceux qui ont fini par craquer et gisent dans un état comateux, j'apprends au guichet que le numéro récupéré sur la facture AVIS, à cause d'une erreur de la source, d'une défaillance du papier carbone ou d'une détérioration du document trop vieux, n'est pas le bon. Et sans le bon numéro, rien à faire. « D'accord, vous ne pouvez inventer un numéro que je ne suis pas en mesure de vous fournir. Mais si vous cherchez au nom de Eco, vous le trouverez, ce satané numéro. » Eh bien, pas du tout : par mauvaise volonté, surcharge de travail ou parce que les permis sont archivés par numéros, cela est impossible. « Essayez là où vous avez passé votre permis — c'est-à-dire à Alexandrie (Piémont), il y a fort longtemps ! —, là-bas, ils devraient pouvoir vous révéler votre numéro. »

Pas le temps d'aller à Alexandrie, surtout si je ne peux m'y rendre en voiture. J'active donc mon deuxième « raccourci » : j'appelle un camarade de classe devenu une Haute Personnalité de la finance locale et lui demande de téléphoner à la Direction de la Circulation, des Transports et du Commerce. Celui-ci prend sous son bonnet de téléphoner directement à une Haute Personnalité de la Direction de la Circulation, des Transports et du Commerce, laquelle répond qu'il est impossible de communiquer ce genre d'information sinon aux carabiniers. J'espère que le lecteur se rend bien compte du danger que courraient nos institutions si le numéro de mon permis de conduire était communiqué aux quatre coins de la ville. Kadhafi et le KGB n'attendent que ça. Affaire Top Secret, donc.

Je passe en revue mon passé et reprends contact avec un autre camarade de classe devenu une Haute Personnalité d'un Service Public ; toutefois, je lui recommande de ne pas s'adresser aux hautes personnalités de la Direction de la Circulation, des Transports et du Commerce, car la chose est périlleuse, et on pourrait bien se retrouver avec une enquête parlementaire sur le dos. Mieux vaut dénicher une basse personnalité, à la limite un veilleur de nuit qui se laisse corrompre pour aller nuitamment fourrer son nez dans les archives. Par bonheur, la Haute Personnalité du Service Public trouve à la Direction de la Circulation, des Transports et du Commerce, une moyenne personnalité qu'il est inutile de corrompre car, lecteur assidu de *L'Espresso*, il décide, par amour de la culture, de rendre ce dangereux service à son chroniqueur préféré (votre serviteur). Je ne sais ce qu'entreprend ce héros intrépide, toujours est-il que le lendemain j'ai le numéro de mon permis de conduire, numéro que les lecteurs me permettront de taire, car j'ai charge d'âmes.

Armé de mon numéro (que désormais je note partout et cache au fond de tiroirs secrets en vue des prochains vol ou perte), je franchis de nouvelles files d'attente à la Direction de la Circulation, des Transports et du Commerce, et je vais l'agiter sous les yeux soupçonneux du préposé, lequel, avec un sourire qui n'a plus rien d'humain, m'informe que je dois déclarer également le numéro du dossier sous lequel, dans les lointaines années cinquante, les autorités d'Alexandrie communiquèrent le numéro de mon permis de conduire aux autorités de Milan.

Je reprends les coups de fil à mes camarades de classe, l'infortunée moyenne personnalité, qui a déjà pris tant de risques, repart à la charge, commet une bonne douzaine de délits, soutire une information dont il semble que les carabiniers soient très friands, et me fait parvenir le numéro du dossier, numéro que je tairai lui aussi, car, on le sait, les murs ont des oreilles.

Je retourne à la Direction de la Circulation, des Transports et du Commerce, je m'en tire avec quelques jours de file d'attente, et obtiens la promesse d'une pièce magique sous quinzaine. Le mois de juin est déjà bien entamé quand enfin j'ai entre les mains un document attestant que j'ai présenté une demande de permis de conduire. Évidemment, il n'existe pas de formulaire spécifique aux permis perdus, et ce papier n'est autre qu'une autorisation de conduite accompagnée, délivrée avant l'obtention du permis. Je le montre à un agent de police et lui demande si cela m'autorise à conduire. L'expression du brave officier me déprime : il m'annonce que s'il me piquait au volant avec ça, il me ferait regretter d'être né.

À dire vrai, je commence à le regretter. Je retourne au service des permis de conduire où, au bout de plusieurs jours, j'apprends que le papier reçu n'était qu'un amuse-gueule : il me faut l'autre papelard, celui qui stipule que, suite à la perte de mon permis, j'ai le droit de conduire en attendant d'en recevoir un nouveau, après que les autorités auront vérifié que j'en possédais bien un ancien. Or ça, tout le monde le sait, de la police hollandaise à la préfecture italienne en passant par le service des permis, lequel refuse de se prononcer sur le sujet avant d'y avoir mûrement réfléchi. J'ajouterai que tout ce que le service des permis pourrait désirer connaître revient exactement à savoir ce qu'il sait déjà, et la plus mûre des réflexions ne lui apprendra jamais autre chose.

Mais bon, patience. En juin, je vais à plusieurs reprises m'informer du destin du document numéro deux. Tout porte à croire que sa fabrication est un travail très délicat car on me réclame des tas de justificatifs et de photos : j'imagine que c'est une manière de passeport, avec pages filigranées et autres trucs de ce genre.

Fin juin, ayant dépensé des sommes astronomiques en taxis, je cherche un nouveau raccourci. J'écris dans des journaux, bon sang ! Une âme charitable pourrait peut-être venir à mon secours puisque, belle excuse, je dois voyager pour des raisons d'utilité publique. Par l'entremise de deux rédactions milanaises (*Republica* et *L'Espresso*), je réussis à entrer en contact avec le service de presse de la préfecture. Là, miracle !, une gente dame se déclare prête à s'occuper de mon cas. Elle ne songe même pas à empoigner son téléphone : courageuse, elle se rend en personne au service des permis et pénètre des recoins d'où sont exclus les profanes, au milieu de labyrinthiques théories de dossiers gisant en ces lieux depuis la nuit des temps. Ce que fait la gente dame, point ne le sais (j'entends des cris étouffés, un éboulement de paperasse, des nuages de poussière filtrent sous la porte). Finalement, elle réapparaît, brandissant un formulaire jaune, en papier très fin, semblable à ceux que les gardiens de parking glissent sous les essuie-glaces, de format dix-neuf/treize. Il ne porte aucune photo, il est rédigé à l'encre, avec les bavures des plumes Sergent-Major trempées dans les encriers blancs de notre enfance, pleins de saletés et de fibres qui créaient des filaments sur la page poreuse : j'y lis mon nom ainsi que le numéro du permis disparu. En caractères d'imprimerie, il est spécifié que ce document remplace le permis « susdécrit » et qu'il expire le vingt-neuf décembre de l'année en cours (le lecteur l'aura compris, la date est choisie afin de surprendre la victime tandis qu'elle négocie les virages d'une localité alpine, si possible en pleine tempête, loin de chez elle, pour que la police de la route puisse l'arrêter et la torturer).

Je suis habilité à conduire en Italie. Toutefois, ladite pièce plongerait dans l'embarras un policier normalement constitué si je la produisais hors de nos frontières. Peu importe, je conduis. Pour faire court, sachez qu'en décembre je n'ai toujours pas de permis. Je trouve la force de renouveler le document, je recours de nouveau au service de presse de la préfecture, je récupère le même papelard où une main malhabile a tracé ce que j'aurais pu écrire moi-même, à savoir qu'il est prorogé jusqu'à fin juin (autre date choisie pour me prendre en défaut, à la mer cette fois) ; on m'informe en outre qu'à cette date on s'emploiera à prolonger la validité du document, car pour le permis lui-même, les choses risquent de traîner encore longtemps. Mes compagnons d'infortune rencontrés au hasard des files d'attente m'apprennent d'une voix cassée que certains n'ont plus de permis depuis deux ou trois ans.

Avant-hier, j'ai collé sur ledit document ma vignette annuelle. Le buraliste m'a conseillé de ne pas la valider, car si d'aventure je récupérais mon permis, il me faudrait en racheter une. Mais en ne la validant pas, je crois m'être rendu coupable d'un délit.

À ce stade, j'ai trois remarques à faire. Primo, j'ai obtenu ce document en deux mois, parce que, grâce aux privilèges dont je jouis par rang et éducation, j'ai pu mobiliser une série de Hautes Personnalités de trois villes, de six services publics et privés, sans oublier un quotidien et un hebdo à tirage national. Si j'avais été épicier ou employé, à l'heure qu'il est, j'aurais dû m'acheter un vélo. Pour avoir un permis, il faut être membre de la Loge P2.

Secundo, le papier que je garde précieusement dans mon portefeuille est un document sans aucune valeur, tout à fait falsifiable ; ainsi, notre pays est rempli d'automobilistes circulant en situation d'identification difficile. Illégalité de masse ou fiction de légalité. La troisième observation requiert de la part des lecteurs un effort de concentration leur permettant de visualiser les permis de conduire italiens. Il s'agit de livrets constitués de deux ou trois pages en mauvais papier, et d'une photo. Ils ne sont pas réalisés à Fabriano comme les luxueuses revues de Franco Maria Ricci, ils ne sont pas imprimés à la main par d'habiles artisans, ils pourraient sortir de n'importe quelle imprimerie de seconde zone, et, depuis Gutenberg, la civilisation occidentale sait en produire des milliers et des milliers en quelques heures (d'ailleurs, les Chinois avaient inventé des procédés très rapides pour les caractères tracés à la main).

Combien de temps faudrait-il pour produire ces livrets par milliers, y coller la photo de la victime et les distribuer, pourquoi pas, dans un appareil automatique ? Que se passe-t-il dans les arcanes du service des permis ?

Les Brigades Rouges — c'est de notoriété publique — savent fabriquer en quelques heures des dizaines de faux permis (et notez qu'il est plus difficile de réaliser un faux permis qu'un vrai). Eh bien, si l'on ne veut pas que le citoyen privé de permis se mette à hanter les bars malfamés dans l'espoir d'y rencontrer un membre des Brigades Rouges, il n'y a qu'une seule solution : employer les brigadistes repentis aux services des permis. Ils ont le *know how*, ils disposent de temps libre, on les réinsère par le travail, d'un seul coup d'un seul on libère un tas de cellules de nos geôles, on rend socialement utiles des gens que l'oisiveté forcée pourrait replonger dans de dangereuses divagations de toute-puissance, on aide aussi bien les automobilistes pompés que les pompistes patentés.

Mais peut-être est-ce trop simple. Moi je dis que derrière cette histoire de permis de conduire, il y a la patte d'une puissance étrangère.

(1982)[1]

1. J'ai l'honneur et le plaisir d'informer les lecteurs français qu'après la publication de ce texte, le gouvernement de mon pays a modifié la procédure. Il y a quelques années, une fois encore soulagé de mon portefeuille par un extra-communautaire non Hollandais, j'ai reçu mon nouveau permis de conduire avant même que la police arrête mon voleur et me renvoie mon ancien permis. Dorénavant, je me trouve donc en possession de deux permis de conduire (chose parfaitement illégale) mais j'avoue ne pas avoir eu le courage de le déclarer aux pouvoirs publics, de peur qu'ils ne me les saisissent tous les deux.

Comment faire un inventaire

Le gouvernement se déclare prêt à tout faire pour assurer l'autonomie de nos universités. Le Moyen Âge avait instauré ce système et cela marchait mieux qu'aujourd'hui. Les universités américaines, dont la réputation de perfection est peut-être surfaite, sont autonomes. En Allemagne, elles dépendent du Land, mais un gouvernement local est plus maniable qu'une administration centralisée, et pour maints problèmes — le choix des professeurs par exemple —, le Land ratifie les décisions de l'université. En Italie, si un savant découvre que le phlogistique n'existe pas, il risque de ne pouvoir l'affirmer qu'en enseignant l'Axiomatique du Phlogistique, car une fois ce terme inscrit sur les listes ministérielles, il devient impossible de le modifier sinon au prix de négociations acharnées entre l'ensemble des facs du pays, le Conseil supérieur des Universités, le ministre en personne et certains organismes dont les noms m'échappent ici.

La recherche avance parce que quelqu'un entrevoit un jour un chemin inconnu jusque-là, et que, très rapidement, on décide de lui débloquer des crédits. Mais, si pour déplacer une chaise à Vipiteno, il faut que Rome se prononce, après avoir consulté les communes de Chivasso[1], Terontola, Afragola, Montelepre et Decimonannu, il est évident que la chaise sera déplacée au mieux quand ça ne servira plus à rien.

La recherche a aussi des ratés à cause de la bureau-

1. Les communes énumérées ici sont des bleds perdus sans universités (N.d.l.T.).

cratie qui freine la solution de problèmes absurdes. Je suis moi-même directeur d'un institut universitaire, et, il y a quelques années, nous avons dû faire l'inventaire minutieux des biens mobiliers. L'unique employée disponible était déjà débordée. On pouvait sous-traiter avec un organisme privé qui demandait trois cent mille lires. Cet argent, nous l'avions, mais sur des fonds destinés à du matériel inventoriable. Or, comment déclarer inventoriable un inventaire ?

J'ai réuni une commission de logiciens, contraints d'interrompre leurs travaux durant trois jours. Ils ont déniché dans la question une similitude avec le paradoxe de l'Ensemble des Ensembles Normaux. Puis, ils ont décidé que l'acte d'inventorier, étant un événement, n'était pas un objet et ne pouvait donc être inventorié, mais qu'il débouchait sur la rédaction des registres de l'inventaire, lesquels, étant des objets, étaient inventoriables. J'ai demandé à l'organisme privé de ne pas nous facturer l'acte mais le résultat, que nous avons inventorié. J'ai détourné d'éminents spécialistes de leurs propres recherches, mais j'ai évité la prison.

Il y a deux ou trois mois, les appariteurs sont venus m'informer qu'il n'y avait plus de papier hygiénique. Je leur ai rétorqué d'en acheter. La secrétaire m'a annoncé qu'il ne restait que des fonds destinés au matériel inventoriable, ajoutant que le papier hygiénique était inventoriable mais qu'il tendait à s'altérer, pour des raisons que je n'approfondirai pas ici, et que, une fois altéré, il disparaissait de l'inventaire. J'ai convoqué une commission de biologistes à qui j'ai demandé comment inventorier du papier hygiénique usagé. Ils m'ont répondu que c'était possible, mais que ça reviendrait très cher en coût humain.

J'ai réuni une commission de juristes qui m'a fourni la solution. Je reçois le papier hygiénique, je l'inventorie, et l'affecte aux toilettes pour des raisons scientifiques. Quand le papier disparaît, je porte plainte contre X pour vol de matériel inventorié. Hélas, il y a un hic : je dois renouveler ma plainte tous les deux jours. Un agent des Services Secrets a fait de lourdes insinuations sur la gestion d'un institut où des inconnus peuvent s'infiltrer si facilement à des échéances périodiques. On me soupçonne, mais je suis intouchable, ils ne m'auront pas.

L'ennui c'est que, pour résoudre ces problèmes ridicules, j'ai détourné d'illustres chercheurs de leurs travaux si utiles à notre pays, j'ai dilapidé le denier public en termes de temps du personnel (enseignant et non enseignant), en coups de fil et en timbres fiscaux. Mais personne n'a jamais été incriminé pour avoir gaspillé l'argent de l'État tant que c'est fait en suivant les lois à la lettre.

(1986)

Comment suivre un mode d'emploi

Qui n'a pas eu à souffrir en Italie de ces sucriers de bar dont le couvercle, dès qu'un client essaie de se servir, retombe telle une guillotine sur la petite cuiller, la fait valdinguer, parsemant l'air ambiant de sucre ? Qui ne s'est pas dit que l'inventeur de ce maudit instrument mériterait le bagne ? Au lieu de cela, il jouit probablement des fruits de son crime sur une belle plage privée. L'humoriste américain Shelley Berman suggéra un jour que ce gars-là inventerait bientôt une voiture très sûre avec des portières qui s'ouvrent de l'intérieur.

Pendant des années, j'ai eu une voiture parfaite à tous égards, exception faite du cendrier du conducteur, placé à gauche. Vous en conviendrez, on tient le volant de la main gauche tandis que la main droite reste libre pour le changement de vitesse et les diverses commandes. Par conséquent, si on fume en conduisant — c'est très mal, je l'admets —, on fume de la main droite. Si on fume de la main droite, secouer la cendre à la gauche de son épaule gauche nécessite un ensemble d'opérations complexes, entre autres détourner le regard de la route. Et si la voiture peut rouler à cent quatre-vingts kilomètres/heure, se servir du cendrier, en ayant une seconde de distraction, équivaut à commettre le péché de sodomie avec un camion TIR. Le type qui a eu cette brillante idée était un vrai pro : il a causé la mort de tas de gens, non par cancer du fumeur, mais par impact contre un corps étranger.

Les logiciels de traitement de texte sont mon régal. Quand vous en achetez un, on vous remet un coffret contenant les disquettes, le mode d'emploi et la licence d'exploitation, le tout coûtant de 4 000 à 8 000 francs. Pour en apprendre l'utilisation, vous pouvez recourir soit à l'instructeur de l'entreprise soit au manuel. L'instructeur de l'entreprise est en général formé par le type qui a inventé le sucrier susnommé, et il est opportun de lui tirer dessus avec un Magnum dès qu'il met un pied chez vous. Vous en prenez pour vingt ans, moins avec un bon avocat, mais vous avez gagné du temps.

Les ennuis commencent dès que vous consultez le manuel, et ces remarques concernent n'importe quel manuel pour n'importe quel type de produit informatique. Le manuel d'un logiciel se présente sous forme d'une boîte en matière plastique aux angles coupants qu'il faut tenir hors de portée des enfants. Quand vous extirpez le manuel de la boîte, vous vous trouvez face à des objets de centaines de pages, reliés en béton armé et donc intransportables du salon au bureau, intitulés de telle sorte que vous ne puissiez comprendre lequel il faut lire en premier. Les sociétés les moins sadiques vous en fournissent en général deux, les plus perverses vont jusqu'à quatre.

À première vue, il est légitime de penser que le premier volume explique les choses petit à petit, pour les béotiens, que le deuxième instruit les experts, que le troisième est destiné aux professionnels, etc. Erreur ! Chacun dit des choses que l'autre ne dit pas, les trucs qui vous servent tout de suite sont dans le manuel des ingénieurs, ceux destinés aux ingénieurs dans celui des béotiens. En outre, prévoyant que dans les dix ans à venir vous enrichirez votre manuel, ils sont conçus comme des classeurs avec environ trois cents feuilles volantes.

Quiconque a manipulé un classeur sait qu'après quelques consultations, outre la difficulté de tourner les pages, les anneaux se déforment avant que le classeur n'explose, répandant ses feuilles dans toute la pièce. Les êtres humains à la recherche d'informations sont habitués à manipuler des objets appelés livres, éventuellement munis de pages colorées sur la tranche, ou d'encoches, comme les répertoires téléphoniques, permettant de trouver immédiatement ce dont on a besoin. Les auteurs de ces manuels, ignorant tout de cette coutume très humaine, fournissent des objets dont la durée de vie dépasse rarement les huit heures. Une seule solution raisonnable : morceler les manuels, les étudier pendant six mois avec l'aide d'un égyptologue, les résumer en quatre fiches (qui suffisent amplement), puis les foutre au panier.

(1985)[1]

1. Telle était la situation en 1985. Depuis, les producteurs de logiciels ont réduit les manuels à un petit fascicule d'une cinquantaine de pages qui n'explique rien, sans doute parce que plus personne n'achète de boîtes de logiciel, celui-ci étant directement installé sur l'ordinateur par le vendeur. Toutes les instructions sont alors fournies par l'Aide en ligne, à laquelle j'ai consacré, onze ans plus tard, le texte suivant.

Comment dire la vérité, rien que la vérité

Au cours d'une campagne électorale, on dit beaucoup de mensonges. On ment pour synthétiser et simplifier une pensée, on ment pour aller plus vite, on ment par conviction (c'est le cas le plus tragique, car en réalité le menteur ne ment pas, il dit le faux par manque d'information), on ment par vice. Bon, eh bien c'est comme ça un peu partout, c'est la vie, le sujet est clos, point à la ligne. Pourtant, ne vous arrive-t-il pas d'avoir parfois la nostalgie de quelqu'un qui dirait la vérité, toute la vérité, rien que la vérité ?

Par bonheur, deux catégories d'opérateurs intellectuels viennent satisfaire ce profond désir de limpidité et de franchise, nous prouvant que l'on peut suivre le précepte évangélique « Que votre parole soit oui, oui, non, non ; ce qu'on y ajoute vient du malin ». Les premiers sont ceux qui rédigent ce que nous appelons en Italie les *petites menteuses*. Par une ironie sémantique, il s'agit des notices d'emploi (dont nous verrons combien elles disent vrai) accompagnant tout emballage pharmaceutique ; les seconds sont les responsables de l'Aide en ligne des logiciels.

Les auteurs des notices menteuses ont appris depuis leur plus tendre enfance que lorsqu'on doit dire quelque chose, il faut dire tout ce que l'on sait et rien que ce que l'on sait, ni plus ni moins. C'est pourquoi, à la rubrique « contre-indications » on lit souvent « allergie à l'un des composants du produit ». En d'autres termes, si vous prenez ce médicament et qu'aussitôt après vous vous écroulez à terre, avec de la bave verte à la bouche et un encéphalogramme plat, cela signifie que vous devez interrompre votre traitement.

Mais la réticence est parfois source de mensonge, aussi l'auteur tient-il à tout vous dire, sans rien vous cacher : « Les études statistiques ont prouvé que chez certains sujets, le produit peut provoquer les réactions suivantes : sécheresse du gosier, céphalées, vomissements, vertiges, arthrose, diarrhées, conjonctivite, érythème, colite spasmodique, coliques néphrétiques, maladie d'Alzheimer, fièvre jaune, péritonite fulgurante, aphasie, cataracte, herpès zostérien, acné sénile, menstruations hebdomadaires chez les sujets de sexe masculin, syndrome de Krauss-Eldermann, zeugma et hystéron-protéron. »

Venons-en maintenant aux auteurs de l'Aide en ligne. Quand vous avez un problème avec votre ordinateur, surtout si vous êtes néophyte ou si vous essayez un nouveau logiciel, vous savez pertinemment ne pas pouvoir recourir au manuel fourni par l'éditeur du produit, car vous ne disposez pas d'un esclave nubien pour le transporter sur votre table de travail, et même si vous l'avez déjà sur votre bureau, vous ne pigez pas pourquoi la page A 115 se trouve forcément après la page W 18. Quant aux manuels vendus à prix fort par les éditeurs indépendants, soit ils sont conçus pour des benêts et prennent dix pages pour vous expliquer que si vous appuyez sur le bouton « marche », votre écran va se remplir de jolies images en couleurs, chose que votre bon vieux stylo à plume ne savait pas faire ; soit ils font huit cents pages et leur index énumère, avec minutie, tout et n'importe quoi, sauf l'entrée que vous cherchez.

Alors il ne vous reste plus que l'Aide en ligne, c'est-à-dire un écran qui s'ouvre dès que vous cliquez sur une icône, en général un point d'interrogation. Supposons que votre logiciel vous offre la possibilité, indiquée par le menu déroulant idoine, d'« Insérer un objet ». Vous vous demandez ce que c'est qu'un objet et comment faire pour l'insérer (et surtout là où il semble raisonnable de l'insérer). Pas de panique. Vous activez l'Aide en ligne qui vous donne la réponse suivante : « Cette commande insère un objet dans votre document. » Au cas où vous soupçonneriez l'auteur de l'Aide de ne pas vous avoir dit toute la vérité, je viens à son secours moral : il l'a dite, cette commande fait vraiment ce qui a été annoncé. Simplement, ce n'est pas la réponse à votre question que vous avez reçue, mais, grosso-modo, votre question à laquelle on a enlevé le point d'interrogation.

Autres exemples édifiants d'Aide en ligne. Que signifie « Créer un lien » ? Réponse : « La commande permet de créer un lien. (Cf. aussi "Accès".) » Vous allez chercher « Accès » et vous trouvez : « Permet d'accéder à un dossier de liaison. (Cf. "Créer un lien".) » Très utiles également, les messages d'urgence, du style « Erreur 125 ». L'Aide en ligne vous informe que vous avez commis l'erreur 125 et qu'il faut l'éliminer avant de poursuivre.

Former un auteur d'Aide en ligne nécessite une préparation dès le plus jeune âge, dans des écoles spécialisées. Les enfants sont entraînés à formuler des assertions telles que « Tout célibataire est célibataire » (en récompense, on gagne un bonbon), ou encore : « Soit Épaminénide court, soit Épaminénide ne court pas ; tous les animaux sont des animaux ; soit il pleut, soit il ne pleut pas ; si Corbulide énonce le principe du tiers exclu, alors Corbulide énonce le principe du tiers exclu ; si tous les hommes sont mortels — et tous les hommes sont mortels — *ergo* tous les hommes sont mortels. »

(1996)

Comment choisir un métier rentable

Il est des métiers très recherchés et très rentables, et il faut savoir s'y préparer.

Prenons l'installateur urbain des panneaux indicateurs des autoroutes. Que ceux-ci aient pour fonction de désengorger le centre-ville ainsi que les autoroutes, vous le comprenez dès que vous les avez suivis une fois et que vous vous retrouvez, épuisé, sur la plus dangereuse des voies sans issue d'une banlieue industrielle. Or, rien n'est plus difficile que d'installer ces panneaux au bon endroit. Un sombre imbécile pourrait envisager de les placer à un carrefour super compliqué à dix voies, où tout automobiliste se perdrait à coup sûr sans l'aide de personne. Eh bien non ! Le panneau sera planté sur un trajet évident, là où vous prendriez d'instinct la bonne direction, afin de vous envoyer dans le sens opposé. Pour accomplir ce travail, il faut être calé en urbanisme, en psychologie, et en théorie des jeux.

Autre métier très prisé : rédacteur des notices d'emploi jointes aux appareils électroménagers et électroniques. Le but de ces explications est de rendre impossible l'installation de l'objet. Elles ne prennent pas exemple sur les énormes manuels accompagnant les ordinateurs, car ceux-ci, bien que dispendieux pour le constructeur, remplissent peu ou prou leur office. Non. Leur véritable modèle sont les notices des produits pharmaceutiques, lesquels ont par ailleurs l'avantage de porter des noms apparemment scientifiques qui servent en réalité à indiquer la nature des médicaments au cas où leur achat embarrasserait l'acquéreur (Prostatan, Ménopausine, Ultralax). Quant aux notices, elles ont l'art de nous rendre absconses les précautions d'emploi dont dépend notre vie : « Aucune contre-indication sauf réaction subite et létale à certains composants. »

Pour l'électroménager, les modes d'emploi ont la manie de s'attarder sur l'explication de choses tellement évidentes que vous sautez le passage et que vous ratez ainsi l'unique information essentielle :

Pour installer le PZ40, il est nécessaire de le déballer en l'extrayant du carton. On ne peut extraire le PZ40 du carton qu'après avoir ouvert le susdit. Le carton s'ouvre en soulevant en directions opposées les deux rabats du dessus (voir dessin à l'intérieur). On recommande, durant l'opération d'ouverture, de tenir le carton à la verticale avec le dessus orienté vers le haut, car en cas contraire, le PZ40 pourrait glisser par terre durant l'opération. La partie haute est celle où apparaît l'indication HAUT. Au cas où les rabats ne s'ouvriraient pas à la première tentative, on conseille d'essayer une deuxième fois. À peine ouvert et avant d'enlever le couvercle d'aluminium, il est recommandé d'arracher la languette rouge sinon le carton explose. ATTENTION : après extraction du PZ40 vous pouvez jeter le carton.

Autre métier non négligeable : concepteur de tests publiés en été dans les hebdos politiques et culturels. « Entre un verre de sels anglais et un ballon de vieil armagnac, que choisiriez-vous ? Voudriez-vous coucher avec une octogénaire cacochyme ou avec Isabelle Adjani ? Préféreriez-vous être couvert de féroces fourmis rouges ou passer une nuit avec Ornella Muti ? Si vous avez à chaque fois coché le numéro un, vous êtes d'un tempérament fantaisiste, inventif, original, mais sexuellement un peu froid. Si vous avez à chaque fois coché le numéro deux, vous êtes un petit coquin. »

Dans le supplément médical d'un quotidien, j'ai trouvé un questionnaire sur le bronzage qui proposait pour toutes les questions trois réponses A, B et C. Les réponses A sont édifiantes. « Si vous vous exposez au soleil, comment est la rougeur de votre peau ? A : Intense. Combien de fois avez-vous pris un coup de soleil ? A : Chaque fois que je me suis exposée. Quarante-huit heures après l'érythème, de quelle couleur est votre peau ? A : Très rouge. Solution : Si vous avez répondu à plusieurs reprises A, vous avez une peau ultrasensible, sujette aux érythèmes solaires. »

J'imagine un test qui demanderait : « Êtes-vous tombé plusieurs fois par la fenêtre ? Si oui, avez-vous eu des fractures multiples ? En est-il résulté à chaque fois une invalidité permanente ? Si vous avez répondu plusieurs fois oui, soit vous êtes idiot soit vous avez les labyrinthes fichus. Évitez de vous pencher à la fenêtre quand le farceur du rez-de-chaussée vous crie de descendre. »

(1991)

Comment démentir un démenti

Lettre de démenti. Monsieur le directeur, en référence à l'article « Aux Ides rien ne vis » signé Dick Lavérité paru dans le dernier numéro de votre journal, je me permets de préciser ce qui suit. Il n'est pas vrai que j'aie été présent à l'assassinat de Jules César. Comme vous aurez l'amabilité de le déduire de la fiche d'état civil ci-jointe, je suis né à Parme le 15 mars 1944, c'est-à-dire plusieurs siècles après ce malheureux événement que par ailleurs j'ai toujours désapprouvé. Monsieur Lavérité s'est sans doute mépris lorsque je lui ai dit que je célèbre chaque année le 15 mars 44 entouré de mes amis.

Il est tout aussi inexact que j'aie dit à un certain Brutus : « Nous nous reverrons à Philippes. » Je précise que je n'ai jamais eu le moindre contact avec ce monsieur Brutus, dont hier encore j'ignorais jusqu'au nom. Au cours de notre bref entretien téléphonique, j'ai effectivement dit à monsieur Lavérité que je devais revoir Philippe, le responsable du trafic routier, mais la phrase a été prononcée dans le contexte d'une conversation sur la circulation automobile. Dans ce contexte, je n'ai jamais dit « Je suis en train d'engager des assassins pour éliminer ce traître, cette plaie de Jules César », mais bien « je suis en train d'encourager l'assesseur à éliminer le trafic sur la place Jules César ».

Je vous remercie et vous prie d'agréer mes salutations distinguées. Bien à vous.

Parfait Démenterie.

Réponse de Dick Lavérité. Je prends acte que monsieur Démenterie ne dément absolument pas le fait que Jules César ait été assassiné aux Ides de mars 44. Je prends également acte du fait que monsieur Démenterie célèbre chaque année le 15 mars 44 entouré de ses amis. C'était précisément cette curieuse coutume que j'entendais dénoncer dans mon article. Monsieur Démenterie a peut-être des raisons personnelles de célébrer avec force libations cette date, mais il admettra que la coïncidence est pour le moins curieuse. Il se souviendra en outre que, au cours de l'entretien téléphonique fleuve qu'il m'a accordé, il a prononcé la phrase « Je suis de l'avis de toujours donner à César ce qui est à César » ; or, une source très proche de monsieur Démenterie — et dont je n'ai aucune raison de douter — m'a assuré que ce que César a eu, ce sont bel et bien vingt-trois coups de poignard.

Je relève que tout au long de sa lettre, monsieur Démenterie évite de nous dire qui, en définitive, a décoché ces coups de poignard. Quant à la laborieuse rectification sur Philippes, j'ai sous les yeux mon carnet de notes où il est écrit sans l'ombre d'un doute que monsieur Démenterie n'a pas dit « Nous nous reverrons avec Philippe » mais bien « Nous nous reverrons à Philippes ».

Je suis tout aussi affirmatif quant à la phrase menaçante à l'encontre de Jules César. Les notes sur mon carnet, que j'ai sous les yeux en ce moment même, portent distinctement : « Je suis en train d'en...ger assass éliminer tr pla Jules César. » Cc n'cst pas en soutenant l'insoutenable, en jouant sur les mots que l'on peut échapper à ses lourdes responsabilités, et encore moins bâillonner la presse.

(1988)

Comment ne pas répondre « absolument »

La bataille fait rage contre les stéréotypes qui envahissent le langage parlé. L'un d'entre eux, vous le savez, est « absolument ». Tout le monde aujourd'hui répond « absolument » pour communiquer son assentiment, un usage encouragé par les premiers jeux télévisés, où, pour signaler la bonne réponse, on traduisait de l'américain « that's absolutely right » ou « that's absolutely correct ». Il n'est donc pas absolument incorrect de répondre « absolument », à ceci près que celui qui l'emploie montre n'avoir appris à parler qu'à travers la télé. Dire « absolument », c'est comme exhiber sur les étagères de son salon une encyclopédie dont on sait qu'elle est exclusivement le cadeau bonus d'une certaine lessive.

Pour venir en aide à ceux qui souhaiteraient se libérer de cet adverbe, je donne ici une liste de questions ou d'affirmations auxquelles on répond en général par « absolument », suivies entre parenthèses d'une phrase d'assentiment de substitution.

Napoléon est mort le 5 mai 1821 (Bravo !) Pardon, c'est bien la place de la Concorde ? (Oui.) Allô, monsieur Jean Dupont ? (Qui le désire ?) Allô, ici Jean Martin, pourrais-je parler à Jean Dupond ? (C'est lui-même). Si je comprends bien, je vous dois encore dix mille francs ? (Dix mille, oui.) Comment avez-vous dit, docteur, le sida ? (Hélas oui, je suis désolé.) Vous téléphonez à *Perdu de Vue* pour signaler que vous avez rencontré la personne disparue ? (Comment avez-vous fait pour deviner ?) Police ! Vous êtes bien monsieur

Martin ? (Liliane, ma valise !) Mais tu ne portes pas de culotte ! (Enfin, tu t'en aperçois !) Vous exigez un milliard de rançon ? (Et sinon, comment je fais pour me payer un téléphone dans la bagnole ?) Si je comprends bien, tu as signé un chèque en bois d'un milliard et tu as donné mon nom en garantie ? (J'admire ta perspicacité.) L'embarquement est déjà terminé ? ! (Vous voyez ce petit point là-haut dans le ciel ?) Comment ? Vous me traitez d'abruti ? (Tu l'as dit, bouffi !)

En somme, me direz-vous, vous nous conseillez de ne jamais répondre absolument ?

Absolument.

(1990)

Comment mettre des points de suspension

Il existe un critère scientifique infaillible permettant de distinguer l'écrivain professionnel de l'écrivain du dimanche (qui risque parfois de devenir célèbre) : l'usage des points de suspension en milieu de phrase.

Les écrivains emploient les points de suspension en fin de phrase pour indiquer que le discours pourrait continuer (« À ce sujet, il y aurait encore beaucoup à dire, mais... »), et au milieu ou entre plusieurs phrases pour signaler qu'un texte a été tronqué (« Je fais souvent ce rêve étrange et pénétrant D'une femme inconnue [...] ni tout à fait la même, Ni tout à fait une autre [...] »). Les non-écrivains utilisent les points de suspension pour se faire pardonner une figure de rhétorique qu'ils jugent hasardeuse : « Il était furieux comme... un taureau. »

L'écrivain est quelqu'un qui a décidé de mener le langage au-delà de ses limites, et c'est pourquoi il assume la responsabilité d'une métaphore hardie : « Jamais nature ne contempla tel prodige : mouiller par le soleil et sécher par les fleuves. » Nous sommes tous d'accord que dans ce distique, Artale, en bon poète baroque, a exagéré, mais au moins il n'a pas essayé d'atténuer son propos. En revanche, le non-écrivain aurait écrit : « mouiller... par le soleil et sécher... par les fleuves », comme pour dire « naturellement, je plaisante ».

L'écrivain écrit pour ses pairs, le non-écrivain écrit pour sa concierge ou son chef de service, et il craint (souvent à tort) que ceux-ci ne comprennent pas ou ne lui pardonnent pas sa hardiesse. Il emploie les points de suspension comme un laissez-passer : il veut faire la révolution, mais avec l'autorisation de la maréchaussée.

La modeste série de variations suivante raconte ce qui serait arrivé à la littérature si les écrivains avaient été timides, nous montrant combien les points de suspension sont néfastes.

« Et... rose, elle a vécu ce que vivent les roses, L'espace... d'un matin. »

« L'homme n'est qu'un... roseau, le plus faible de la nature ; mais c'est un roseau... pensant. »

« Rodrigue, as-tu... du cœur ? »

« Et c'est... Vénus tout entière à sa proie... attachée. »

« Hâtez-vous... lentement, et, sans perdre courage, Vingt fois sur le métier... remettez votre ouvrage. »

« Ton souvenir en moi luit... comme un ostensoir ! »

« Ce toit tranquille, où marchent des... colombes. »

Et ainsi de suite, jusqu'à « Longtemps je me suis couché... de bonne heure » et « Mon verre s'est brisé comme un éclat de... rire ».

Cela dit, l'insertion des points de suspension, exprimant la crainte de la hardiesse du style figuré, peut aussi être employée pour faire subodorer qu'une expression en apparence littérale est une figure rhétorique. Prenons un exemple. Le *Manifeste* des communistes de 1848 commence, on le sait, par « Un spectre hante l'Europe », et c'est là, vous l'admettrez, un bel et grand incipit. Passe encore si Marx et Engels avaient écrit « Un... spectre hante l'Europe ». Ils auraient simplement mis en doute le fait que le communisme était une chose si terrible et insaisissable, la révolution russe aurait peut-être été anticipée de cinquante ans, pourquoi pas avec le consentement du tsar, et même Ozanam y aurait participé.

Mais s'ils avaient écrit « Un spectre... hante l'Europe » ? Alors, il hante ou il ne hante pas ? Il reste planté là ? Et où là ? Ou bien est-ce que les spectres, de par leur nature même, apparaissent et disparaissent d'un coup, en un éclair, sans perdre leur temps à hanter ? Et ce n'est pas fini. S'ils avaient écrit « Un spectre hante... l'Europe » ? Auraient-ils voulu dire qu'ils exagéraient, que le spectre hantait tout juste la ville de Trèves et que les autres pouvaient dormir tranquilles ? Ou bien auraient-ils fait allusion au fait que le spectre du communisme obsédait déjà les Amériques et, pourquoi pas, l'Australie ?

« Être ou... ne pas être, telle est la question », « Être ou ne pas être, telle est... la question », « Être ou ne pas... être, telle est la question ». Vous imaginez combien la critique shakespearienne aurait dû se creuser la cervelle sur les intentions cachées du Barde.

« L'Italie est une république fondée... sur le travail (eh bien !). »

« L'Italie est — disons — une... république fondée sur le travail. »

« L'Italie est une république... fondée (? ? ?) sur le travail. »

« L'... Italie (si elle existait) serait une république fondée sur le travail. »

L'Italie est une république fondée sur les points de suspension.

(1991)

Comment écrire une introduction

La présente *Bustina* se propose d'expliquer l'organisation d'une introduction à un essai, un traité philosophique ou un recueil scientifique, publiée si possible par une maison d'édition ou une collection ayant un rayonnement universitaire, et selon les règles désormais incontournables de l'étiquette académique.

Dans les paragraphes suivants, je dirai — de façon synthétique — pourquoi on se doit d'écrire une introduction, ce qu'elle doit contenir, et comment doivent être organisés les remerciements. L'habileté à formuler les remerciements caractérise le spécialiste de haut vol. Il se peut que ce dernier, au terme de ses travaux, s'aperçoive qu'il n'est redevable à personne. Peu importe. Il lui faudra s'inventer des dettes. Toute recherche sans dettes est une recherche suspecte, et on trouve toujours quelqu'un à remercier d'une manière ou d'une autre.

La rédaction de cette *Bustina* doit beaucoup à mes longues et précieuses années de fréquentation de l'édition scientifique, avec laquelle je me suis familiarisé grâce au ministère de l'éducation de la République italienne, grâce aux universités de Turin et de Florence, à l'École Polytechnique de Milan et à l'université de Bologne, sans oublier la New York University, la Yale University et la Columbia University.

Je n'aurais pu mener à bien cette *Bustina* sans la précieuse collaboration de mademoiselle Sabine, à laquelle je dois de voir mon bureau, qui à deux heures du matin croule sous des montagnes de mégots et de feuilles déchirées, reprendre à huit heures un aspect convenable. Un remerciement particulier à Barbara, Simona et Gabriella qui ont travaillé durement afin que mon temps de réflexion ne soit jamais troublé par des appels transocéaniques m'invitant à des congrès sur les sujets les plus variés et les plus éloignés de mes préoccupations.

Cette *Bustina* n'aurait pas été possible sans l'assistance permanente de mon épouse qui a su et sait supporter les humeurs et les incontinences d'un chercheur éternellement obsédé par les problèmes majeurs de l'être, grâce à ses conseils rassérénants sur la vanité du tout. La constance avec laquelle elle m'a offert du jus de pomme en me le présentant comme un malt écossais des plus raffinés, a contribué de façon incommensurable et incroyable au fait que ces pages aient conservé un minimum de lucidité.

Mes enfants m'ont été d'un grand réconfort, m'apportant l'affection, l'énergie, la confiance nécessaires pour mener à bien ma tâche. Je dois à leur désintérêt total et olympien envers mon travail la force qui m'a permis de boucler cette *Bustina*, en un corps à corps quotidien avec la définition même du rôle de l'homme de culture dans une société post-moderne. Je leur dois la volonté tenace, qui m'a toujours soutenu, de m'isoler pour écrire cette rubrique plutôt que de croiser dans le couloir de la maison leurs meilleurs amis, dont le coiffeur obéit à des critères esthétiques qui offensent ma sensibilité.

La publication de ce texte a été rendue possible par la générosité et le soutien économique de Carlo Caracciolo, Lio Rubini, Eugenio Scalfari, Livio Zanetti, Marco Benedetto et des autres membres du conseil d'administration de la Société Éditoriale *L'Espresso* spa. Un remerciement particulier au directeur administratif Milvia Fiorani qui, par sa continuelle et mensuelle assistance, a veillé à la poursuite de ma recherche. Si cette modeste contribution qui est la mienne touche de si nombreux lecteurs, je le dois au directeur du Service Diffusion Guido Ferrantelli.

La rédaction de ma contribution a été favorisée par la société Camillo Olivetti e C.S.p.A. qui m'a équipé d'un ordinateur M21. Une gratitude particulière à Micro Pro et son programme Wordstar 2000. Le texte a été imprimé sur une Okidata Microline 182.

Je n'aurais pu rédiger les lignes qui suivent et qui précèdent sans l'affectueuse insistance et l'encouragement de Giovanni Valentini, Enzo Golino et Ferdinando Adornato, qui m'ont réconforté de leurs affectueux et pressants coups de fil m'avertissant que *L'Espresso* allait être mis sous presse et que je devais trouver à tout prix un sujet pour ma rubrique.

Évidemment tout ce qui paraît sur cette page n'entraîne en rien leur responsabilité scientifique et doit être attribué, le cas échéant, à mon seul démérite pour les *Bustine* passées, la présente et celles à venir.

(1987)

Comment présenter un catalogue d'art

Ces instructions valent pour un présentateur de catalogue d'art (que j'appellerai un PDC). Attention, elles sont inutiles au rédacteur d'essais critico-historiques publiés dans une revue spécialisée, et ce pour plusieurs raisons, la première étant que ces essais sont lus par d'autres critiques et rarement par l'artiste analysé, qui, lui, soit n'est pas abonné à la revue soit est mort depuis deux siècles. En somme, le contraire de ce qui se passe pour un catalogue d'exposition d'art contemporain.

Comment devient-on PDC ? Malheureusement, rien de plus facile. Il suffit d'exercer une profession intellectuelle — les physiciens nucléaires et les biologistes sont très prisés —, de posséder un téléphone à son nom et de jouir d'une certaine renommée. La renommée est calculée ainsi : en extension géographique, elle doit être supérieure à la zone d'impact de l'expo — elle sera donc départementale pour une ville de soixante-dix mille habitants et moins, nationale pour une préfecture, mondiale pour une capitale d'État souverain, à l'exclusion de Saint-Marin et Andorre ; en profondeur, la renommée doit être inférieure à l'étendue de la culture des éventuels acquéreurs (si c'est une expo de peintres du dimanche, il est inutile, voire dommageable, d'être journaliste au *New Yorker*, mieux vaut être directeur de l'école locale). Bien entendu, il faut que l'artiste aspirant vous contacte, mais ça n'est pas un problème : les aspirants sont plus nombreux que les PDC potentiels. Ces conditions étant réunies, l'accession au titre de PDC devient fatale, indépendante de la volonté du PDC potentiel. Si tel est le désir de l'artiste aspirant, le PDC potentiel ne pourra se soustraire à la tâche, à moins d'émigrer sur un autre continent. Ayant accepté, le PDC devra se choisir l'une des motivations suivantes :

1) Corruption (très rare, car, vous le verrez, il est des motivations moins dispendieuses). 2) Contrepartie sexuelle. 3) Amitié, sous ses deux versions : sympathie réelle ou impossibilité de refus. 4) Admiration pour le travail de l'artiste. 5) Cadeau d'une œuvre (cette motivation ne recouvre pas la précédente, on peut se faire offrir des tableaux pour constituer un fonds de commerce). 6) Désir d'associer son nom à celui de l'artiste (fabuleux investissement pour les intellectuels en herbe, l'artiste divulguant sans cesse ce nom dans les innombrables biblios des catalogues suivants, chez lui et à l'étranger). 7) Volonté de participer de manière idéologique, esthétique ou commerciale à l'essor d'un courant ou d'une galerie d'art. C'est le point le plus délicat, celui auquel le PDC le plus désintéressé n'a aucune chance d'échapper. En effet, les critiques de littérature, de cinéma ou de théâtre influent assez peu sur la fortune de l'œuvre dont ils parlent, qu'ils l'encensent ou l'éreintent. Le bon papier d'un critique littéraire augmente les ventes de quelques centaines d'exemplaires ; le critique de cinéma peut démolir une petite comédie porno sans l'empêcher de faire des entrées astronomiques, idem pour le critique de théâtre. Le PDC en revanche contribue à faire monter la cote de l'ensemble de l'œuvre de l'artiste, parfois avec des bonds de 1 à 10.

C'est pourquoi le PDC se trouve dans une situation difficile. Le critique littéraire peut descendre en flammes un auteur qu'il ne connaît pas et qui, en règle générale, n'a aucun droit de regard sur les articles publiés. Il en va tout autrement pour l'artiste : c'est lui qui commandite et contrôle le catalogue ; il a beau dire au PDC « N'hésite pas à te montrer sévère », la position de ce dernier est insoutenable. Soit il refuse — mais on a vu combien il est fait aux pattes — soit il est indulgent. Soit il se montre évasif.

Aussi l'élusion est-elle la clé de voûte des catalogues, si le PDC veut préserver sa dignité et son amitié avec l'artiste.

Imaginons le cas du peintre Eugène Delacroûte. Depuis trente ans, il peint des fonds ocre avec, au centre, un triangle isocèle bleu dont la base est parallèle au bord inférieur du tableau, auquel se superpose en transparence un triangle scalène rouge, incliné en direction sud-est par rapport à la base du triangle bleu. Le PDC devra tenir compte du fait que, selon la période historique, Delacroûte aura intitulé le tableau, dans l'ordre, de 1950 à 1980 : *Composition, Deux plus infini, E = Mc^2, Ce n'est qu'un début, Le Nom du Père, Rhizome, Privé*. Quelle est la marge d'intervention (honorable) du PDC ? S'il est poète, rien de plus facile : il dédie une poésie à Delacroûte. « Comme une flèche — ah, cruel Zénon ! — l'élan — d'un autre dard — parasange tracée — d'un cosmos malade — de trous noirs — multicolores. » La solution est prestigieuse pour tout le monde, le PDC, Delacroûte, le galeriste et l'acheteur.

Autre possibilité, réservée aux seuls écrivains : la lettre ouverte, exercice à pratiquer en roue libre. « Cher Delacroûte, quand je vois tes triangles, je me retrouve en Uqbar, que m'en soit témoin Jorge Luis... Un Pierre Ménard me propose des formes recréées en un autre âge, dom Pythagore de la Manche. Pourrons-nous jamais nous libérer de la Nécessité ? Demain, dès l'aube, à l'heure où blanchit la campagne, je partirai. Je suis hanté. L'Azur ! L'Azur ! L'Azur !... » Etc.

La tâche du PDC scientifique est plus simple. Partant de la certitude — exacte — qu'un tableau est un élément de la Réalité, il lui suffira d'évoquer les aspects profonds de la réalité et, quoi qu'il dise, il ne mentira pas : « Les triangles de Delacroûte sont des graphes. Des fonctions propositionnelles de topologies concrètes. Des Nœuds. Comment passer d'un nœud U à un autre nœud ? Il faut, on le sait, une fonction F d'évaluation et si F(U) apparaît plus petite ou égale à F(V), développer U, pour chaque autre nœud V que l'on considère, afin d'engendrer des nœuds descendants de U. Une parfaite fonction d'évaluation satisfera alors la condition F(U) plus petite ou égale à F(V), telle que si D(U,Q) alors plus petite ou égale à D(V,Q), où évidemment D(A,B) est la distance entre A et B dans le graphe. L'art est mathématique. Tel est le message de Delacroûte. »

À première vue, ce genre de texte peut marcher pour un tableau abstrait mais pas pour un Morandi ou un Bacon. Erreur. Cela dépend de l'habileté de l'homme de science. À titre indicatif, je dirai qu'en appliquant avec suffisamment de désinvolture métaphorique la théorie des catastrophes de René Thom, on peut démontrer que les natures mortes de Morandi représentent les formes sur ce seuil extrême d'équilibre au-delà duquel les formes naturelles des bouteilles s'enrouleraient en pointes au-delà et contre elles-mêmes, en se craquelant comme un cristal frappé par un ultrason ; la magie du peintre consiste à avoir su figurer cette situation limite. Jouer sur la traduction anglaise de « nature morte » : *still life, Still*, encore un peu, mais jusqu'à quand ? *Still-Until*... Magie de la différence entre « être encore » et « être-après-que ».

De 1968 à environ 1972, on avait une autre solution : l'interprétation politique. La lutte des classes, la souillure des objets corrompus parce que commercialisés. L'art comme révolte contre le monde du merchandising, les triangles de Delacroûte comme formes se refusant à être des valeurs d'échange, ouverts au génie inventif de la classe ouvrière, expropriée par le vol du grand capital. Retour à un âge d'or ou annonce d'une utopie, le rêve de lendemains qui chantent.

Les propositions évoquées jusqu'à présent valent pour un PDC amateur. La situation du critique d'art professionnel est, avouons-le, plus critique. Il doit parler de l'œuvre sans exprimer le moindre jugement de valeur. La solution de facilité consiste à montrer que l'artiste a travaillé en harmonie avec la vision dominante du monde, ou, comme on dit aujourd'hui, avec la Métaphysique Influente. Une métaphysique influente, peu importe laquelle, constitue le moyen de rendre compte de ce qui est là. Un tableau appartient indéniablement aux choses qui sont là et, pour infâme qu'il soit, il représente entre autres, d'une certaine manière, ce qui est là (même un tableau abstrait représente ce qui pourrait être ou qui est dans l'Univers des formes pures). Si la métaphysique influente soutient que tout ce qui est n'est autre que de l'énergie, affirmer que le tableau de Delacroûte est énergie, qu'il représente l'énergie, ce n'est pas un mensonge : c'est tout au plus une évidence, mais une évidence qui sauve la mise du critique, réjouit Delacroûte, le galeriste et l'acquéreur.

Reste à définir cette métaphysique influente dont tout le monde, à un moment ou à un autre, a entendu parler, pour des raisons de popularité. Certes, on pourrait soutenir, avec Berkeley, que *esse est percipi* et affirmer que les œuvres de Delacroûte sont parce qu'elles sont perçues : mais la métaphysique en question n'était pas vraiment influente, Delacroûte et ses lecteurs sentiraient la trop grande évidence d'une telle assertion.

Donc, si les triangles de Delacroûte avaient dû être représentés vers la fin des années 50 — en jouant sur l'influence croisée Sartre-Merleau-Ponty (au sommet, le magistère de Husserl) —, il aurait fallu définir ces triangles comme « la représentation de l'acte même de l'intentionnalité qui, en constituant des régions eidétiques, fait des formes pures mêmes de la géométrie une modalité de la Lebenswelt ». En ce temps-là, les variations en termes de psychologie de la forme étaient aussi de bon aloi : affirmer que les triangles de Delacroûte avaient une prégnance « gestaltique » était incontestable, puisque tout triangle, s'il est identifiable comme triangle, a une prégnance gestaltique. Dans les années 60, Delacroûte eut été plus à la mode si on avait vu dans ses triangles une structure, l'homologue du *pattern* des structures parentales de Lévi-Strauss. Jouant entre structuralisme et Mai 68, on pouvait dire que, selon la théorie de la contradiction de Mao — laquelle introduit la triade hégélienne dans les principes binaires du Yin et du Yang —, les deux triangles de Delacroûte mettent en évidence la relation entre contradiction primaire et contradiction secondaire. Il serait faux de croire que le module structuraliste ne s'applique pas aux bouteilles de Morandi : bouteille profonde *(deep bottle) vs* bouteille de surface.

Après les années 70, les options du critique sont plus libres. Naturellement, le triangle bleu traversé par le triangle rouge et l'épiphanie d'un Désir qui poursuit un Autre auquel on ne pourra jamais s'identifier. Delacroûte est le peintre de la Différence, mieux de la Différence dans l'Identité. La différence dans l'identité se retrouve dans le rapport « pile-face » d'une pièce de 10 francs, mais les triangles de Delacroûte se prêteraient aussi à l'identification d'un cas d'Implosion, comme d'ailleurs les tableaux de Pollock et l'introduction de suppositoires par voie anale (trous noirs). Cela dit, dans les triangles de Delacroûte, on a en sus l'annulation réciproque de la valeur d'usage et de la valeur d'échange.

Avec une habile référence à la Différence du sourire de la Joconde — lequel, vu de biais, se donne à voir comme une vulve, et est en tout cas une *béance* —, les triangles de Delacroûte, dans leur mutuelle annulation et rotation « catastrophique », apparaîtraient comme une implosivité du phallus devenu vagin denté. La faillite du Phallus. En somme, et pour conclure, la règle d'or du PDC est de décrire l'œuvre de manière que la description s'applique non seulement à d'autres tableaux mais aussi à l'expérience que l'on a en regardant la vitrine d'un boulanger. Si le PDC écrit « Dans les tableaux de Delacroûte, la perception des formes n'est jamais adéquation inerte à la donnée de la sensation. Delacroûte nous dit qu'il n'est point de perception qui ne soit interprétation et travail, et que le passage du senti au perçu est activité, praxis, être-dans-le-monde comme construction d'Abschattungen découpées intentionnellement dans la chair même de la chose-en-soi », le lecteur reconnaît la vérité de Delacroûte car elle correspond aux mécanismes grâce auxquels il distingue, chez le boulanger, un pain de campagne d'un bâtard.

Ce qui établit, outre un critère de faisabilité et d'efficacité, un critère de moralité : il suffit de dire la vérité. Naturellement, il y a façon et façon.

(1980)

Appendice

J'ai effectivement écrit le texte qui suit pour présenter l'œuvre picturale d'Antonio Fomez selon les règles du citationnisme post-moderne (cf. Antonio Fomez, Da Ruoppolo a me, Studio annunciata, Milan, 1982).

Pour donner au lecteur (sur le concept de « lecteur » cf. D. Coste, « Three concepts of the reader and their contribution to a theory of literary texts », *Orbis litterarum* 34, 1880 ; W. Iser, *Der Akt des Lesens*, München, 1972 ; *Der implizite Leser*, München, 1976 ; U. Eco, *Lector in fabula*, Milano, 1979 ; G. Prince, « Introduction à l'étude du narrataire », *Poétique* 14, 1973 ; M. Nojgaard, « Le lecteur et la critique », *Degrés* 21, 1980) quelque fraîche intuition (cf. B. Croce, *Estetica come scienza dell'espressione e linguistica generale*, Bari, 1902 ; H. Bergson, *Œuvres*, Édition du Centenaire, Paris, 1963 ; E. Husserl, *Ideen zu einer Phänomenologie und phänomenologischen Philosophie*, Den Haag, 1950) sur la peinture (pour le concept de « peinture », cf. Cenino Cennini, *Trattato della pittura* ; Bellori, *Vite d'artisti* ; Vasari, *Le Vite* ; P. Barocchi éd., *Trattati d'arte del Cinquecento*, Bari, 1960 ; Lomazzo, *Trattato dell'arte della pittura* ; Baldinucci, *Vocabolario toscano dell'arte del disegno* ; S. van Hoogstraaten, *Inleyding tot de Hooge Shoole der Schilderkonst*, 1678, VIII, 1, pp. 279 et suiv. ; L. Dolce, *Dialogo della pittura* ; Zuccari, *Idea de' pittori*) d'Antonio Fomez (pour une bibliographie générale, cf. G. Pedicini, *Fomez*, Milano, 1980, en particulier pp. 60-90), je devrais tenter une analyse (cf. H. Putnam, « The analytic and the synthetic », in *Mind, language, and reality* 2, London-Cambridge, 1975 ; M. White éd., *The Age of Analysis*, New York, 1955) sous une forme (cf. W. Kölher, *Gestalt Psychology*, New York, 1947 ; P. Guillaume, *La Psychologie de la forme*, Paris, 1937) absolument innocente et dépourvue de préjugés (cf. J. Piaget, *La Représentation du monde chez l'enfant*, Paris, 1955 ; G. Kanizsa, *Grammatica del vedere*, Bologna, 1981). Mais il s'agit là d'une chose (sur la chose en soi, cf. I. Kant, *Kritik der reinen Vernunft*, 1781-1787) très difficile en ce monde (cf. Aristote, *Métaphysique*) post-moderne (cf. cf. ((cf. (((cf. cf.))))))). C'est pourquoi on n'en fait rien (cf. V. Jankélévitch, *Le Je-ne-sais-quoi et le presque-rien*, Paris, 1981). Reste le silence (Wittgenstein, *Tractatus*, 7). Excuse-moi, ce sera pour une autre (cf. J. Lacan, *Écrits*, Paris, 1966) occasion (cf. S. Mallarmé, *Un coup de dés jamais n'abolira le hasard*, 1897).

Comment ne pas parler de foot

Je n'ai rien contre le foot. Je ne vais pas au stade pour les mêmes raisons qui font que je n'irais jamais dormir la nuit dans les passages souterrains de la Gare Centrale de Milan (ou me balader à Central Park à New York après six heures du soir), mais il m'arrive de regarder un beau match à la télé, avec intérêt et plaisir car je reconnais et apprécie tous les mérites de ce noble jeu. Je ne hais pas le foot. Je hais les passionnés de foot.

Comprenez-moi bien. Je nourris envers les tifosi un sentiment identique à celui des partisans de la Ligue Lombarde envers les immigrés extra-communautaires : « Je ne suis pas raciste, à condition qu'ils restent chez eux. » Par chez eux, j'entends leur lieu de réunion en semaine (bar, famille, club) et les stades le dimanche où je me fiche de ce qu'il peut arriver, où ce n'est pas plus mal si les hooligans déboulent, car la lecture de ces faits divers me divertit, et puisque ce sont des jeux du cirque, autant que le sang coule.

Je n'aime pas le tifoso parce qu'il a une caractéristique étrange : il ne comprend pas pourquoi vous ne l'êtes pas, et s'obstine à vous parler comme si vous l'étiez. Pour bien faire comprendre ce que je veux dire, je vous donne un exemple. Je joue de la flûte à bec (de plus en plus mal, à en croire une déclaration publique de Luciano Berio, et je suis ravi de me savoir suivi avec tant d'attention par un Grand Maître). Supposons maintenant que je sois dans un train et que, pour engager la conversation, je demande au voyageur assis en face de moi :

« Avez-vous écouté le dernier C.D. de Frans Brüggen ?

— Pardon ?

— La *Pavane Lachryme*. À mon avis, le début est trop lent.

— Excusez-moi, je ne comprends pas.

— Je parle de Van Eyck, voyons ! (en articulant) le Blockflöte.

— Oh, vous savez, moi... Ça se joue avec un archet ?

— Ah, je vois, vous ne...

— Je ne...

— Comme c'est curieux. Mais savez-vous que pour une Coolsma faite à la main il faut attendre trois ans ? À ce compte-là, mieux vaut une Moeck en ébène. C'est la meilleure de toutes celles qu'on trouve dans le commerce. C'est Rampal lui-même qui me l'a dit. Au fait, vous êtes déjà allé jusqu'à la cinquième variation de *Derdre Doen Daphne d'Over* ?

— J'en sais rien, moi je vais à Parme...

— Ah, j'y suis, vous ne jouez que de l'alto. C'est en effet plus satisfaisant. À propos, j'ai découvert une sonate de Lœillet qui...

— L'œil quoi ?

— Je voudrais bien vous y voir dans les fantaisies de Telemann. Vous vous en sortez ? Vous n'allez pas me dire que vous utilisez le doigté allemand ?

— Vous savez, moi, les Allemands... Leur BMW est sans doute une grande voiture et je la respecte, mais...

— J'ai compris. Vous pratiquez le doigté baroque. Très juste. Prenez ceux de Saint Martin in the Fields... »

Voilà. Je ne sais si j'ai bien rendu l'idée, mais je crois que vous approuveriez mon malheureux compagnon de voyage s'il se suspendait au signal d'alarme. Eh bien, ça se passe exactement comme ça avec les tifosi. Le pire, ce sont les chauffeurs de taxi :

« Vous avez vu Vialli ?

— Non, il a dû passer pendant que je n'étais pas là. »

« Vous regardez le match, ce soir ?

— Non, je dois travailler sur le livre Z de la *Métaphysique*, vous savez, le Stagirite.

— Bon. Regardez et vous m'en direz des nouvelles. Pour moi, Van Basten pourrait être le Maradona des années 90, vous croyez pas ? Mais enfin bon, faut pas non plus perdre de vue Hagi. »

Inutile d'essayer de l'interrompre, autant parler à un mur. Ce n'est pas qu'il se fiche complètement du fait que je m'en fiche complètement. C'est qu'il ne peut concevoir que quelqu'un puisse s'en ficher complètement. Il ne le concevrait même pas si j'avais trois yeux et deux antennes plantées sur les écailles vertes de mon occiput. Il n'a aucune notion de la diversité, de la variété et de l'incomparabilité des Mondes Possibles.

J'ai donné l'exemple du chauffeur de taxi, mais c'est pareil avec un interlocuteur appartenant aux classes dominantes. À l'instar de l'ulcère, ça frappe aussi bien le riche que le pauvre. Il est toutefois curieux que des êtres si clairement convaincus de l'égalité des hommes soient prêts à aller casser la gueule au premier tifoso de la province voisine. Ce chauvinisme œcuménique m'arrache des cris d'admiration. C'est comme si les partisans de la Ligue s'écriaient : « Laissez venir à nous les Africains. On va pouvoir leur régler leur compte. »

(1990)

Comment être présentateur à la télé

J'ai vécu une expérience fascinante quand l'Académie des Sciences des Îles Svalbard m'a envoyé étudier durant quelques années les Bonga, une civilisation qui fleurit entre la Terre Inconnue et les Îles Fortunées.

Les Bonga font peu ou prou les mêmes choses que nous, à ceci près qu'ils affichent une étrange propension à l'exhaustivité de l'information. Ils ignorent l'art de la présupposition et de l'implicite.

Ainsi, nous parlons et pour ce faire, nous utilisons des mots, mais nous n'avons pas besoin de le dire. En revanche, un Bonga qui s'adresse à un autre Bonga commencera en affirmant : « Attention, je vais parler et je vais employer des mots. » Nous construisons des maisons et ensuite (sauf les Japonais) nous indiquons aux visiteurs le numéro de la rue, le nom des locataires, les escaliers A et B. Les Bonga, eux, écrivent avant tout « maison » sur chaque maison, puis à l'aide de pancartes spéciales, ils indiquent les briques, la sonnette, et marquent « porte » sur la porte. Si vous sonnez chez monsieur Bonga, il ouvre la porte en disant « Là, j'ouvre la porte », et il se présente après. S'il vous invite à dîner, il vous fait asseoir et vous indique : « Ça, c'est la table, ça ce sont les chaises. » Puis, d'un ton triomphant, il annonce : « Et maintenant, la soubrette ! Voici Rosine. Elle va vous demander ce que vous désirez, et elle vous apportera à table votre plat préféré ! » Idem au restaurant.

Il est curieux d'observer les Bonga au théâtre. Les lumières de la salle s'éteignent, un acteur apparaît et dit : « Voici le rideau ! » Le rideau se lève, les acteurs entrent en scène pour jouer, mettons, *Hamlet* ou *Le Malade imaginaire*. D'abord chacun se présente au public sous sa véritable identité, ensuite sous le nom du personnage qu'il interprète. Après sa réplique, l'acteur annonce : « Et maintenant, une petite pause ! » Quelques secondes s'écoulent, puis un autre acteur prend la parole. Inutile de préciser qu'à la fin du premier acte, un comédien vient sur le devant de la scène et annonce : « Et maintenant, un entracte va suivre. »

Leurs spectacles de variétés m'ont frappé. Comme les nôtres, ils étaient composés de sketches, de chansons, de duos et de ballets. À cette différence près que chez nous, les deux comiques font leur numéro, puis l'un d'eux pousse sa chansonnette, ensuite ils s'éclipsent au moment où de gracieuses jeunes filles entrent en scène pour exécuter un ballet, offrant un peu de légèreté au spectateur, puis à la fin du ballet, les acteurs recommencent un sketch. Chez les Bonga, les acteurs annoncent d'abord qu'il va y avoir une scène comique, après quoi ils disent qu'ils vont chanter un duo, précisant qu'il sera enjoué, enfin l'un des deux claironne : « Et maintenant, le ballet ! » Une chose m'a étonné : comme chez nous pendant l'entracte, des panneaux publicitaires apparaissaient sur le rideau ; mais après avoir annoncé l'entracte, l'acteur s'exclamait invariablement : « Et maintenant, la publicité ! »

Je me suis longtemps demandé ce qui poussait les Bonga à cet obsédant besoin de précisions. Peut-être sont-ils bouchés à l'émeri, me disais-je, si on ne leur dit pas « Et maintenant je te salue » ils ne comprennent pas qu'on est en train de les saluer. Cela devait être en partie vrai. Mais il y avait une autre raison. Les Bonga vivent dans le culte du spectacle, aussi transforment-ils tout en spectacle, jusqu'à l'implicite.

Durant mon séjour là-bas, j'ai réussi à reconstituer l'histoire des applaudissements. Jadis, les Bonga applaudissaient pour deux motifs, soit ils étaient contents d'un beau spectacle, soit ils entendaient honorer une personne émérite. L'intensité des applaudissements indiquait celui qu'ils aimaient et appréciaient le plus. Jadis encore, certains imprésarios rusés, voulant convaincre les spectateurs que la pièce était bonne, disséminaient parmi le public des hommes de main soudoyés pour applaudir, même quand c'était superflu. Au début des shows télévisés, les Bonga invitèrent dans la salle deux ou trois parents d'organisateurs et, avec un signal lumineux — ignoré des téléspectateurs —, ils leur intimaient d'applaudir à tel ou tel moment. Très vite, les gens découvrirent le truc. Chez nous, l'applaudissement eût été frappé d'un discrédit total. Il n'en fut pas ainsi pour les Bonga. Le public eut envie d'applaudir lui aussi, et des hordes de volontaires se présentèrent aux studios de la télé, prêts à payer pour faire la claque. Certains allèrent jusqu'à suivre des cours spéciaux. Et puis, comme tout le monde était au courant, ce fut le présentateur en personne qui se mit à hurler, aux moments clés : « Mesdames et Messieurs, applaudissez bien fort ! » Mais très rapidement, les gens dans la salle applaudirent sans que le présentateur les y ait exhortés. Il suffisait qu'il demande son métier à une personne sur le plateau et que celle-ci réponde « Je m'occupe de la chambre à gaz du chenil municipal », pour qu'éclate un applaudissement frénétique. Parfois, comme cela se passait chez nous lors des numéros de ce bon vieux Grock, l'animateur n'avait pas le temps d'ouvrir la bouche pour dire « Bonsoir » qu'après le « Bon- » retentissaient des applaudissements délirants. Il ajoutait « Nous voilà réunis comme chaque mercredi », et non seulement le public applaudissait, mais il se tordait de rire.

Les applaudissements devinrent indispensables au point que même les spots de pub en déversaient des torrents quand le bonimenteur s'exclamait : « Achetez les dragées amaigrissantes Tiptop ! » Les gens savaient bien qu'il n'y avait personne dans le studio face à l'acteur, mais ils avaient besoin de ça, sinon le sport leur aurait paru artificiel et ils auraient zappé. Les Bonga veulent que la télévision montre la vraie vie telle qu'elle est, sans faux-semblants. L'applaudissement venant du public (qui est comme eux) et non de l'acteur (qui feint), il est leur seule garantie que la télé soit une fenêtre ouverte sur le monde. Les Bonga préparent une émission exclusivement composée d'acteurs en train d'applaudir, qui va s'appeler *Télévérité*. Désormais, afin d'avoir le sentiment d'être ancrés dans la vie, les Bonga applaudissent à tout bout de champ, même en dehors de la télé. S'ils applaudissent aux enterrements, ce n'est pas qu'ils soient contents ou qu'ils veuillent honorer le défunt ; c'est pour ne pas se sentir ombres parmi les ombres, pour se savoir vivants et réels, comme les images qu'ils voient sur leur petit écran. Un jour que j'étais chez des gens, l'oncle entra et dit : « Grand-mère vient de se faire écrabouiller par un poids lourd ! » Tous se levèrent et tapèrent dans leurs mains.

Je ne saurais affirmer que les Bonga sont inférieurs à nous. Loin de là. L'un d'eux m'a même confié qu'ils entendaient conquérir le monde. Le projet n'avait rien de théorique, et je m'en suis aperçu dès mon retour en mère patrie. Le soir, à la télé, je découvris un animateur qui présentait les potiches de son émission, puis annonçait qu'il allait nous offrir un sketch comique et enfin s'exclamait : « Et maintenant, voici le ballet ! » Un homme distingué débattant de graves problèmes politiques avec un autre homme distingué, s'interrompit pour dire : « Et maintenant, une page de publicité ! » Certains présentateurs présentaient le public, d'autres, la caméra qui les filmait. Et tout le monde applaudissait.

Bouleversé, je décidai d'aller dîner dans un restaurant français, célèbre pour sa nouvelle cuisine. Le garçon déposa devant moi trois feuilles de salade. Il m'annonça : « Voici la farandole du jardinier, un méli-mélo de mesclun niçois, agrémenté de feuilles de roquette de Provence coupée très très fin, assaisonné au seul marin de Guérande, aromatisé au vinaigre balsamique de Modène avec une tombée d'huile d'olives vierges de Sommières en Languedoc. »

(1987)

Comment retrouver l'idiot du village à la télé

Quid du théâtre comique dans une civilisation qui a décidé de se fonder sur le respect de la différence ? Par tradition, le comique a toujours spéculé sur l'estropié, l'aveugle, le bègue, le nain, l'obèse, l'idiot, le déviant, la profession jugée infamante ou l'ethnie tenue pour inférieure.

Eh bien tout cela est devenu tabou. Aujourd'hui, ne vous risquez plus à imiter un inoffensif paria, c'est une vexation ; quant à Molière *himself*, il ne pourrait plus ironiser sur les médecins sans provoquer aussitôt le tollé de la corporation entière, liguée contre ces allégations diffamatoires. Plus question de déguster un « nègre en chemise » ni de parler « petit-nègre » à une « tête de Turc » qui serait « saoul comme un Polonais ».

Aussi, la satire télévisée risquait-elle de n'avoir plus pour objet que les autres émissions télé : par une sorte d'accord tacite entre chaînes, chaque programme semblait n'être conçu que pour inspirer la satire de l'autre et le seul comique autorisé devenait celui du *zapping*. Ou alors — puisque ce sont traditionnellement les groupes se sentant forts qui osent se moquer d'eux-mêmes — l'autoflagellation était en passe d'être la manifestation du pouvoir. Résultat, la pratique du comique dressait une nouvelle barrière de classe : si jadis on reconnaissait les maîtres à ce qu'ils se permettaient de brocarder les esclaves, aujourd'hui ce serait les esclaves que l'on reconnaîtrait comme ayant seuls le droit de railler les maîtres.

Mais on a beau ridiculiser le nez de De Gaulle, les rides d'Agnelli ou les canines de Mitterrand, on pressent que ces derniers resteront toujours plus puissants que ceux qui les moquent ; or, le comique est cruel, impitoyable par vocation, il veut un idiot du village qui soit vraiment débile, afin que, en riant de lui, nous puissions affirmer notre supériorité sur son incurable déficience.

Il fallait une solution, on la trouva. Impossible de caricaturer l'idiot du village, ce serait antidémocratique. Soit. En revanche, il est tout à fait démocratique de lui donner la parole, de l'inviter à se présenter lui-même, en direct (ou à la première personne, ainsi que disent justement les idiots du village). Comme dans les vrais villages, on saute la médiation de la représentation artistique. On ne rit pas de l'auteur qui imite l'ivrogne, on paie directement à boire à l'alcoolo, et on rit de sa dépravation.

Le tour était joué. Il suffisait de se rappeler que, entre autres éminentes qualités, l'idiot du village est exhibitionniste, mais surtout que nombreux sont ceux qui, pour satisfaire leur propre exhibitionnisme, sont prêts à endosser le rôle d'idiot du village. Jadis, si, en pleine crise conjugale, un étranger avait étalé au grand jour leurs lamentables querelles, les époux auraient intenté un procès en diffamation, au nom du bon vieux dicton qui veut qu'on lave son linge sale en famille. Mais lorsque le couple en vient à accepter voire à solliciter la faveur de représenter en public sa sordide histoire, qui a encore le droit de parler de morale ?

Et voici l'admirable inversion de paradigme à laquelle nous assistons : *exit* le personnage du comique brocardant le débile inoffensif, starisation du débile en personne, tout heureux d'exhiber sa propre débilité. Tout le monde est content : le gogol qui s'affiche, la chaîne qui fait du spectacle sans avoir à rétribuer un acteur, et nous qui pouvons à nouveau rire de la stupidité d'autrui, en satisfaisant notre sadisme.

Nos écrans pullulent désormais d'analphabètes fiers de leur baragouin, d'homosexuels se plaisant à traiter de « vieille pédale » leurs homologues, d'ensorceleuses sur le retour arborant leurs charmes décatis, de chanteurs experts en couacs, de bas-bleus affirmant « l'oblitération palingénésique du subconscient humain », de cocus contents, de savants fous, de génies incompris, d'écrivains publiant à compte d'auteur, de journalistes donnant des baffes et de présentateurs les recevant, heureux de penser que l'épicier du coin en parlera le lendemain.

Si l'idiot du village s'exhibe en jubilant, nous pouvons rire sans remords. Rire du débile est redevenu « politically correct ».

(1992)

Comment voir une pendaison en direct à la télé

Je regrette que les autorités compétentes aient refusé de retransmettre en direct à la télévision la dernière pendaison aux États-Unis. Mieux : il fallait pendre le condamné à 12 h, heure de la Côte Est, afin que l'on puisse le voir à New York pendant le lunch, dans le Midwest plus ou moins au moment du brunch, et en Californie à 9 h, en prenant son breakfast au bord de la piscine. Chez nous, il serait 6 heures du soir, mais pour les travailleurs, on prévoirait une rediffusion au cours du 20 h.

Il est capital que les gens soient à table : le bruit du cou qui se rompt, les tressaillements de l'abdomen, les jambes qui ruent dans le vide, tout cela doit agir sur la déglutition de la nourriture, chez le public j'entends. En cas de chaise électrique, il faudrait que le condamné grésille un peu au moment même où chez soi, sur le fourneau, crépite le beurre des œufs au plat. Avec le gaz, le spectacle est assuré, car on aura préalablement dit au condamné d'aspirer un bon coup, ce qui est en soi déjà très télévisuel, et puis il y a les soubresauts. Très déconseillée, l'injection. On perd tout l'intérêt du direct. Circulez, y a rien à voir, ils feraient mieux de retransmettre ça à la radio.

Je comprends que ma proposition puisse sembler impopulaire au moment où Disney Italie vient d'interdire à ses dessinateurs de faire dire à Oncle Picsou qu'il voudrait étrangler Donald, car ce serait une incitation à la violence.

Je regrette que le marché florissant de la vidéo

amène à produire des films où l'on s'entretue avec des armes mégagalactiques qui vous tapissent les murs de cervelle et font jaillir des torrents d'hémoglobine. Je trouve que les films d'avant, ceux où les Indiens ou les Japonais mouraient au loin, en tombant comme des soldats de plomb, ne vous donnaient pas l'idée d'égorger père et mère pour hériter de trois Bons du Trésor et d'une pizzeria. Et ne venez pas m'objecter qu'il y a eu en ce temps-là de célèbres crimes de sang. C'est vrai, mais il s'agissait alors de passion, pas d'imitation.

Cela dit, il faut distinguer entre les jeux de fiction pouvant troubler les innocents (ou induire les faibles d'esprit à des comportements aberrants) et le devoir de relater les faits divers. Je suis contre la manie de propulser un étrangleur à la une des journaux, tant que le présumé coupable n'a pas été jugé par un tribunal ; mais si un type se balade dans la nature pour enlever et égorger des enfants, il me semble nécessaire d'en informer les gens, et surtout les gamins afin qu'ils ouvrent l'œil, et le bon. Si on ne le leur dit pas au bon moment, après cela risque d'être trop tard.

Quant à la peine de mort, le monde se divise en deux catégories : ceux qui la condamnent (comme moi) et ceux qui en soutiennent la nécessité.

Les opposants, s'ils sont fragiles de l'estomac, peuvent éteindre la télé lorsqu'elle diffuse une exécution capitalc. Mais ils prendront néanmoins part au travail de deuil. Si on tue un homme à cette heure-là, ils doivent participer d'une manière ou d'une autre, en priant ou en lisant Pascal à haute voix en famille. Ils doivent savoir que ce soir-là, on commet une infamie. Et s'ils regardent la télé, ils se sentiront davantagc amenés à condamner cette barbarie, d'une manière ou d'une autre, sans se borner à dire qu'ils sont contre — tout comme voir sur le petit écran un enfant africain squelettique pose quelques problèmes à la bonne conscience de chacun.

Et puis, il y a les défenseurs de la peine de mort. Ceux-là doivent regarder. Je prévois leur objection : « Je peux affirmer le bien-fondé d'une opération de l'appendicite, mais, de grâce, ne me faites pas voir ça à la télé entre la poire et le fromage. » Or, il ne s'agit pas là d'un acte chirurgical sur lequel tout le monde est d'accord. Ce qui est en question, c'est le sens, la valeur de la vie humaine et de la justice. Donc, pas d'histoires.

Si vous êtes pour la peine de mort, vous devez accepter de voir le condamné ruer, éructer, griller, sursauter, tressauter, tousser, rendre sa sale âme à Dieu. Par le passé, les gens étaient plus honnêtes, ils achetaient leur billet pour assister au supplice, et ils jubilaient comme des fous. Vous aussi, qui soutenez la justice suprême de la peine de mort, vous devez « jubiler » : en mangeant, en buvant, en faisant ce que bon vous semble, mais vous ne pouvez faire comme si ça n'existait pas, quand vous en affirmez la légitimité.

Vous allez me répondre : « Et si ma femme est enceinte et que, sous le choc, elle me fait un avortement spontané ? » Et alors ? Le nouveau catéchisme admet qu'un État a le droit de légiférer sur la peine de mort. Il dit aussi qu'il est interdit d'avorter, mais uniquement si c'est volontaire. Si vous avortez en voyant un type qui rue dans le vide, ce n'est pas un péché.

(1993)

Comment faire un scoop avec le cormoran des Shetlands

J'ai rencontré notre cormoran dans un salon VIP de l'aéroport. Une jeune femme charmante le priait de ne pas salir les élégants fauteuils bleus et je lui ai proposé (à lui) d'en protéger un de mon imperméable. Je savais qu'après il serait fichu, tout imprégné de pétrole et d'eau de mer, mais je faisais confiance au service « défraiement » de *L'Espresso*. Vous pensez, un scoop pareil... L'emplumé m'a remercié, la glace était rompue. Voici l'interview.

MOI : « Bonjour monsieur le Cormoran. Vous ici ? Je vous croyais aux Shetlands. » CORMORAN : « J'y retourne demain, hélas. Figurez-vous qu'on me paye la classe Plein Ciel pour un bref tournage ailleurs, un endroit dont j'ai jamais entendu parler. Un tanker en proie aux flots, à ce qu'il paraît, le pétrole menace de se déverser d'un seul coup dans la mer, les télés veulent être prêtes, et comme je suis sous contrat... Sale métier, j'vous jure. » MOI : « Jamais de répit, hein ? » CORMORAN : « Comment voulez-vous ? Vous lisez les journaux vous aussi, une guerre par-ci, une tempête par-là, les mers sont devenues un gigantesque dépotoir. Alors, presque tous les jours c'est "monsieur le Cormoran, prenez la pose, s'il vous plaît, ne regardez pas la caméra, lissez-vous les plumes avec le bec, prenez l'air triste"... j'en passe et des pires. »

MOI : « Mais enfin, il n'y a pas d'autres cormorans sur le marché ? » CORMORAN : « C'est plus compliqué que ça. Mes parents y ont laissé leur peau. Ceux qui y ont échappé s'en sont allés faire entendre leur cri le soir au fond des bois, et c'est pas une métaphore. Ils tentent de se réadapter ailleurs, dans les collines, les montagnes. Difficile de trouver du poisson dans ces coins-là, tout au plus une truite de temps en temps. Moi, le mal était fait, j'étais tombé dedans, regardez à quel point je suis esquinté. Ça part plus, vous savez. Même avec ces trucs liquides qui vous brûlent les yeux. Alors, autant garder cette saloperie et essayer d'en tirer profit. On me paie bien, tout ce que j'ai à faire, c'est d'être prêt. Il y a un mois, j'étais en Galice, vous avez dû lire ça, aujourd'hui aux Shetlands, Dieu seul sait où je serai demain. Et encore, j'ai commencé avant la guerre du Golfe. » MOI : « Les images de cette guerre vous ont apporté gloire et succès. » CORMORAN : « Oui, c'est là que ma carrière a démarré. Avant, ils me filmaient et ils me coupaient au montage. Avec le Golfe, ça s'est mis à marcher. Mais c'est pénible vous savez, un tournage tous les jours, et à chaque fois, hop, un petit coup de pétrole sur les plumes, je voudrais pas dire, mais c'est mauvais pour la santé, ça. Il faut que je me dépêche d'amasser un pactole et je tire ma révérence. De toute manière, je vais bientôt être un malade chronique. Enfin, on verra bien. Je me dégoterai un îlot à l'écart des routes commerciales, pour le peu de temps qu'il me restera à vivre. »

MOI : « Mais ils ne pourraient pas engager une mouette, un phoque, un pingouin, que sais-je encore, en les maquillant un peu avec de la boue, celle des centres de thalasso par exemple, ça ne marcherait pas ? » CORMORAN : « Eh non, pas question. Ce sont de vrais pros. Ils disent que si on maquille l'animal, il perd toute sa spontanéité. Comme dans les films de Visconti : quand un acteur évoquait un coffret de bijoux, même si le coffret n'était jamais ouvert, Luchino le voulait plein de bijoux, et de chez Bulgari, s'il vous plaît. Bon et puis, nous, les cormorans, on a la bonne taille pour l'écran télé. Moi, il peuvent me filmer en gros plan, on voit tout. Vous imaginez, avec un éléphant, ils seraient obligés de faire un plan d'ensemble. » MOI : « Ils n'auraient pas intérêt à utiliser un être humain, un gamin, un qui soit déjà bien amoché j'entends, un de ceux qui sont à vendre par exemple ? » CORMORAN : « Me faites pas rire ! Il y a belle lurette que l'être humain n'émeut plus personne. Figurez-vous que j'ai même reçu une offre de l'Unicef. Ils ont essayé de montrer des mômes africains crevant de faim, les yeux dévorés par les mouches et le ventre tout gonflé. Eh ben, les gens, ça les dégoûte. Ils zappent. L'animal en revanche, ça attendrit. »

MOI : « Donc, vous pensez quitter le secteur pétrolier... » CORMORAN : « Non, non. Ça rapporte gros. On aura toujours besoin d'énergie, et des mers polluées, par bonheur, il va y en avoir de plus en plus. Je pourrais vivre rien qu'avec les tankers échoués et les puits de pétrole bombardés. Mais vous savez ce que c'est, quand on commence à la télé, après on vous demande partout, pour la pub de l'American Express, de Benetton, au Parlement... C'est l'escalade. L'an prochain, ils veulent m'employer pour convaincre les gens de ne pas prendre l'autoroute au 15 août. » MOI : « Mais les photos des voitures écrabouillées, des corps carbonisés, ça ne suffit pas ? » CORMORAN : « Vous êtes bouché, ou quoi ? Une famille carbonisée, c'est pas vendeur. Toutefois, si la famille va emboutir un camion citerne, si le pétrole se répand sur la chaussée, si un cormoran passe par là et se salit, alors là, les gens y penseront à deux fois. Vous savez, je gagne pas mal d'argent, d'accord, mais mon job c'est aussi un engagement civil, une mission. »

La charmante jeune femme est venue lui proposer un whisky, il a refusé : « C'est sans doute que mon palais ne s'y est pas encore habitué, je trouve que ça a un goût de pétrole. » On appelait pour son vol. Il s'est éloigné, tête baissée, manquant de glisser sur le sol ciré sur lequel il laissait un sillage huileux. Il s'est retourné une dernière fois.

« Merci, lui ai-je lancé, surtout au nom de tous les enfants du monde. »

(1993)

Comment réagir aux visages connus

Il y a quelques mois, j'étais à New York et je me baladais lorsque j'aperçus un type que je connaissais très bien qui se dirigeait vers moi. J'avais beau me creuser la cervelle, impossible de me souvenir de son nom ni d'où je le connaissais. Cette sensation est fréquente lorsqu'on croise à l'étranger quelqu'un qu'on connaît chez soi, ou *vice versa*. Un visage hors contexte crée une sorte de confusion. Pourtant, celui-ci m'était si familier qu'il me faudrait certainement m'arrêter, le saluer, bavarder, il allait sans doute me dire : « Mon cher Umberto, comment vas-tu ? » et peut-être même « Finalement, tu l'as fait ce truc dont tu m'avais parlé ? » et moi je ne saurais pas sur quel pied danser. Feindre de ne pas le voir ? Trop tard. Il regardait encore de l'autre côté de la rue mais il s'apprêtait à tourner la tête dans ma direction. Autant prendre les devants, le saluer et chercher à le resituer d'après la voix, les premiers échanges.

Nous étions à deux pas l'un de l'autre, j'allais me fendre d'un large et radieux sourire, tendre la main, quand tout à coup je l'ai reconnu. C'était Anthony Quinn. Naturellement, nous ne nous étions jamais rencontrés. Une fraction de seconde m'a suffi à suspendre mon geste, et je l'ai croisé, le regard perdu dans le vide.

Par la suite, j'ai réfléchi à cet incident pour en conclure qu'il n'y avait rien là que de très normal. Une fois déjà, j'avais vu Charlton Heston au restaurant et l'impulsion m'était venue de le saluer. Ces visages peuplent notre mémoire, nous avons passé en leur compagnie des heures entières devant un écran, ils nous sont devenus aussi familiers que ceux de nos parents éloignés, et parfois même davantage. On peut être spécialiste de la communication de masse, débattre des effets de réalité, disserter sur la confusion entre réel et imaginaire et sur ceux qui en sont victimes, on n'échappe jamais à ce syndrome. Le problème, c'est qu'il y a pire.

J'ai reçu les confidences de gens qui se sont exposés aux médias, par de fréquentes apparitions à la télévision sur une période donnée. Je ne parle pas de stars du petit écran, mais de personnes ayant participé à des *talk-shows*, assez longtemps pour devenir reconnaissables. Tous déplorent la même expérience désagréable. En règle générale, quand on croise quelqu'un que l'on ne connaît pas personnellement, on ne le dévisage pas, on ne le montre pas du doigt, on ne parle pas de lui à haute voix alors qu'il peut nous entendre. Il s'agirait là de comportements impolis, à la limite de l'agressivité. Ces gens qui ne s'aviseraient jamais de pointer leur index sur le client d'un bar, ne serait-ce que pour indiquer à un copain sa cravate dernier cri, ceux-là mêmes agissent tout autrement avec les visages connus.

Mes cobayes racontent qu'au bureau de tabac, chez l'épicier, dans le train, en allant aux toilettes d'un restaurant, les gens s'écrient sur leur passage : « T'as vu, c'est Machin ! » « Non ? T'es sûr ? » « Sûr, j'te dis ! ». Et ils conversent aimablement, tandis que Machin les entend, sans se soucier qu'il les entende, comme s'il n'existait pas.

Ils sont désorientés de voir un protagoniste de l'imaginaire médiatique entrer soudain dans la vie réelle, mais en même temps, ils se comportent à l'égard du personnage réel comme s'il appartenait encore à l'imaginaire, comme s'il était sur un écran ou un magazine, et qu'ils parlent en son absence.

C'est comme si j'avais pris Anthony Quinn au collet, comme si je l'avais traîné jusqu'à une cabine téléphonique et avais appelé un ami pour lui dire : « Devine qui j'ai rencontré ? Anthony Quinn ! Et tu sais quoi ? On dirait qu'il est vrai ! » (après, je l'aurais repoussé pour m'en retourner à mes affaires).

Au début, les médias nous ont persuadés que l'imaginaire était réel, maintenant ils nous convainquent que le réel est imaginaire, et plus les écrans télé nous donnent à voir de la réalité, plus le quotidien devient cinématographique. Jusqu'à ce que nous en arrivions à penser — ainsi que le voulaient certains philosophes — que nous sommes seuls au monde, et que tout le reste est le film que Dieu ou un malin génie nous projette devant les yeux.

(1989)

Comment reconnaître un film porno

Je ne sais s'il vous est déjà arrivé de voir un film pornographique. Je ne parle pas ici de films contenant un certain érotisme, fût-il outrageant aux yeux de beaucoup, comme *Le Dernier Tango à Paris*. J'entends le film porno, dont le seul et unique but est de provoquer le désir du spectateur, du début jusqu'à la fin, et qui est construit de sorte que, pourvu que les images d'accouplements soient excitantes, le reste compte pour du beurre.

Très souvent, les magistrats sont amenés à décider si un film est purement pornographique ou s'il a une valeur artistique. Je ne suis pas de ceux qui considèrent que l'art absout tout, d'authentiques chefs-d'œuvre s'étant révélés parfois plus dangereux pour la foi, les mœurs ou l'opinion publique, que certaines réalisations mineures. En outre, j'estime que des adultes consentants ont le droit de consommer du porno, du moins faute de mieux. Cela étant, les tribunaux doivent juger si un film a été conçu pour exprimer des concepts ou idéaux esthétiques (fût-ce au moyen de scènes pouvant offenser le sens commun de la pudeur), ou s'il a été réalisé dans le seul et unique but d'éveiller les instincts du spectateur.

Eh bien, le critère permettant de reconnaître un film existe : c'est le calcul des temps morts. *La Chevauchée fantastique*, chef-d'œuvre absolu du cinéma, se déroule presque entièrement (exception faite du début, de quelques intermèdes et de la fin) dans une diligence. Sans ce voyage, le film n'aurait aucun sens. *L'Avven-*

tura d'Antonioni est constitué de temps morts : les acteurs vont, viennent, parlent, se perdent, se retrouvent, et il ne se passe rien. Or le film dit justement qu'il ne se passe jamais rien. Qu'on l'apprécie ou non, son but précis est de nous dire cela.

En revanche, pour justifier l'achat d'un billet de cinéma ou d'une cassette vidéo, un porno nous dit que des gens s'accouplent, des hommes avec des femmes, des hommes avec des hommes, des femmes avec des femmes, des femmes avec des chiens ou des chevaux (il n'existe aucun porno où des hommes s'accouplent avec des juments ou des chiennes. Pourquoi ?). Bon, tout ça passe encore. Mais il se trouve que le porno est bourré de temps morts.

Si, pour violer Gilberta, Gilberto doit aller de la place de Cordoue à l'avenue Buenos Aires, le film vous montre Gilberto en bagnole qui, feu rouge après feu rouge, parcourt tout le trajet.

Les films porno sont remplis de gens qui montent en voiture et conduisent pendant des kilomètres, de couples qui mettent un temps fou à remplir les formalités d'accueil des hôtels, d'hommes qui passent d'interminables minutes dans l'ascenseur avant d'atteindre leur chambre, de filles qui savourent des liqueurs multiples et variées, batifolent en nuisette et finissent par s'avouer qu'elles préfèrent Sapho à Don Juan. Bref, pour parler en mots simples et crus, avant d'assister à une bonne baise, il faut se farcir une longue pub du ministère des transports.

Les raisons à cela sont évidentes. Un film où Gilberto violerait sans interruption Gilberta, par-devant, par-derrière et sur le côté, serait insupportable, physiquement pour les acteurs, économiquement pour le producteur. Et psychologiquement pour le spectateur : afin que la transgression ait lieu, il faut qu'elle se dessine sur un fond de normalité. Tout artiste sait combien la représentation de la normalité est chose difficile — alors qu'il est très aisé de représenter la déviation, le crime, le viol ou la torture.

Aussi, le porno doit-il représenter la normalité — essentielle à la transgression — en accord avec la façon dont le spectateur moyen la conçoit. C'est pourquoi, si Gilberto doit prendre l'autobus et aller de A à B, on verra Gilberto prendre l'autobus et l'autobus aller de A à B.

Cela en irrite certains, qui voudraient n'assister qu'à des scènes innommables. Mais c'est une illusion : ils ne résisteraient pas à une heure et demie de ce type de scènes. D'où l'absolue nécessité des temps morts.

Je récapitule. Entrez dans une salle de ciné : si pour aller de A à B, les protagonistes mettent plus de temps que vous ne le souhaiteriez, alors c'est un film porno.

(1989)

Comment ça commence, comment ça finit

J'ai vécu un drame dans ma vie. J'ai fait mes études supérieures comme pensionnaire au Collège Universitaire de Turin dont j'avais reçu une bourse. Je garde de cette époque une foule de souvenirs pleins de gratitude et une profonde répugnance pour le thon. En effet, la cantine n'ouvrait que pendant une heure et demie. La première demi-heure, on avait droit au plat du jour, après il ne restait que du thon. Moi, j'arrivais toujours après, si bien que, exception faite des mois d'été et des dimanches, je me suis farci 1 920 repas à base de thon durant ces quatre années. Mais là n'est pas mon drame.

Nous étions fauchés mais affamés de cinéma, de musique et de théâtre. Pour le théâtre Carignano, on avait trouvé une solution épatante. On se pointait dix minutes avant le début, on s'approchait de monsieur — comment s'appelait-il déjà ? —, bref, du claqueur en chef, on lui serrait la main en y glissant cent lires, et il nous laissait entrer. Nous étions une claque payante.

Hélas, le Collège fermait inexorablement ses portes à minuit. Passé cette heure, si on n'était pas rentré, on couchait dehors, car il n'y avait ni appel ni obligation de présence, un étudiant qui le désirait pouvant même ne pas mettre les pieds en fac pendant un mois. C'est pourquoi, à minuit moins dix, il nous fallait quitter le théâtre et foncer à perdre haleine vers notre objectif. Or, à minuit moins dix la pièce n'était pas finie. Et c'est ainsi qu'en quatre ans, j'ai vu tous les chefs-d'œuvre du théâtre de tous les siècles, mais tous amputés des dix dernières minutes.

J'ai donc vécu sans savoir comment Œdipe s'en tirait face à l'horrible révélation, ce qu'étaient devenus les six personnages en quête d'auteur, si Oswald Alving avait guéri grâce à la pénicilline, si Hamlet avait enfin découvert que ça valait la peine d'être. J'ignore qui est madame Ponza, si Socrate a bu la ciguë, si Othello a giflé Iago avant de partir pour un second voyage de noces, si le malade imaginaire a guéri, si tout le monde a bu avec Giannettaccio, comment a fini Mila de Codros. Je croyais être le seul mortel affligé de tant d'ignorance quand, par hasard, en bavardant avec mon ami Paolo Fabbri, j'ai découvert que lui, depuis des années, souffre de l'angoisse inverse. Durant ses études, il collaborait à je ne sais quel théâtre universitaire de la ville, et se tenait à la porte pour déchirer les billets. À cause des nombreux retardataires, il n'entrait qu'au deuxième acte. Il voyait Lear errer aveugle et déguenillé, le cadavre de Cordelia dans les bras, et il ignorait ce qui les avait amenés tous deux à une condition si misérable. Il entendait Mila hurler que la flamme est belle et il se creusait la cervelle pour essayer de comprendre pourquoi on passait au gril une jeune fille aux sentiments si élevés. Il n'a jamais su pourquoi Hamlet en voulait à son oncle, lequel semblait être un si brave type. Il voyait Othello agir, et se demandait pourquoi une épouse si mignonne était à mettre sous et non sur l'oreiller.

Bref, nous nous sommes fait nos confidences et nous avons découvert qu'une merveilleuse vieillesse nous attend. Assis sur les marches d'une maison de campagne ou sur un banc public, nous passerons des années à nous raconter l'un les débuts, l'autre les fins, en poussant des cris de stupeur à chaque découverte d'antécédents ou de catharsis.

« C'est pas vrai ! Et qu'est-ce qu'il a dit ?

— "Mère donne-moi le soleil !"

— Alors, c'est qu'il était foutu.

— D'accord, mais qu'est-ce qu'il avait ? »

Je lui susurrerais quelque chose à l'oreille.

« Mon dieu, quelle famille, je comprends maintenant...

— Raconte-moi Œdipe...

— Y a pas grand-chose à dire. Sa mère se pend et lui se crève les yeux.

— Le pauvre. Mais après tout, c'est de sa faute : on l'avait averti sur tous les tons.

— Exact. D'ailleurs, c'est une question qui m'a toujours obsédé : pourquoi ne comprend-il pas ?

— Mets-toi à sa place. Quand la peste éclate, lui, il est déjà roi et heureux en ménage...

— Alors, quand il a épousé sa mère, il ne...

— Eh non, et c'est ça le plus beau.

— Bonjour, Sigmund. Si on te le racontait, tu n'y croirais pas. »

Serons-nous alors comblés ? Ou bien aurons-nous perdu la fraîcheur de celui qui a le privilège de vivre l'art comme la vie, dans laquelle nous entrons quand les jeux sont déjà faits et d'où nous sortons sans savoir ce que deviendront les autres ?

(1988)

Comment reconnaître la religion d'un logiciel

Une nouvelle guerre de religions modifie subrepticement notre monde contemporain. J'en suis convaincu depuis longtemps, et lorsque j'évoque cette idée, je m'aperçois qu'elle recueille aussitôt un consensus.

Ceci n'a pu vous échapper, le monde est aujourd'hui divisé en deux : d'un côté les partisans du Macintosh, de l'autre ceux du PC sous Ms-Dos. Eh bien, je suis intimement persuadé que le Mac est catholique et le Dos protestant. Je dirais même plus. Le Mac est catholique contre-réformateur, empreint de la « ratio studiorum » des jésuites. Il est convivial, amical, conciliant, il explique pas à pas au fidèle la marche à suivre pour atteindre, sinon le royaume des cieux, du moins l'instant final de l'impression du document. Il est catéchistique, l'essence de la révélation est résolue en formules compréhensibles et en icônes somptueuses. Tout le monde a droit au salut.

Le Dos est protestant, voire carrément calviniste. Il prévoit une libre interprétation des Écritures, requiert des décisions tourmentées, impose une herméneutique subtile, garantit que le salut n'est pas à la portée de tous. Faire marcher le système nécessite un ensemble d'actes personnels interprétatifs du logiciel : seul, loin de la communauté baroque des joyeux drilles, l'utilisateur est enfermé dans son obsession intérieure.

On m'objectera que l'arrivée de Windows a rapproché l'univers du Dos de la tolérance contre-réformatrice du Mac. Rien de plus exact. Windows constitue un schisme de type anglican, de somptueuses cérémonies au sein des cathédrales, mais toujours la possibilité de revenir au Dos afin de modifier un tas de choses en se fondant sur d'étranges décisions : tout compte fait, les femmes et les gays pourront accéder au sacerdoce [1].

Naturellement, catholicisme et protestantisme des deux systèmes n'ont rien à voir avec les positions culturelles et religieuses des usagers. J'ai découvert l'autre jour que Franco Fortini, poète sévère et tourmenté, ennemi déclaré de la société du spectacle, est un adepte du Mac. Cela dit, il est légitime de se demander si à la longue, au fil du temps, l'emploi d'un système plutôt que d'un autre ne cause pas de profondes modifications intérieures. Peut-on vraiment être à la fois adepte du Dos et catholique traditionaliste ? Par ailleurs, Céline aurait-il écrit avec Word, WordPerfect ou Wordstar ? Enfin, Descartes aurait-il programmé en Pascal ?

Et le langage machine, qui décide de notre destin en sous-main et pour n'importe quel environnement ? Eh bien, cela relève de l'Ancien Testament, du Talmud et de la Cabale. Ah, encore et toujours le lobby juif.

(1994)

1. Évidemment, Windows 95 — résolument anglo-catholique — vient compliquer aujourd'hui ce panorama théologique.

Comment chercher du sexe sur Internet

On le sait, l'internaute néophyte commence presque toujours par se connecter sur les sites de *Playboy* et *Penthouse*. Et puis, après avoir fait joujou une ou deux fois et cliqué sur les nus pleine page des dernières *playmates*, il arrête car, l'écran a beau être grand et la définition d'image excellente, c'est plus facile et plus gratifiant d'acheter ces revucs en kiosque. Cela dit, vous en avez toujours un qui vient vous raconter avoir intercepté des images pas possibles, alors, forcément, vous essayez, ne serait-ce que pour vous prouver que vous êtes un bon « surfeur ».

L'autre nuit, las de naviguer entre des bibliographies sur la métaphore, des logiciels de création d'histoires hypertextuelles, et la *Critique de la raison pure* en traduction, une version anglaise tombée dans le domaine, je me suis lancé : j'ai réclamé du sexe au Web Crawler. Il a identifié 2 088 adresses et ne m'en a fourni que 100. L'anarchie régnant sur le Web est telle que je vous défie de distinguer les bons plans des bidonnages. Je lisais des titres alléchants du style « Le jardin des plaisirs », « Images pour adultes x-rated », « Huuuummm, femmes nues ! », « Les déesses du sexe de l'hémisphère Nord », me promettant tous du hard si, et seulement si, je passais commande.

Clique que je te clique, je finis par tomber sur « Kramer's Korner-Erotica » d'où je peux me connecter sur « Very Hot Links », puis à nouveau sur *Playboy* et *Penthouse* ainsi que sur « Babes on the Web ». J'ouvre « Top-models », où ledit Kramer m'offre des photos très habillées et des infos sur ses top préférés. Je suis allé sur Cindy Crawford et j'ai tout appris à son propos, à peu près autant que si j'avais lu *Témoignage Chrétien*.

Dépité, j'essaye « Very Hot Links », qui m'oriente — rebelote — sur *Playboy* et un « Western Canada's Gay and Lesbian Magazine » (lequel m'avertit tout de go qu'il ne fournit aucune image). Bon. Il me reste « Babes on the Web ». J'y vais et découvre l'adresse d'une cinquantaine de « Babes » (terme signifiant entre autres « poupée » ou « souris »), chacune avec sa « home page » et des noms fascinants tels que Chok-Eng Cheng. J'y étais ! Voyons voir ces prometteuses poupées.

J'ai cliqué presque au hasard sur Jennifer Amon. Sa page m'est apparue, avec une photo (juste sa tête). Jennifer n'était pas immonde, non, mais elle n'avait rien non plus d'un canon : une femme normale, qui disait être analyste-programmeur au très serein Oberlin College et m'énumérait ses qualifications professionnelles. Elle m'informait en outre que son chat siamois était mort le 15 août à midi vingt-huit, et enfin, elle me demandait de saluer pour elle un certain Joe Lang, si j'étais arrivé jusqu'à sa page via UD. Quant au sexe, tintin ! Cette Jennifer, soit elle faisait de la pub pour sa carrière, soit elle se sentait seule et avait besoin de communiquer avec quelqu'un.

Mais à quel jeu jouait donc ce satané Kramer ? Je reviens à lui, clique sur sa biographie et découvre le pot aux roses : il a vingt-huit ans, est diplômé de Boston, travaille dans une banque de Jersey City et, à ses heures perdues, il devient consultant en conception de « Web pages », c'est-à-dire ce que j'avais sous les yeux. Afin d'attirer le chaland, il offre des connexions sur des sites érotiques, quelques photos très chastes de belles filles, et vous pousse à rencontrer des « poupées » ou des « poulettes » qui ne sont pas des « souris » mais des femmes aux mœurs parfaitement intègres.

Désespéré, je reprend la liste initiale des cent adresses chaudes et découvre un truc qui me fait bondir sur ma chaise. Un dénommé Dan Moulding m'annonce que, si je veux des seins et des fesses et d'autres parties du corps féminin et de l'hyperporno à foison et le tout avec une définition d'image jamais atteinte sur un moniteur, j'ai trouvé mon bonheur. Je me connecte aussitôt pour tomber sur un message me traitant de gros cochon qui devrait avoir honte.

Dan Moulding est un sévère moraliste de l'Utah (sans doute mormon) qui, dans un texte interminable, commence par me sermonner parce que, en diffusant ou cherchant des images porno sur Internet, j'encombre les lignes ; puis il m'explique qu'il faut être un vrai malade, sans amis — ne parlons pas de petites amies —, pour chercher du sexe sur ordinateur ; il me demande si j'ai des parents à aimer et m'informe que ma grand-mère mourrait d'une crise cardiaque si elle savait ça. Enfin — après m'avoir exhorté à aller me confesser auprès d'un prêtre, un pasteur ou un rabbin —, il me fournit une liste de sites sur le Net où je peux trouver une aide morale, dont un service *ad hoc* pour la rédemption de pornographes tels que moi (http/wwww.stolaf.edu/people/bierlein/noxxx.html).

Et il conclut : « Contacte-moi (dmoulding @ eng. utah.edu.), je te ferai lire des tas de lettres écrites par des ratés comme toi, assez stupides pour être tombés dans mes filets. »

Il était trois heures du matin. Cette orgie de sexe m'avait déprimé. Je suis allé me coucher et j'ai rêvé de moutons, d'angelots et de douces licornes.

(1995)

Comment se préparer au triomphe de la technologie légère

Le troisième millénaire verra le triomphe définitif de la technologie communicative légère. Crabe Backwards nous l'affirme dans sa *Galaxie de Pan*. Pan, vous le savez, c'est l'inventeur de la flûte, ou, en considérant les choses froidement, du sifflet, c'est-à-dire de l'instrument le plus simple du monde. La communication lourde entre en crise vers la fin des années soixante-dix. Jusqu'alors, le principal instrument de communication, c'était le téléviseur couleurs, une énorme boîte encombrante qui trônait au salon, émettant dans la pénombre de sinistres lueurs et des sons susceptibles de déranger les voisins. L'usager était condamné à rester hypnotisé pendant toute la durée (linéaire et répressive) de l'émission, saisi par cet instinct archaïque (en rien « politically correct ») qui lui donnait l'envie de savoir comment allaient finir des histoires qui concernaient en somme la vie privée d'autrui (femmes, minorités ethniques, marginaux, êtres différents, extraterrestres, etc.).

Le premier pas vers la communication légère fut l'invention de la télécommande. Grâce à elle, on pouvait baisser le son, le couper même, éliminer la couleur et surtout changer de chaîne à chaque instant. Les téléspectateurs commencèrent à perdre le sens de l'ordre séquentiel du programme, vite suivis en cela par les réalisateurs qui ne se sentirent plus obligés de construire des émissions dotées d'un sens global. C'est ainsi que l'émission type devint le débat politique, succession (ou superposition) de brefs discours dépourvus de sens, où l'intervenant ne se sentait pas contraint de prendre en compte ce qu'il venait de dire ou ce qu'avait dit son interlocuteur. En zappant entre des dizaines de débats, face à un écran en noir et blanc au son baissé, le spectateur était entré dans une phase de liberté créative.

En outre, la télévision à l'ancienne, en retransmettant un événement en direct, nous rendait dépendants de la linéarité même de l'événement. Nous avons été affranchis du direct par l'arrivée du magnétoscope. Grâce à lui, on a eu l'évolution de la Télévision au Cinématographe, mais en plus, le spectateur étant désormais en mesure de passer les cassettes à rebours, il échappait ainsi totalement au rapport passif et répressif avec l'histoire racontée.

À ce stade, note Backwards, le téléspectateur, afin d'utiliser en même temps son téléphone portable, s'est mis à couper le son, le remplaçant, pour illustrer la succession saccadée des images, par des bandes-son de piano mécanique joué sur synthétiseur ; quant aux émetteurs, sous prétexte d'aider les malentendants, ils ont pris l'habitude d'insérer des indications scéniques venant commenter l'action — ainsi, lorsque deux personnes s'embrassaient en silence, on lisait un carton portant l'inscription « Je t'aime ». La télévision a atteint son propre niveau de légèreté le jour où un spectateur, combinant différents programmes, a réussi à voir (en muet, et en noir et blanc) un arroseur arrosé et un train entrant en gare de La Ciotat.

L'étape suivante fut l'élimination du mouvement. Le processus débuta sur Internet, où l'usager, avec une économie neuronale, ne pouvait recevoir que des images immobiles à basse définition, souvent monochromes, sans avoir besoin du moindre son, puisque les informations apparaissaient sur l'écran en caractères alphabétiques.

Autre élément de légèreté spécifique à Internet : souvent, le surfeur ne réussissant pas à se connecter sur le site demandé, était amené à se brancher sur un autre, puis un autre encore, etc., en un libre processus de zapping à l'infini, où personne ne se rappelait ce qu'il cherchait au départ, et se retrouvait donc délivré de toute détermination, même la plus lointaine. Ce fut la communication pour le plaisir de la communication, et non à des fins utilitaristes et idéologiques.

Cependant, il était clair que la mise en œuvre d'une technologie légère devait passer par l'élimination radicale de l'image. On créa donc une télévision sans images : cela consistait en une sorte de boîtier, d'un encombrement minimal, qui émettait des sons et ne nécessitait aucune télécommande, puisqu'on pouvait pratiquer le zapping directement sur l'appareil en manœuvrant une molette *ad hoc*.

L'ultime étape impliquait la simplification des canaux de transmission initiée dans la décade finale du siècle. Jusqu'alors, les émissions passaient via les airs, avec les dysfonctionnements physiques qui s'ensuivaient. Le *Pay per view* et Internet donnèrent naissance à la nouvelle ère de la transmission par fil téléphonique. Et, chacun de nous s'en souvient, l'inventeur de cette « télégraphie avec fil » a reçu le prix Marconi.

(1996)

Comment jeter au panier les télégrammes

Jadis, en recevant son courrier le matin, on ouvrait les lettres cachetées et on jetait au panier celles qui ne l'étaient pas. Aujourd'hui, ceux qui utilisaient les enveloppes ouvertes les ferment et les envoient même en express. Vous vous empressez d'ouvrir le pli et vous y trouvez une invitation sans aucun intérêt. Par-dessus le marché, les enveloppes les plus sophistiquées ont un système de cachetage hermétique qui résiste aux coupe-papier, aux coups de dents, aux coups de couteau. La colle a été remplacée par un ciment à prise rapide, genre scellement de dentiste. Heureusement, on a encore la possibilité d'échapper aux ventes promotionnelles, car elles annoncent la couleur de l'extérieur, avec l'inscription « Gratis » écrite en lettres d'or. Tout petit déjà, on m'a appris que si on vous propose quelque chose de gratuit, il faut appeler les flics.

Et ça ne va pas s'arranger. Jadis, on ouvrait les télégrammes avec intérêt, voire fébrilité : ils annonçaient soit une mauvaise nouvelle soit le décès soudain de votre oncle d'Amérique. Aujourd'hui, quiconque a une chose totalement dépourvue d'intérêt à vous communiquer vous envoie un télégramme.

Ils sont de trois types. Impératif : « Vous invitons après-demain important congrès sur culture pomme de terre en Basse Lorraine Stop Présence sous-secrétaire Eaux et Forêts Stop Prière communiquer toute urgence heure arrivée via télex » (suit une liste de sigles et de numéros qui occupe deux feuillets sur lesquels, naturellement et heureusement, a disparu la signature du prétentieux expéditeur). Allusif : « Comme convenu par accords précédents, confirmons votre participation congrès assistance koalas paraplégiques Stop Prière nous contacter toute urgence via téléfax. » Bien entendu, les accords précédents n'ont jamais existé, ou mieux, la demande d'accords suit par lettre. Mais quand la lettre arrive, le télégramme déjà jeté au panier l'a rendue caduque et on la balance à son tour. Énigmatique : « Date table ronde sur Informatique et Crocodiles déplacée pour motifs connus Stop Prière confirmer engagement nouvelle date Stop » Quelle date ? Quel engagement ? Au panier.

Aujourd'hui, le télégramme est détrôné par l'*overnight express*. Son envoi coûte les yeux de la tête, on ne peut l'ouvrir qu'avec des cisailles à barbelés, et le pli est fait de telle sorte que, même ouvert, il ne vous révèle pas son contenu, car vous devez encore franchir une muraille de bandes de scotch. On l'envoie par pur snobisme (à l'image des cérémonies de consomption rituelle étudiées par Mauss) : au fin fond, une carte de visite portant un « Salut » griffonné (mais on perd des heures à la chercher car l'enveloppe a la taille d'un sac poubelle, et tout le monde n'a pas les bras aussi longs que Mister Hyde). Plus souvent, il revêt une fonction de chantage, avec coupon-réponse à la clé. L'expéditeur sous-entend : « Pour te dire ce que j'ai à te dire, j'ai dépensé une somme astronomique, la rapidité de l'envoi te signifie mon impatience, et puisque la réponse est payée, si tu ne me réponds pas, tu es un fieffé salaud. » Tant d'arrogance mérite une juste punition. Désormais, j'ouvre les *overnight* que j'ai expressément acceptés par téléphone. Les autres, je les fiche au panier, mais, même comme ça, ils sont source d'ennuis car ils encombrent ma corbeille à papier. Je rêve de pigeons voyageurs.

Souvent, les télégrammes et les *overnight* annoncent

des récompenses. En ce bas monde, il est des reconnaissances et des prix que chacun rêve de recevoir (le Nobel, la Toison d'Or, la Jarretière, la Loterie du Jour de l'An) et d'autres qui ne demandent qu'à être reçus. Quiconque veut lancer un nouveau cirage, un préservatif longue durée ou une eau ferrugineuse, organise un prix. Vous le savez, rien de plus facile que de trouver des jurés. Dégotter les primés est une autre paire de manches. La chose serait aisée si l'on récompensait des jeunes débutants. Hélas, en ce cas, presse et télé ne se déplacent pas. Donc, le primé doit au bas mot être Claude Simon. Mais si Claude Simon s'en allait recevoir tous les prix qu'on lui décerne d'office, adieu écriture. Le télégramme annonciateur du prix doit donc avoir un ton impérieux et laisser entrevoir de graves sanctions en cas de refus : « Sommes heureux vous communiquer que ce soir dans une demi-heure vous sera attribué le Suspensoir d'Or. Vous informons que votre participation est indispensable pour bénéficier vote unanime et désintéressé du jury. Sinon, serions douloureusement contraints choisir autre récipiendaire. » Le télégramme présuppose que le destinataire saute sur sa chaise en s'exclamant : « Non, non, moi ! moi ! moi ! »

Ah, j'oubliais. Il y a aussi les cartes postales qui vous arrivent de Kuala Lumpur signées « Jean ». Jean qui ?

(1988)

Comment ne pas utiliser le téléphone portable

Rien de plus facile que d'ironiser sur les utilisateurs de téléphone portable. Toutefois, il faut savoir à laquelle de ces cinq catégories ils appartiennent. Au premier chef, viennent les handicapés, fussent-ils légers, contraints de rester en liaison constante avec un médecin ou le SAMU. Louée soit la technologie qui leur offre cet instrument salvateur. Ensuite, on a ceux que les lourdes charges professionnelles obligent à accourir à la moindre urgence (capitaines des pompiers, médecins de campagne, transplanteurs d'organes en attente de cadavre frais). Pour ceux-là, le portable est une dure nécessité, vécue sans joie.

Tertio, les couples illégitimes. C'est un événement historique : ils peuvent enfin recevoir un appel de leur partenaire clandestin sans que la famille, la secrétaire ou les collègues malveillants interceptent la communication. Il suffit que seuls elle et lui (ou lui et lui, ou elle et elle, les autres combinaisons éventuelles m'échappent) connaissent le numéro. Les trois catégories susdites ont droit à tout notre respect : pour les deux premières, nous acceptons d'être dérangés au restau, au ciné ou à un enterrement ; quant aux adultères, ils sont en général très discrets [1].

Suivent deux autres catégories à risque (le leur davantage que le nôtre). D'abord, il y a ceux qui ne

---

1. Je me vois dans l'obligation de rayer de la catégorie des utilisateurs autorisés les couples adultères. En effet, aujourd'hui, il suffit qu'un mari ou une femme achètent un téléphone portable pour indiquer *ipso facto* qu'ils ont entamé une relation extraconjugale.

conçoivent pas de se déplacer sans avoir la possibilité d'échanger des frivolités avec des parents ou amis qu'ils viennent de quitter. Difficile de les condamner : s'ils ne savent pas échapper à cette compulsion pour jouir de leurs instants de solitude, s'ils n'arrivent pas à s'intéresser à ce qu'ils font à ce moment-là, s'ils sont incapables de savourer l'éloignement après le rapprochement, s'ils veulent afficher leur vacuité et même la brandir comme un étendard, eh bien, tout cela est du ressort d'un psy. Ils nous cassent les pieds, mais il faut comprendre leur effarante aridité intérieure, rendre grâces au ciel d'être différents d'eux, et pardonner (sans se laisser gagner par la joie luciférienne de ne pas leur ressembler, ce serait de l'orgueil et un manque de charité). Reconnaissons-les comme notre prochain qui souffre, et tendons l'autre oreille.

Dans la dernière catégorie, on trouve — au côté des acheteurs de faux portables, au bas de l'échelle sociale — ceux qui entendent montrer publiquement qu'ils sont sans cesse sollicités, consultés pour des affaires urgentissimes d'une éminente complexité : les conversations qu'ils nous infligent dans les trains, les aéroports ou les restaurants, concernent de délicates transactions monétaires, des profilés métalliques jamais arrivés, des demandes de rabais pour un stock de cravates, et tant d'autres choses encore qui, dans l'esprit du téléphoneur, font très « Rockefeller ».

Or, la division des classes est une abominable mécanique : le parvenu aura beau gagner un fric fou, d'ataviques stigmates prolétaires lui feront ignorer le maniement des couverts à poisson, accrocher un Kiki à la lunette arrière de sa Ferrari, un saint Christophe au tableau de bord de son jet privé, et dire qu'il va « au coiffeur » ; aussi n'est-il jamais reçu par la duchesse de Guermantes (et il rumine, se demandant bien pourquoi, vu qu'il a un bateau long comme un pont).

Ces gens-là ignorent que Rockefeller n'a aucunement besoin d'un portable, car il possède un immense secrétariat, si efficace que c'est à peine si son chauffeur vient lui susurrer deux mots à l'oreille lorsque son grand-père est subclaquant. L'homme de pouvoir n'est pas obligé de répondre à chaque coup de fil. Voire. Il n'est là pour personne. Même au plus bas de l'échelle directoriale, les deux symboles de la réussite sont la clé des toilettes privées et une secrétaire qui répond « Monsieur le directeur est en réunion ».

Ainsi, celui qui exhibe son portable comme symbole de pouvoir déclare au contraire à la face du monde sa désespérante condition de sous-fifre, contraint de se mettre au garde-à-vous au moindre appel du sous-administrateur délégué, même quand il s'envoie en l'air, condamné, pour gagner sa croûte, à poursuivre jour et nuit ses débiteurs, persécuté par sa banque pour un chèque en bois, le jour de la communion de sa fille. Arborer ce type de téléphone, c'est donc montrer qu'il ne sait rien de tout cela, et c'est ratifier son implacable marginalisation sociale.

(1991)

Comment ne pas utiliser le fax

Le fax est vraiment une invention géniale. Pour qui l'ignorerait encore, on introduit une lettre dans la machine, on compose le numéro de son correspondant et en quelques secondes, celui-ci la reçoit. On peut aussi envoyer des dessins, des plans, des photos ou des pages de calculs impossibles à dicter par téléphone. Si le document va en Australie, le prix de la transmission est celui d'une communication intercontinentale d'égale durée. Idem pour un envoi de Milan à Varese, au tarif interurbain. Par exemple, le soir, un coup de fil à Paris coûte environ mille lires. Dans un pays comme l'Italie où, par définition, la poste ne fonctionne pas, le fax résout tout. Et on trouve des fax à usage privé à des prix corrects, disons de cinq à dix mille francs. C'est énorme pour un caprice, c'est peu si vous avez une activité vous obligeant à avoir des correspondants tous azimuts.

Hélas, la technologie obéit à une loi inexorable : dès qu'une invention révolutionnaire devient accessible au plus grand nombre, elle cesse d'être accessible. Par essence, la technologie est démocratique car elle offre à tous les mêmes prestations. Toutefois, elle ne fonctionne que si les riches en sont les seuls utilisateurs. Quand les pauvres s'y mettent aussi, elle s'enraye. Le train reliait un point A à un point B en deux heures. L'automobile apparaît et effectue le trajet en une heure. Elle coûte donc très cher. Puis, son prix devient abordable, les masses engorgent alors les routes et le train redevient plus rapide. Songez combien il est absurde, à l'ère de l'automobile, d'exhorter à l'utilisation des transports publics. Mais le fait est là : en métro ou en bus, en acceptant de ne pas être privilégié, on arrive avant les privilégiés.

Avec l'automobile, il a fallu plusieurs décennies avant d'atteindre un stade critique. Le fax, plus démocratique — il ne coûte pas aussi cher qu'une voiture —, est arrivé à saturation en moins d'un an. Désormais, mieux vaut faire ses envois par la poste. Avant, si vous habitiez à Rimini et que vous aviez un fils à Sydney, vous lui écriviez une fois par mois et lui téléphoniez une fois par semaine. Maintenant, avec le fax, vous pouvez lui envoyer illico la toute première photo du dernier nouveau-né. Comment résister à la tentation ? En outre, notre terre est peuplée de gens, de plus en plus nombreux, qui veulent nous communiquer des choses dont on se soucie comme d'une guigne : comment mieux investir, comment faire votre bonheur en leur envoyant un chèque, comment acheter une cuisine tout équipée, comment vous épanouir en participant à un stage de potentialisation de votre professionnalisme. Dès qu'ils apprennent que vous avez un fax — et hélas l'annuaire, ça existe — tous ces gens-là rivalisent pour vous inonder, à faible coût, de messages non demandés.

Résultat : le matin, vous retrouvez votre appareil submergé de fax accumulés durant la nuit, et, bien entendu, vous les balancez sans les avoir lus. Mais si pendant ce temps-là, un proche voulait vous annoncer que vous héritiez dix milliards de votre oncle d'Amérique, à condition de vous présenter avant huit heures chez le notaire, il a trouvé la ligne occupée et n'a pu vous transmettre la nouvelle. Si on veut vous joindre, on doit le faire par voie postale. Le fax est en passe de devenir le canal des messages inutiles, tout comme l'automobile est maintenant l'apanage des déplacements lents, pour ceux qui ont du temps à perdre et se fichent de rester bloqués des heures entières dans d'inextricables bouchons en écoutant Mozart ou Tino Rossi.

Enfin, le fax introduit un élément nouveau dans la dynamique de l'emmerdement. Jusqu'à présent, si un fâcheux voulait vous casser les pieds, c'était lui qui payait (la communication téléphonique, le timbre, le taxi pour venir sonner à votre porte). Aujourd'hui, vous contribuez à la dépense, puisque c'est vous qui payez le papier du fax.

Comment réagir ? J'ai déjà songé à faire imprimer un papier portant l'en-tête suivant : « Tout fax non requis sera irrémédiablement jeté au panier. » Malheureusement, c'est insuffisant. Aussi, un bon conseil : débranchez votre fax. Si on a un document à vous transmettre, on vous téléphone pour vous dire de rebrancher votre machine. Mais ça risque d'encombrer vos lignes téléphoniques. Il vaudrait mieux que l'expéditeur d'un fax vous l'annonce par lettre. Et vous lui répondez : « Envoie ton fax lundi à cinq heures, cinq minutes et vingt-sept secondes, heure de Greenwich. Je brancherai mon appareil pendant quatre minutes et trente-six secondes seulement. »

(1989)

Comment ne pas savoir l'heure

L'objet dont je lis la description est une montre gousset (Patek Philippe Calibre 89) à double boîtier en or 18 carats, dotée de 33 fonctions. La revue qui la présente omet d'indiquer son prix, par manque de place j'imagine (il suffirait de le donner en millions de dollars plutôt qu'en lires). Saisi d'une profonde frustration, je vais m'acheter une Casio neuve à 300 balles, à l'instar de ceux qui, désirant à la folie une Ferrari, courent s'acheter un radioréveil pour se calmer. De toute façon, pour porter une montre gousset, il me faudrait aussi un gilet assorti.

Cela dit, je pourrais la poser sur ma table de nuit. Je passerais des heures entières à savoir le jour de la semaine, le mois, l'année, la décennie, le siècle, les années bissextiles, les minutes et les secondes de l'heure d'été, les minutes et les secondes d'un autre fuseau horaire choisi selon mon bon plaisir, la température, l'heure sidérale, les phases lunaires, l'heure de l'aube et l'heure du crépuscule, l'équation du temps, la position du soleil dans le Zodiaque, sans compter que, tout frémissant, je pourrais jouir de l'infini grâce à la représentation complète et mobile de la voûte stellaire, puis tout arrêter, remettre à zéro les cadrans du chronomètre et du dateur, et décider d'un instant de pause à l'aide du réveil incorporé. J'oubliais : une aiguille spéciale me signalerait la puissance des piles. J'oubliais encore : si je le voulais, je pourrais même lire l'heure. Mais pourquoi le voudrais-je ?

Si je possédais cette petite merveille, je me contreficherais de savoir qu'il est dix heures dix. Je guetterais le lever et le coucher du soleil (et je le ferais même dans une pièce obscure), je connaîtrais la température ambiante, j'établirais des horoscopes ; grâce au cadran bleu, le jour, je rêverais des étoiles visibles la nuit, et la nuit, je méditerais sur le nombre de jours nous séparant de Pâques. Une telle montre permettrait de ne plus prendre en compte le temps extérieur. Il suffirait de la consulter toute notre vie durant, et le temps raconté par elle se transformerait, passant d'une image immobile de l'éternité à une éternité en acte, où le temps ne serait qu'une fabuleuse hallucination produite par ce miroir magique.

Si je vous dis tout cela, c'est que depuis quelques mois, on voit fleurir des revues consacrées exclusivement aux montres de collection, éditées en quadrichromie sur papier glacé, plutôt chères, et je me demande si les lecteurs les feuillettent comme on lit un conte de fées ou si elles s'adressent à un public d'acheteurs, ce que je serais tenté de croire. Cela signifierait que, plus ce miracle d'une expérience centenaire qu'était la montre mécanique devient inutile, remplacée par des montres électroniques à quatre sous, plus les gens éprouvent le désir d'exhiber, de contempler, de thésauriser comme un investissement, ces mirobolants joujoux, parfaites machines du temps.

Entendons-nous bien : ces bijoux de technologie ne sont pas conçus pour vous donner l'heure. L'abondance de leurs fonctions élégamment réparties sur l'ensemble des cadrans symétriques est telle que, pour savoir qu'il est trois heures vingt du vendredi 24 mai, vous devez suivre avec attention le mouvement des innombrables aiguilles et noter au fur et à mesure les résultats sur un calepin. Par ailleurs, les électroniciens japonais, envieux et honteux de la caducité de leur sens pratique, nous promettent aujourd'hui des cadrans microscopiques indiquant la pression barométrique, l'altitude et la profondeur marine, un chronomètre, un *countdown*, un thermomètre, outre, bien entendu, une banque de données, la totalité des fuseaux horaires, huit réveils, un ordinateur convertisseur de devises et une sonnerie.

De telles montres courent le même risque que notre actuelle industrie de l'information : à trop vouloir dire, elles ne communiquent plus rien. D'ailleurs, elles ont déjà une de ses caractéristiques : elles ne parlent plus d'autre chose que d'elles-mêmes et de leur fonctionnement interne. On atteint au chef-d'œuvre avec certaines montres pour femme : aiguilles invisibles, cadran en marbre n'indiquant ni heures ni minutes, elles sont profilées de façon à permettre d'affirmer dans le meilleur des cas qu'il est entre midi et minuit, d'avant-hier sans doute. Et puis — suggère implicitement leur designer — qu'ont de mieux à faire les femmes auxquelles elles sont destinées, sinon de contempler un objet qui raconte sa propre vanité ?

(1988)

Comment éviter les maladies contagieuses

Il y a très longtemps, un acteur de télévision, qui ne faisait pas mystère de son homosexualité, dit à un jeune mignon qu'il tentait ouvertement de séduire : « Tu couches avec des femmes ? Tu ne sais donc pas que c'est cancérigène ? » La boutade est restée célèbre et certains la rappellent encore dans les couloirs de la RAI. Or l'heure n'est plus à la plaisanterie. Je viens de lire sous la plume d'un éminent médecin que le contact hétérosexuel provoque le cancer. Il était temps. J'ajouterai que le contact hétérosexuel provoque la mort tout court : même les enfants ne l'ignorent plus, cette union sert à procréer, et dès qu'un être naît, il doit mourir un jour.

Avec un sens étroit de la démocratie, la psychose du sida menaçait de ne contraindre que les pratiques homosexuelles. Eh bien, les hétérosexuels se retrouvent eux aussi sous surveillance et nous revoilà tous égaux. On était trop insouciants. Ce retour de la Démonomanie nous redonne une conscience plus stricte de nos droits et de nos devoirs.

Quant au sida, c'est un problème plus grave qu'il n'y paraît et il ne concerne pas les seuls gays. Bien que je ne veuille pas jouer à l'alarmiste de service, je me permets de vous signaler ici certaines autres catégories à haut risque.

Professions libérales

Renoncer à fréquenter les théâtres d'avant-garde new-yorkais : il est de notoriété publique que, pour des raisons phonétiques, les acteurs anglo-saxons postillonnent beaucoup — regardez-les de profil à contre-jour —, et dans les salles expérimentales, les spectateurs sont toujours à portée de postillons. Prudence, donc. Les députés n'entretiendront aucune relation mafieuse, afin de ne pas se retrouver contraints de baiser la main du parrain. Hautement déconseillée, l'affiliation à la mafia napolitaine, en raison de son rite du sang. Les politiciens voulant faire carrière dans l'intégrisme catholique éviteront soigneusement la communion, pour cause de transmission des germes de bouche en bouche via les doigts du célébrant. Quant aux risques de la confession auriculaire, n'en parlons pas.

Simples citoyens et ouvriers

Parmi les populations à haut risque, je citerai l'assuré social aux dents cariées : on ne le répétera jamais assez, c'est dangereux le contact d'un dentiste qui vous enfourne dans la bouche ses doigts qui ont charcuté d'autres bouches. Nager dans une mer polluée par une marée noire accroît le risque de contagion, car le pétrole en suspension contient les particules de salive de tous ceux qui ont bu la tasse avant vous et ont recraché. Un fumeur consommant plus de quatre paquets par jour touche la partie supérieure de la cigarette avec ses doigts qui ont traîné partout, si bien que les germes pénètrent les voies respiratoires. Éviter le chômage technique, sinon on n'arrête plus de se ronger les ongles. Veiller à ne pas se faire enlever par des bergers sardes ou des terroristes, les ravisseurs utilisant en général le même capuchon pour plusieurs otages. Ne pas prendre le train en gare de Bologne, car l'explosion des bombes y projette violemment des tas de déchets organiques, et dans cette panique, il est très difficile de se protéger. Ne jamais se trouver sur des zones frappées par des missiles à têtes nucléaires : devant le champignon atomique, on a tendance à porter ses mains à la bouche (sans les avoir lavées !) en murmurant « mon Dieu ! ».

Autres populations à haut risque : les moribonds embrassant le crucifix ; les condamnés à mort (quand la lame de la guillotine n'est pas désinfectée avant usage) ; les enfants des orphelinats religieux que des méchantes sœurs obligent à lécher le parterre, attachés par un pied au lit-cage.

Tiers-Monde

Les Peaux-Rouges sont extrêmement menacés, le passage du calumet de bouche en bouche ayant provoqué, on le sait, l'extinction de la nation indienne. Les Moyens-Orientaux et les Afghans sont exposés aux coups de langue des chameaux, il suffit de voir le taux très élevé de mortalité en Iran et en Irak. Le *desaparecido* argentin risque gros lorsque son tortionnaire s'acharne sur lui en lui soufflant ses miasmes à la figure. Cambodgiens et réfugiés des camps libanais devraient éviter le bain de sang, déconseillé par neuf médecins sur dix (le dixième, plus tolérant, se nomme Mengele).

Le Noir sud-africain risque l'infection quand le Blanc, dédaigneux, crache à ses pieds, il n'échappe en effet jamais à quelques projections de salive. Tout prisonnier politique évitera que son interrogateur lui balance un aller-retour sur les gencives après avoir touché celles d'un autre détenu cuisiné. Les populations souffrant de famine endémique s'abstiendront de déglutir souvent pour calmer les morsures de la faim, car la salive, entrée en contact avec l'atmosphère putride, ira infecter les voies intestinales.

Voilà. Telle est la campagne d'éducation sanitaire

que les autorités et la presse devraient lancer, au lieu de crier au scandale pour des problèmes dont la solution pourrait raisonnablement être renvoyée à une date ultérieure.

(1985)

Comment envoyer un message en fumant le cigare

Chose curieuse, dans une Amérique luttant frénétiquement contre le tabagisme, le cigare connaît une mode grandissante, et pas plus tard qu'hier, j'ai trouvé sur catalogue des dizaines de gadgets pour fumeur de havanes prohibés, du cendrier de la bonne taille aux étuis de tous types en passant par des tas d'autres objets délicieusement inutiles, apanage du cadeau de qualité.

Tout phénomène social est interprétable, mais certains (les modes en sont l'exemple type) doivent être lus comme des messages explicites, car celui qui agit entend communiquer une intention, et met donc en œuvre un comportement symbolique.

Si vous excluez le comportement symbolique, il ne vous reste que les explications fonctionnelles, lesquelles ne marchent pas du tout. Essayez d'affirmer que c'est parce que les gens ont encore envie de fumer : bien que certainement vrai, cela ne justifierait pas l'indulgence de la société envers les fumeurs de cigares et non envers les fumeurs de cigarettes.

Ces derniers sont contraints de s'entasser sur le trottoir devant les édifices publics, unis par une solidarité immédiate — vous descendez, sortez votre paquet et aussitôt un autre fumeur se présente à vous, le sourire complice, vous offrant la flamme de son briquet ; les gens s'en désintéressent, les dédaignent parfois, mais se disent qu'en fin de compte ils ne font aucun mal (certains États songent cependant à interdire de fumer dans la rue durant la journée). Rien à voir avec le fumeur de cigares. Celui-ci exhibe son trophée à la fin d'un dîner ou durant une *party* — quand il sait que ce sera toléré — et son comportement ne scandalise personne. Voire. Si on veut fumer une cigarette, on a intérêt à attendre que notre héros sorte un cigare et, pour ainsi dire, on lui emboîte le geste, après s'être assuré que notre acte ne soulèvera aucune protestation. Pourquoi cette discrimination ? La raison la plus souvent invoquée — le cigare est moins nocif puisqu'on n'avale pas sa fumée — est insuffisante car souffler n'est pas éliminer le tabagisme passif, au contraire, cela pollue davantage l'atmosphère. Alors ?

Voici l'explication qui me semble la plus convaincante. Les autorités ont lancé la lutte contre la cigarette comme un combat pour la santé. La cigarette étant devenue un symbole de mort, la campagne a connu un retentissement immédiat parmi les classes supérieures. On ne fume plus dans un restaurant de luxe, les troquets de seconde zone sont toujours des tabagies. Les universitaires, les banquiers, les gros salaires ont cessé de fumer (du moins en public) ; les Noirs, les femmes de moyenne et basse condition, les vieillards, les clochards, eux continuent.

Ainsi, peu à peu, la différence est devenue sociale. La cigarette est un truc de pauvres, de minorités, elle connaît aujourd'hui le sort du tabac à chiquer d'antan. De nos jours, on ne chique plus, non parce que ça nuit à la santé, mais parce que c'est bon pour un type baveux, crachouillant, qui pue du bec. Vous imaginez un homme en smoking à une première de la Scala, en train de mâchouiller sa chique ? Non, ça ne se fait pas, un point c'est tout.

Le cigare, lui, n'a aucune connotation prolétaire (sauf pour notre bon vieux *toscano*, puant et biscornu). Il est coûteux, requiert du temps et de l'argent, l'iconographie populaire l'associe au magnat des affaires, à l'homme de pouvoir, on l'offre pour fêter un événement, une naissance par exemple. Pas question de taper un cigare : si un type vous demande « t'as pas une clope », vous la lui filez sans histoire, parfois même vous lui laissez le paquet, mais ce geste-là ne vous confère aucunement le statut d'homme généreux ou aisé. En revanche, si quelqu'un prend son étui pour vous offrir quatre cigares de grande valeur, vous avez l'impression de voir un puissant du temps jadis retirer sa bague d'émeraude pour vous la donner.

Voilà pourquoi les classes aisées fument le cigare, pourquoi la société le tolère et l'approuve. Grâce à lui, on s'esquinte la santé, mais il s'agit d'un suicide de haut vol, rien à voir avec la sèche du pauvre, porteuse de mort au rabais.

Last but not least. Au plus fort de la lutte antitabac, dans les États-Unis puritains, au pays de l'hygiénisme, celui qui fut le premier à inscrire sur les paquets le sinistre avertissement du ministère de la santé vous promettant mille maux et la mort, que se passe-t-il ? Eh bien, dans ce drôle de pays-là, on vous vend les cigarettes en pharmacie.

(1996)

Comment réécrire Le Petit Chaperon Rouge

Les diktats du « politically correct », on le sait, ont amené à réécrire jusqu'aux fables traditionnelles, afin qu'elles ne contiennent aucune allusion à aucun type d'infériorité ni ne lèsent aucun droit d'aucune minorité, y compris les sept nains, appelés désormais « adultes de taille non standardisée ». En vertu de ces exigences, je me suis amusé à revisiter *Le Petit Chaperon Rouge*, en respectant très scrupuleusement l'ensemble des choix religieux, politiques ou sexuels. Pour que l'histoire se déroule dans un climat politiquement correct, je l'ai située aux États-Unis, par ailleurs riches en forêts habitées par des animaux sauvages.

Donc, le Petit Chaperon Rouge est un être humain qui heureusement n'a pas atteint l'âge de l'adolescence et qui par un beau matin s'aventure dans le bois, où il ne ramasse ni champignons ni fraises car il appartient à l'APLDDLN, Association Pour La Défense De La Nature. Notre fillette est juste impatiente de rencontrer des loups, étant membre de l'APLITEEALMA, Association Pour L'Interaction Totale Et Égalitaire Avec Le Monde Animal. Par bonheur, elle rencontre un loup inscrit à l'ADAH, Association Des Animaux Hommosexuels, laquelle encourage les rapports sexuels libres entre animaux et membres du genre humain.

Ils se donnent rendez-vous au motel le plus proche, où le loup va l'attendre, se préparant à l'accouplement, vêtu d'une somptueuse robe de chambre. Mais, tapie dans l'ombre, veillait Mère-Grand. Nous tairons les associations dont l'aïeule du Petit Chaperon Rouge est membre, sachez seulement qu'elle est pour la pédophilie, l'inceste, le cannibalisme, et non végétarienne de surcroît. Impatiente de s'unir à sa très jeune petite-fille, Mère-Grand se rend au motel, dévore le loup et prend son apparence, car elle est aussi membre du CAI, Caucus of Animal Impersonators.

Le Petit Chaperon Rouge, emplie de désir, arrive, marche vers la chambre nuptiale où elle croit que le loup l'attend, mais elle tombe nez à nez avec Mère-Grand qui aussitôt abuse d'elle et la boulotte. Toutefois, elle l'avale tout rond car, j'ai oublié de le dire, l'ancêtre appartient à une association religieuse, hygiéniste et diététique, laquelle énonce que c'est péché et pas casher de mâcher des substances animales et ordonne donc de les avaler tout rond, chose qui ne me semble pas plus incroyable que de prescrire l'infibulation ou de proscrire les transfusions sanguines.

Tandis que le Petit Chaperon Rouge gît dans les viscères de sa grand-mère, survient le Non-Chasseur. Membre d'une association d'écologistes radicaux imposant de tuer les humains qui mangent de la chair animale, il est aussi affilié — son rôle humanitaire l'exige — à la NRA, la National Rifle Association, laquelle se fonde sur un amendement de la Constitution (interprétable de manière très souple) qui autorise tout citoyen à détenir une arme. Ayant identifié sa cible — la grand-mère dévoreuse de loups et donc non respectueuse de la vie animale — le Non-Chasseur tire, la tue puis la pourfend (il milite en effet dans une association pour l'incitation au don d'organes), et voilà que le Petit Chaperon Rouge sort sain et sauf du ventre ancestral. Le loup aussi, je suppose, mais en ce qui concerne mon histoire, il est hors jeu.

La maman, heureuse, embrasse son enfant et s'emploie à lui faire oublier cette triste mésaventure en lui assurant un futur lumineux. En effet, le Non-Chasseur présente une émission animalière très populaire contre la chasse, et l'on sait combien les mères sont emplies d'espoir lorsqu'elles mènent leurs filles prépubères aux animateurs télé afin que se nouent entre eux des liens d'affectueuse amitié, présages d'engagements à coups de milliards.

Cependant, le Non-Chasseur, dont on a déjà esquissé la forte trempe morale, refuse d'entrer en relation amoureuse avec le Petit Chaperon Rouge, car c'est en réalité un gay compagnon de Robin des Bois.

Très fâchées, mère et fille se rappellent que, tandis qu'il trucidait Mère-Grand, le Non-Chasseur fumait la pipe. Elles le dénoncent donc aux autorités publiques pour tabagisme, incitation au vice, pollution de l'environnement, dissémination d'agents cancérigènes et, par conséquent, tentative de massacre.

La peine de mort étant toujours en vigueur dans cet État, le Non-Chasseur est condamné à la chaise électrique. Le Pape adresse un vibrant appel mais il l'envoie via les Postes italiennes si bien qu'il arrive avec plusieurs mois de retard. Par ailleurs, les décharges électriques ne polluant pas l'atmosphère, personne ne se mêle de protester. Le Non-Chasseur mourut et tout le monde (les autres) vécut très heureux.

(1996)

Comment être un Indien

L'avenir de la nation indienne étant désormais tout tracé, la seule possibilité de promotion sociale pour un jeune Indien ambitieux consiste à faire le figurant dans un western. À cette fin, voici quelques instructions essentielles qui permettront à notre jeune ami d'obtenir le label « Indien de western » et de résoudre ainsi le problème du sous-emploi endémique de cette catégorie socio-professionnelle.

Avant l'attaque

1. Ne jamais attaquer tout de suite. Se faire remarquer de loin, plusieurs jours auparavant, en émettant des signaux de fumée bien visibles, afin de donner à la diligence ou au fort le temps d'avertir la Cavalerie.

2. Si possible, se montrer par petits groupes sur les montagnes environnantes. Placer les sentinelles sur des pics très isolés.

3. Laisser des traces évidentes de son passage : empreintes de chevaux, feux de bivouac éteints, plumes et amulettes permettant l'identification de la tribu.

Attaque de la diligence

4. Pour attaquer la diligence, la suivre de loin ou, mieux, la longer de côté, afin d'être toujours à portée de fusil.

5. Freiner les mustangs, notoirement plus rapides que les chevaux de trait, pour ne jamais la précéder.

6. Ne chercher à l'arrêter que un par un, de façon à être blessé par le cocher et piétiné par l'attelage.

7. Ne jamais couper en masse la route de la diligence : une telle manœuvre réussirait à la stopper aussitôt.

Attaque d'un ranch isolé ou d'un cercle de chariots

8. Ne jamais attaquer de nuit, au moment où les fermiers s'y attendent le moins. Respecter le principe selon lequel l'Indien attaque de jour.

9. Pousser avec insistance le cri du coyote afin de signaler sa position.

10. Si un Blanc pousse le cri du coyote, pointer aussitôt la tête afin d'offrir une cible facile.

11. Attaquer en rond, sans jamais resserrer le cercle, de façon à être touché un à un.

12. Ne jamais engager tous les hommes dans une attaque en cercle, les remplacer au fur et à mesure qu'ils sont touchés.

13. Bien que montant à cru, se prendre systématiquement le pied dans le harnais du cheval en tombant, de façon à être traîné par l'animal.

14. Veiller à utiliser des fusils (achetés à un trafiquant malhonnête) dont on ignore le maniement. Mettre une éternité à les recharger.

15. Ne pas interrompre le cercle à l'arrivée des renforts, attendre la Cavalerie, ne pas se porter au-devant des soldats, se disperser en désordre au premier choc, afin de permettre les poursuites individuelles.

16. En cas de ranch isolé, envoyer la nuit un homme en éclaireur. Il devra s'approcher d'une fenêtre allumée, observer longuement une femme blanche à l'intérieur, jusqu'à ce qu'elle aperçoive le visage d'un Indien contre la vitre. Ne tenter de s'échapper qu'après son hurlement et la sortie en trombe des hommes.

Attaque du fort

17. Point essentiel, libérer les chevaux la nuit. Surtout ne pas chercher à les voler, les laisser se disperser dans la prairie.

18. En cas d'assaut, escalader le mur un par un. Pointer son arme d'abord, puis sa tête, lentement, et se redresser en temps voulu, après que la femme blanche aura signalé votre présence à un tireur d'élite. Ne jamais tomber vers l'intérieur du fort mais en arrière, vers l'extérieur.

19. En cas d'échange de tirs de loin, se poster au sommet d'un pic et s'écrouler en avant pour aller se fracasser sur les rochers en contrebas.

20. En cas de duel, prendre le temps de viser avec soin.

21. Dans la même situation, ne jamais utiliser de pistolets, lesquels résoudraient vite le problème, mais uniquement des armes blanches.

22. En cas d'une sortie des cow-boys, ne jamais récupérer les armes de l'ennemi tué. Ne voler que sa montre et s'attarder à écouter son tic-tac jusqu'à ce qu'arrive un autre ennemi.

23. En cas de capture d'un visage pâle, ne pas le tuer tout de suite. L'attacher à un poteau ou le ligoter sous une tente et attendre que ses amis viennent le délivrer à la pleine lune.

24. Dans tous les cas, chercher à abattre le trompette ennemi dès que résonne au loin la sonnerie de la Cavalerie. À ce moment-là, le trompette du fort se dresse et répond, debout sur le plus haut créneau des remparts.

Autres cas de figure

25. En cas d'attaque du village indien, sortir des tipis en proie à la panique, courir partout, chercher les armes

qui auront été préalablement rangées dans des endroits difficiles d'accès.

26. Contrôler la qualité du whisky vendu par les trafiquants, veiller à ce que la proportion d'acide sulfurique soit de trois pour un.

27. Lors du passage du train, s'assurer qu'un chasseur d'Indiens est à bord avant de longer le convoi à cheval en agitant son fusil et en poussant des hurlements de salutations.

28. En bondissant sur le dos d'un Blanc, tenir son propre couteau de façon à ne pas le blesser, afin de permettre le corps à corps. Attendre que le Blanc se retourne.

(1975)

Comment parler des animaux

Au cas où vous ne seriez pas des enragés de l'actualité, cette histoire s'est passée à New York il y a quelque temps.

Central Park, jardin zoologique. Des enfants jouent près de la fosse aux ours blancs. L'un d'eux défie les autres de se baigner et de nager autour des ours ; pour obliger ses copains à plonger, il planque leurs vêtements, les gamins se jettent à l'eau, barbotent autour d'un bon gros nounours placide et somnolent, ils l'asticotent, le bestiau en prend ombrage, allonge une patte et bouffe ou plutôt grignote deux bambins, laissant traîner çà et là quelques menus morceaux. La police accourt, le maire se précipite, on se demande s'il faut ou non tuer l'ours, on reconnaît que ce n'est pas de sa faute, on écrit quelques articles à sensation. Comme par hasard, les enfants avaient des noms espagnols : des Portoricains, de couleur peut-être, fraîchement débarqués sans doute, des habitués de la bravade certainement, comme c'est le cas de tous les gosses qui s'unissent en bandes dans les quartiers pauvres.

Interprétations diverses, toutes plutôt sévères. La réaction cynique prévaut, du moins oralement : sélection naturelle, s'ils étaient assez stupides pour nager près d'un ours, ils l'ont bien cherché, moi, même à cinq ans, je ne me serais jamais jeté dans la gueule du loup. Interprétation sociale : poches de pauvreté, manque d'éducation, hélas, on est sous-prolétaire jusque dans l'imprudence, dans l'inconséquence. Allons donc, de quel manque d'éducation parle-t-on, quand même l'enfant le plus pauvre regarde la télé et lit en classe des livres où les ours dévorent les hommes et où les chasseurs les tuent ?

Et je me demande si ce n'est pas justement parce qu'ils regardent la télé et vont à l'école que les gamins sont entrés dans la fosse. Ces gosses ont sans doute été victimes de notre mauvaise conscience revisitée par l'école et les médias.

Les êtres humains ont toujours été impitoyables avec les animaux, et quand ils se sont aperçus de leur propre méchanceté, ils se sont mis, sinon à les aimer tous (ils continuent tranquillement à les manger), du moins à parler d'eux en bien. Si l'on songe que les médias, l'école et les services publics ont à se faire pardonner un tas de choses commises contre les hommes, ça devient payant — d'un point de vue psychologique et éthique — de vanter la bonté des animaux. On laisse crever les mômes du Tiers-Monde, mais on invite les enfants du Premier à respecter les libellules et les petits lapins, mais aussi les baleines, les crocodiles et les serpents.

En soi, une telle action éducative est correcte. L'erreur, c'est la technique choisie : pour reconnaître aux animaux le droit à la survie, on les a humanisés et infantilisés. On ne dit pas qu'ils peuvent survivre même si, selon leurs instincts, ils sont sauvages et carnivores. On les rend respectables en en faisant des êtres aimables, drôles, bons enfants, bienveillants, sages et prudents.

Rien n'est plus étourdi qu'un lemming, plus fainéant qu'un chat, plus baveux qu'un chien en août, plus puant qu'un pourceau, plus hystérique qu'un cheval, plus crétin qu'une phalène, plus gluant qu'une limace, plus venimeux qu'une vipère, moins imaginatif qu'une fourmi et moins musicalement créatif qu'un rossignol. Simplement, il faut aimer — et si vraiment cela nous est impossible, au moins respecter — ces animaux et les autres pour ce qu'ils sont. Les légendes de jadis forçaient sur le grand méchant loup, celles d'aujourd'hui exagèrent avec les gentils petits loups. Il ne faut pas sauver les baleines parce qu'elles sont sympas, il le faut parce qu'elles font partie de l'environnement naturel et contribuent à l'équilibre écologique. Au lieu de cela, nos gosses sont éduqués à coup de dauphins parlants, de loups inscrits au tiers ordre franciscain et surtout de Teddy Bear à tire-larigot.

La pub, les dessins animés, les BD sont pleins d'ours bons comme le bon pain, respectant les lois, câlins et protecteurs. C'est insultant pour un ours de s'entendre dire qu'il a le droit de vivre parce qu'il est grand et gros, balourd et bonasson. Voilà pourquoi je pense que les pauvres mômes de Central Park sont morts non par défaut mais par excès d'éducation. Victimes de notre conscience malheureuse.

Pour leur faire oublier combien les hommes sont méchants, on leur a raconté que les ours sont bons. Au lieu de leur dire loyalement ce que sont les hommes, ce que sont les ours.

(1987)

Comment manger une glace

Quand j'étais gamin, les glaciers poussant leur chariot blanc aux couvercles argentés proposaient deux types de glace : le cornet à deux sous ou le biscuit à quatre sous. Le cornet à deux sous était petit, tenait bien dans la main d'un enfant et se confectionnait en extrayant la glace du bac avec une palette spéciale et en la tassant sur le cornet. Grand-mère conseillait de ne manger que la partie supérieure du cornet et de jeter la pointe car la main du vendeur l'avait touchée (pourtant, c'était le meilleur, le plus croquant, et on la mangeait en cachette, en prétendant l'avoir jetée).

Le biscuit à quatre sous était fait avec une machine spéciale, elle aussi argentée, qui comprimait deux surfaces circulaires de biscuit contre une section cylindrique de glace. On promenait la langue dans l'interstice jusqu'à ce qu'elle ne puisse plus atteindre le noyau central de glace, et à ce stade-là on mangeait tout, les biscuits étant alors mous et imprégnés de nectar. Grand-mère ne faisait aucune recommandation : en théorie, les biscuits n'avaient été touchés que par la machine, en pratique le glacier les avait pris en main pour nous les donner, mais il était impossible d'identifier la zone infectée.

Moi, j'étais fasciné par certains garçons de mon âge à qui on achetait non un biscuit à quatre sous mais deux cornets à deux sous. Ces privilégiés marchaient fiers comme Artaban, une glace dans chaque main, et en tournant habilement la tête, ils léchaient l'une puis l'autre. Une telle liturgie me paraissait si somptueuse, si enviable que, souvent, je réclamais le droit de la célébrer. En vain. Mes parents se montraient inflexibles : une glace à quatre sous, d'accord, deux à deux sous, pas question.

Je vous fais juge : ni les mathématiques, ni l'économie, ni la diététique ne justifiait leur refus, pas plus que l'hygiène, étant entendu qu'à la fin je jetais les pointes des deux cornets. Ils arguaient — pitoyable et fallacieuse raison — qu'un enfant occupé à tourner son regard d'une glace à l'autre risquait de trébucher sur les cailloux, les trottoirs ou les pavés irréguliers. Obscurément, je devinais qu'il y avait à cela une autre motivation, cruellement pédagogique, mais je n'arrivais pas à comprendre laquelle.

Aujourd'hui, habitant et victime d'une société de consommation et de gaspillage (ce que n'étaient pas les années trente), je sais que mes chers disparus avaient raison. Deux glaces à deux sous au lieu d'une à quatre, c'était une dilapidation d'un point de vue non pas économique mais symbolique. Et c'était pour cela que je les désirais : elles suggéraient l'excès. Et c'était pour cela qu'on me les refusait : elles étaient indécentes, véritable insulte à la misère, ostentation d'un feint privilège, une aisance fictive. Seuls les enfants gâtés mangeaient ces deux glaces, ceux-là mêmes que les fables punissent à juste titre, comme Pinocchio lorsqu'il méprise la peau et le trognon de la pomme. Quant aux parents qui encourageaient cette faiblesse de petits parvenus, ils élevaient leurs rejetons dans l'amour de la frime stupide, leur apprenant à « péter plus haut que leur derrière », les préparant — pour prendre un exemple actuel — à se présenter à l'enregistrement des bagages en classe éco avec une fausse Vuitton achetée à un marchand ambulant sur la plage de Rimini.

Cet apologue risque de sembler manquer d'une morale, dans un monde qui transforme les adultes aussi en enfants gâtés, leur promettant toujours plus, de la montre-gadget incluse dans le baril de lessive au radio-réveil offert avec l'abonnement à un hebdo. Comme les parents de ces gloutons ambidextres que j'enviais tant, la société de consommation feint de vous en donner davantage, quand en réalité elle vous donne pour quatre sous ce qui vaut quatre sous. Vous balancez votre bon vieux transistor pour acheter un poste multifonctions, y compris le système autoreverse, mais d'inexplicables faiblesses de sa structure interne feront que cette merveille dernier cri ne durera qu'un an. Quant à votre nouvelle voiture, elle aura beau exhiber des sièges en cuir, deux rétroviseurs latéraux réglables de l'intérieur et un tableau de bord en bois précieux, elle résistera beaucoup moins bien que la glorieuse *Cinquecento* qui, lorsqu'elle était en panne, redémarrait avec un coup de pied.

Mais la morale d'alors nous voulait tous spartiates, celle d'aujourd'hui nous veut tous sybarites.

(1989)

Comment se garder des veuves

Mesdames et messieurs les écrivains, il se peut que vous vous fichiez de la postérité comme de votre première chemise, mais j'en doute. Toute personne, eût-elle seize ans, qui tisse une ode à la forêt frémissante ou qui tient un journal jusqu'à sa mort — fût-ce pour y noter « Aujourd'hui je suis allé chez le dentiste » — espère que la postérité en fera son miel. Et même si on préfère l'oubli, les maisons d'édition excellent de nos jours à redécouvrir les auteurs les plus mineurs, jusqu'à ceux qui n'ont jamais écrit la moindre ligne.

La postérité, on le sait, est vorace et peu fine gueule. Pourvu qu'elle noircisse du papier, tout texte est bon à prendre. Aussi, écrivains mes frères, méfiez-vous de l'utilisation qu'elle fera de vos écrits. L'idéal serait de ne laisser traîner que ce que vous aviez décidé de publier de votre vivant, et de dévorer au jour le jour tout autre témoignage, y compris les troisièmes épreuves. Seulement voilà, les notes sont indispensables pour travailler, et la mort fauche à l'improviste.

Le premier risque est de voir publiés des inédits à la lecture desquels il ressort que vous étiez de parfaits imbéciles — et si chacun de nous va relire ce qu'il a griffonné sur son calepin la veille au soir, un tel risque est très élevé (en effet, les notes ont pour caractéristique d'être hors contexte).

Faute de notes, le deuxième risque est de voir naître et se multiplier — à peine votre dépouille refroidie — les colloques sur votre œuvre. Tout auteur caresse l'ambition d'être célébré par des essais, des thèses ou des rééditions annotées, mais il s'agit là de travaux requérant du temps et de la réflexion. Le colloque immédiat a deux effets : d'abord, il pousse des tas d'amis, de spécialistes et de débutants en quête de gloire à pondre en hâte des relectures croisées, ce qui revient immanquablement à servir du réchauffé et à enfiler une suite de clichés ; résultat, les lecteurs se lassent très vite d'écrivains à la prévisibilité si envahissante.

Le troisième risque, c'est la publication de la correspondance personnelle. Il est rare que les auteurs écrivent des lettres différentes de celles du commun des mortels, à moins qu'ils ne fassent dans l'épistolaire, comme Choderlos de Laclos. Qu'ils écrivent « Envoie-moi des Microlax » ou bien « Je t'aime à la folie. Merci d'exister », il n'y a là rien que de très normal, et il est pathétique que la postérité fouille dans ces témoignages pour en conclure que l'écrivain était aussi un être humain. Pourquoi, on croyait que c'était un phénicoptère ?

Comment éviter ces écueils ? En ce qui concerne les notes manuscrites, je conseillerais de les entreposer en un lieu imprévisible, et de laisser traîner dans les tiroirs des sortes de cartes du trésor affirmant l'existence de ce fonds, mais avec des indications indéchiffrables. On obtiendrait le double résultat de cacher les manuscrits et de susciter maintes thèses sur l'énigmatique impénétrabilité desdites cartes.

Pour les congrès, on peut laisser des dispositions testamentaires précises, demandant au nom de l'Humanité qu'à chaque colloque tenu avant le dixième anniversaire de sa propre mort, les organisateurs versent vingt milliards à l'Unicef. Difficile de rassembler les fonds. Quant à violer le mandat, il faudrait un sacré culot.

Le problème des lettres d'amour est plus complexe. Pour celles qui restent à écrire, je conseille l'ordinateur — il déroute les graphologues — ainsi que l'emploi d'affectueux surnoms (« ton Minet, ton Choupinet d'amour, ma Puce ») variant à chaque partenaire, afin que leur attribution reste incertaine. Il serait bon aussi d'insérer des allusions qui, bien que passionnées, soient embarrassantes pour les destinataires (genre « J'aime jusqu'à tes fréquentes flatulences »), et les dissuadent de publier.

Impossible en revanche de corriger les lettres déjà écrites, la plupart au cours de l'adolescence. Il faudrait donc retrouver les destinataires, leur envoyer une missive évoquant avec une sereine décontraction un passé inoubliable, si impérissable que même après notre mort, on leur promet de les visiter afin que jamais ne s'éteigne un tel souvenir. Ça ne marche pas à tous les coups, mais un fantôme reste un fantôme, et les destinataires ne dormiront pas sur leurs deux oreilles.

Enfin, on peut aussi tenir un journal fictif où, de temps à autre, on insinuerait que certains amis sont enclins au mensonge et à la falsification : « Quelle adorable menteuse, cette Francesca » ou bien « Jean-Claude m'a montré aujourd'hui une fausse lettre de Pessoa vraiment admirable ».

(1990)

Comment justifier une bibliothèque privée

Depuis ma plus tendre enfance, j'ai droit à deux — et deux seuls — genres de boutades : « Tu es (vous êtes) celui qui répond toujours » et « Tu résonnes (vous résonnez) au creux des vallées ». J'ai longtemps cru que, par un hasard curieux, tous ceux que je rencontrais étaient stupides. En avançant en âge, j'en suis arrivé à la conviction qu'il existe deux lois auxquelles aucun être humain ne peut échapper : d'abord, c'est toujours la première idée venue à l'esprit qui est la plus évidente ; ensuite, quand on a une idée évidente, on n'imagine pas que d'autres aient pu l'avoir avant nous.

Je possède une collection de titres de critiques publiées dans toutes les langues indo-européennes, allant de « L'écho d'Eco » à « Un livre qui fait Eco ». Mais là, je ne pense pas que ce soit la première idée venue à l'esprit du rédacteur en chef. À mon avis, la rédaction s'est réunie au grand complet, elle a discuté d'une vingtaine de titres possibles, et finalement le visage du rédac chef s'est illuminé et il s'est écrié : « Les enfants, j'ai une idée géniale ! » Et ses collaborateurs : « Chef vénéré, tu es diabolique, où vas-tu chercher tout ça ? — C'est un don », a-t-il sans doute répondu.

Attention, je ne suis pas en train de dire que les gens sont banals. Penser qu'une évidence est inédite, inspirée par une illumination divine, cela révèle une certaine fraîcheur d'esprit, un enthousiasme pour la vie et son imprévisibilité, un amour pour les idées — si infimes soient-elles. Je me rappellerai toujours ma première rencontre avec ce grand homme qu'était Erving Goffman : je l'admirais et l'aimais pour le génie et la profondeur avec lesquels il savait saisir et décrire les nuances les plus subtiles du comportement social, pour sa capacité à déceler des traits infinitésimaux ayant échappé à tout le monde jusqu'alors. Nous nous sommes assis à la terrasse d'un café et, peu après, en regardant la rue, il m'a dit : « Tu sais, je crois qu'il y a désormais trop de voitures dans les villes. » Sans doute n'y avait-il jamais songé auparavant, trop absorbé par des choses bien plus importantes. Une illumination soudaine lui était venue et il avait eu la fraîcheur mentale de l'énoncer. Moi, petit snobinard empoisonné par la *Seconde inactuelle* de Nietzsche, j'aurais hésité à le dire, même si je le pensais.

Le second choc par évidence frappe en général ceux qui, comme moi, ont une énorme bibliothèque, si vaste que, en entrant à la maison, on ne voit qu'elle, car il n'y a qu'elle. Le visiteur s'avance et dit : « Que de livres ! Et vous les avez tous lus ? » Au début, je pensais que cette réaction était l'apanage de gens peu familiers du livre, habitués aux petites étagères où trônent cinq polars et trois volumes d'une encyclopédie pour enfants. Or l'expérience m'a appris que c'est aussi celle de personnes au-dessus de tout soupçon. Vous me direz qu'il s'agit de gens pour qui la bibliothèque est un dépôt de bouquins lus et non un instrument de travail, mais cela ne suffit pas. Je crois que face à une multitude de livres, chacun est saisi par l'angoisse de la connaissance, et dérape fatalement vers la question qui exprime son tourment et ses remords.

Le problème est que, à la boutade « Tu es celui qui répond toujours », on s'en tire avec un petit sourire ou, si on veut être gentil, avec un « Elle est bien bonne, celle-là ! ». Mais pour les livres, vous êtes bien obligé de répondre, tandis que vous sentez vos maxillaires se contracter et une sueur glacée ruisseler le long de votre colonne vertébrale. Avant, j'optais pour le mépris : « Non, je n'en ai lu aucun, sinon pourquoi les garderais-je ici ? » Mais la réponse est dangereuse car elle déclenche une réaction évidente : « Ah bon ! Et vous les mettez où, ceux que vous avez lus ? » Le mieux serait la réponse standard de Roberto Leydi « J'en ai lu bien davantage, Monsieur, bien davantage », qui foudroie l'adversaire, le plongeant dans un état d'engourdissante vénération. Mais je la trouve impitoyable et anxiogène. Aujourd'hui, je m'en tiens à l'affirmation : « Non, là c'est ceux que je dois lire d'ici le mois prochain, le reste je l'entrepose à l'université », réponse qui d'un côté suggère une sublime stratégie ergonomique, et de l'autre amène le visiteur à anticiper le moment de prendre congé.

(1990)

Comment organiser une bibliothèque publique

1. Les catalogues seront subdivisés au maximum : on veillera à séparer le catalogue des livres de celui des revues, et ceux-ci du catalogue par matières, ainsi que les ouvrages d'acquisition récente des ouvrages d'acquisition plus ancienne. Si possible, l'orthographe de ces deux derniers catalogues sera différente ; par exemple, le mot Hiérarchie prendra un H initial dans les acquisitions récentes et un I dans les acquisitions anciennes ; dans les acquisitions récentes Tchaïkovski s'écrira avec Č, tandis que les acquisitions anciennes l'écriront à la française, avec Tch.

2. Les matières seront définies par le bibliothécaire. Les livres ne porteront pas sur le colophon une indication sur les sujets sous lesquels ils sont répertoriés.

3. Les cotes seront intranscriptibles, si possible interminables, afin que le lecteur n'ait jamais la place d'inscrire sur sa fiche la dernière indication qu'il croit sans importance ; ainsi, le magasinier pourra lui restituer la fiche incomplète pour qu'il la remplisse à nouveau.

4. Le temps d'attente entre demande et remise des livres sera très long.

5. On ne donnera jamais plus d'un ouvrage à la fois.

6. Les livres demandés au moyen d'une fiche et remis par le magasinier ne pourront être emportés en salle de consultation ; ainsi, il faudra partager sa vie en deux temps fondamentaux, celui de la lecture et celui de la consultation. La bibliothèque découragera la lecture croisée de plusieurs livres, cela risquant de provoquer de dangereux strabismes.

7. Autant que faire se peut, les photocopieuses brilleront par leur absence ; au cas où il en existerait une, son accès sera une entreprise longue et laborieuse, son coût sera supérieur à celui des papeteries, et tout tirage limité à deux ou trois pages.

8. Le bibliothécaire considérera le lecteur comme un ennemi, un fainéant (sinon, il serait au travail), un voleur potentiel.

9. Le bureau de renseignements sera inaccessible aux lecteurs.

10. Tout sera mis en œuvre pour décourager le prêt.

11. Le prêt inter-bibliothèques sera impossible, ou en tout cas il prendra des mois. Mieux vaut garantir l'impossibilité de connaître le contenu des autres bibliothèques.

12. En conséquence de tout ce qui précède, les vols seront très faciles.

13. Les horaires coïncideront absolument avec ceux du travail, établis après accord préalable avec les syndicats : fermeture totale le samedi, le dimanche, le soir et aux heures des repas. Le pire ennemi de la bibliothèque est l'étudiant salarié ; son meilleur ami, l'érudit local, celui qui a sa bibliothèque personnelle, n'a donc aucun besoin de venir à la bibliothèque et qui, à sa mort, léguera tous ses livres.

14. Il sera impossible de se restaurer à l'intérieur de la bibliothèque, de quelque manière que ce soit ; il sera tout aussi impossible de se restaurer à l'extérieur de la bibliothèque sans avoir déposé au préalable tous les livres reçus en prêt, si bien qu'on sera obligé de les redemander après être allé prendre un café.

15. Il sera impossible de réserver son livre pour le lendemain.

16. Il sera impossible de savoir qui a emprunté le livre manquant.

17. Autant que faire se peut, pas de toilettes.

18. Idéalement, l'usager devrait être interdit de bibliothèque ; en admettant qu'il puisse y pénétrer — jouissant de manière pointilleuse et antipathique d'un droit obtenu en vertu des principes de 89 mais qui reste encore étranger à la sensibilité collective —, en tout état de cause il ne doit et ne devra jamais, sauf à traverser rapidement les salles de consultation, avoir accès aux arcanes des travées.

NOTE RÉSERVÉE. L'ensemble du personnel sera physiquement diminué car il est du devoir d'un service public d'offrir des emplois aux citoyens porteurs d'un handicap (on étudie actuellement l'extension d'une telle obligation au Corps des Pompiers). Avant tout, le bibliothécaire idéal devra boiter afin d'allonger le temps s'écoulant entre le prélèvement d'une fiche de demande, la descente aux souterrains et le retour. Quant au personnel chargé de grimper aux échelles donnant accès aux rayonnages les plus élevés, à huit mètres de haut, il est fortement recommandé de remplacer leur bras manquant par une prothèse munie d'un crochet, et ce pour d'évidentes raisons de sécurité. Le personnel totalement dépourvu de membres supérieurs remettra l'ouvrage en le tenant entre les dents (une telle disposition risque toutefois d'empêcher la remise de volumes supérieurs au format *in octavo*).

(1981)

Comment devenir chevalier de Malte

J'ai reçu une lettre à l'en-tête de l'Ordre Souverain Militaire de Saint-Jean de Jérusalem — Chevaliers de Malte — Prieuré Œcuménique de la Sainte-Trinité de Villedieu — Quartier Général de La Vallette — Prieuré de Québec, m'offrant de devenir chevalier de Malte. J'aurais préféré un bref de Charlemagne ; cela dit, j'ai aussitôt communiqué la chose à mes enfants, afin qu'ils sachent que leur père n'est pas encore bon à mettre au rancart. Puis j'ai cherché dans ma bibliothèque le livre de Chaffanjon et Galimard Flavigny, *Ordres et contre-ordres de chevalerie*, Paris, 1982, qui publie la liste des pseudo-ordres de Malte, diffusée par l'authentique Ordre Souverain Militaire et Hospitalier de Saint-Jean de Jérusalem, de Rhodes et de Malte, dont le siège est à Rome.

Il existe seize autres ordres de Malte, tous ont quasiment le même nom avec d'infimes variations, tous se reconnaissent et se méconnaissent à tour de rôle. En 1908, des Russes fondent un ordre aux États-Unis, qui à une époque plus récente est dirigé par Son Altesse Royale le prince Roberto II Paternò Ayerbe Aragona, duc de Perpignan, chef de la Maison royale d'Aragon, prétendant au trône d'Aragon et des Baléares, Grand Maître des ordres du Collier de Sainte-Agathe des Paternò et de la Couronne royale des Baléares. Mais de cette souche se détache en 1934 un Danois, qui va fonder un autre ordre et en confie le cancellariat au prince Pierre de Grèce et de Danemark.

Dans les années soixante, un transfuge de la souche russe, Paul de Granier de Cassagnac, fonde un ordre en France et choisit comme protecteur le roi Pierre II de Yougoslavie. En 1965, l'ex-roi Pierre II de Yougoslavie se dispute avec Cassagnac et fonde à New York un autre ordre dont le grand prieur est à l'époque le prince Pierre de Grèce et du Danemark, lequel l'abandonnera par la suite pour passer à l'ordre danois. En 1966, apparaît comme chancelier de l'ordre un certain Robert Bassaraba von Bancovan Khimchiachvili, lequel est un jour exclu et va fonder l'ordre des Chevaliers Œcuméniques de Malte dont le Protecteur Impérial et Royal sera ensuite le prince Henry III Constantin de Vigo Lascaris Aleramico Paleologue de Montferrat, héritier du trône de Byzance, prince de Thessalie, qui fondera ensuite un autre ordre de Malte, le Prieuré d'Amérique, tandis que Bassaraba en 1975 tente vainement de fonder le sien avec le Prieuré de la Trinité de Villedieu, l'ordre qui m'a contacté. Au fur et à mesure de ma lecture, je rencontre un protectorat byzantin ; un ordre créé par le prince Carol de Roumanie qui s'est séparé du groupement de Cassagnac ; un Grand Prieuré dont un certain Tonna-Barthet est Grand Bailli tandis que le prince André de Yougoslavie — précédemment grand maître de l'ordre fondé par Pierre II — est grand maître du Prieuré de Russie (mais ensuite le prince se retire et l'ordre change son nom en Grand Prieuré Royal de Malte et d'Europe) ; un ordre créé dans les années soixante par un baron de Choibert ainsi que par Vittorio Busa, Archevêque Orthodoxe Métropolitain de Bialystok, patriarche de la diaspora occidentale et orientale, président de la république de Danzig (*sic*), président de la république démocratique de Biélorussie et Grand Khan de Tartarie et de Mongolie sous le nom de Viktor Timur II, et un Grand Prieuré International créé en 1971 par la déjà citée Altesse Royale Roberto Paternò, avec le baron marquis d'Alaro, dont devient Grand Protecteur en 1982 un autre Paternò, Chef de la Maison Impériale Leopardi Tomassini Paternò de Constantinople, héritier de l'Empire romain d'orient, consacré successeur légitime par l'Église Catholique Apostolique Orthodoxe de Rite Byzantin, marquis de Monteaperto, comte palatin du trône de Pologne.

En 1971, apparaît à Malte mon ordre, né d'une scission avec celui de Bassaraba, sous la haute protection d'Alessandro Licastro Grimaldi Lascaris Comnene Ventimille, porphyrogénète du Saint-Empire Romain Byzantin, duc de la Chastre, prince souverain et marquis de Déols, et dont le Grand Maître est aujourd'hui le marquis Carlo Stivala de Flavigny, lequel, à la mort de Licastro, s'associe avec Pierre Pasleau, qui reprend les titres de Licastro, plus ceux de Sa Grandeur l'Archevêque-Patriarche de l'Église Catholique Orthodoxe Belge, Grand Maître de l'Ordre Souverain Militaire du Temple de Jérusalem, et Grand Maître et Hiérophante de l'Ordre Maçonnique Universel de Rite Oriental Ancien et Primitif de Memphis et Misraïm Réunis.

J'ai refermé le bouquin. Il contient sans doute de fausses informations. En tout cas, j'ai compris qu'on doit absolument appartenir à quelque chose, si on ne veut pas se sentir la cinquième roue du carrosse. La Loge P2 est dissoute, l'Opus Dei manque tellement de discrétion que votre nom finit par courir sur toutes les lèvres. J'ai choisi la Société Italienne de la Flûte à Bec. Authentique, Ancienne, Admirable et Acceptée. Unique.

(1986)

Comment écrire un Guénon inédit

En pleine période préélectorale, alors qu'on annonce le renouveau d'une Grande Droite même là où les naïfs de tout poil supposent encore la survie d'une Petite Gauche, j'ai décidé d'exhumer une de mes anciennes mais tenaces habitudes : proposer de temps à autre une critique imaginaire (et j'aimerais bien que lecteurs — et éditeurs — ne me réclament pas de précisions bibliographiques, comme ils l'ont fait par le passé). J'évoquerai aujourd'hui un inédit de René Guénon, dont j'espère qu'il n'échappera pas à la sagacité des éditeurs soucieux de republier les grands ouvrages de la pensée occulte et du syndrome du soupçon cosmique.

Le texte s'intitule *L'Initiation Suppositoire* et date de la période où le fameux penseur séjourna dans une communauté de derviches tourneurs-hurleurs du Bosphore ; frappé par la grippe, ayant eu recours à la pharmacopée orientale, il accepta de consulter un médecin de la mission protestante de Constantinople, lequel lui prescrivit une médication qu'évoque le titre dudit traité.

Guénon, très méfiant envers la modernité mais plus encore affligé de douleurs articulaires et musculaires, se soumit au compromis, mais voulut voir en cet objet un concentré de subtiles allusions symboliques.

Le suppositoire contient l'idée d'un trajet forcé qui, du dehors — le monde de l'apparence —, le conduit vers le dedans — le monde de l'intériorité. Le suppositoire se présente donc comme le symbole même de ce processus d'intériorisation propre à toute véritable initiation (voyez l'inversion, typique de la mystique sûfi, du mythe platonicien de la caverne). Toutefois (puisque la vérité est dans la contradiction), le suppositoire se présente également comme le médiateur entre le monde des astres (ciel — Koilos — creux — hémisphère supérieur de la voûte céleste) et le monde des profondeurs, la Caverne Cachée (creux — Koilos —, où l'auteur joue sur la paronomase révélatrice apparentant « c(ie)l » à « c(u)l »).

Ce n'est pas un hasard, observe René Guénon, si le suppositoire a la forme d'un obélisque et si « obélisque » évoque « ombilic » : le suppositoire relie l'ombilic du ciel à l'ombilic du corps grâce à un voyage au tréfonds, à travers un réseau de cavités où il s'unit au Bouillon Élémentaire, et, durant ce voyage, il fait office d'ablution (suppositoire — soupausitoire — soupe — bouillon — Œuvre au Noir). Le thème de l'ablution rappelle que les premiers obélisques furent érigés à Luxor, qui est à la fois Bouche de Lumière (Lux + Os) et Aurum (Or) du savon Lux. La métaphysique du savon, quant à elle, nous ramène au mythe des Neufs Stars sur Dix ayant utilisé ce blanc instrument d'ablution — d'après une ancienne pub qui recelait des bribes de sagesse traditionnelle (au passage, Guénon mentionne la Dixième Star, nom initiatique donné au fameux occultiste Eliphas Levi, lequel n'utilisait jamais de savon).

Toutefois, le suppositoire a aussi la forme d'une fusée : et puisque la civilisation terrestre est née, on le sait, de Maîtres du Monde venus d'autres planètes ayant atterri au sommet du Machupicchu, eh bien le rite de l'introduction du suppositoire rappelle de manière quasi liturgique la descente sur terre du Roi du Monde et devient le symbole du savoir perdu (perdu au sein des cavernes souterraines d'Aghartta) que l'initié doit chercher (sans jamais le trouver car il est désormais dissous dans la Hyle, ou Matière Introuvable).

Symbole d'une lumière perdue au fin fond des ténèbres, d'un salut salvateur mais irrécupérable, d'une force agissant à l'intérieur mais ne pouvant jamais plus être ramenée à la Lux originelle, le suppositoire devient donc l'emblème de l'incertitude et de la recherche. Ce n'est pas un hasard si, dans toutes les langues, la conjecture, l'interrogation, la question, la tentative d'une réponse inaccessible, prennent toujours la forme de « Je suppose, Suppongo, I suppose... » (en allemand, l'expression « Ich nehme an... » est un rappel explicite à l'« anus »).

Il faut reconnaître à René Guénon l'art de vous ourdir une pensée qui n'élude (fût-ce à la lumière des certitudes que son commerce avec le monde souterrain lui permet) ni le doute ni la critique. Ce splendide texte s'achève en effet sur une question à laquelle le penseur ne sait (ou n'ose) pas répondre, et dont il confie la résolution aux initiés à venir : pourquoi, vu les liens profonds entre la science égyptienne et les connaissances hermétiques des Druides celtes, y a-t-il des suppositoires en forme d'obélisques et pas en forme de dolmens ?

(1992)

Comment passer des vacances intelligentes

À l'approche des vacances d'été, les hebdos politiques et culturels ont l'habitude — bonne au demeurant — de conseiller un minimum de dix livres intelligents pour passer intelligemment des vacances intelligentes. Seulement, ils ont la fâcheuse manie de prendre le lecteur pour un demeuré : aussi voit-on des écrivains — parfois illustres — s'échiner à suggérer des lectures que toute personne moyennement cultivée devrait avoir faites depuis le lycée. Ainsi, il nous semble vexant ou pour le moins paternaliste d'offenser le lecteur en lui conseillant, que sais-je, l'original allemand des *Affinités électives*, Proust dans la Pléiade ou les œuvres latines de Pétrarque. On doit considérer que, soumis depuis tant de temps à tant de bons conseils, le lecteur est devenu très exigeant, mais il ne faut pas négliger ceux qui, ne pouvant s'offrir des vacances coûteuses, s'aventurent dans des expériences aussi malaisées qu'excitantes.

À ceux qui s'apprêtent à passer de longues heures sur la plage, je conseillerai l'*Ars magna lucis et umbrae* du père Athanasius Kircher, ouvrage fascinant pour qui voudrait, sous les rayons infrarouges, réfléchir sur les prodiges de la lumière et des miroirs. On peut encore trouver l'édition romaine de 1645 chez certains antiquaires, moyennant une somme indéniablement inférieure à celle que la Mafia a amassée en Suisse. Je déconseille l'emprunt en bibliothèque, car on ne pourrait la dénicher que dans des bâtiments antiques et diluviens où les magasiniers, généralement mutilés du bras droit ou de l'œil gauche, tombent lorsqu'ils grimpent aux échelles menant à la section « livres rares ». Autres inconvénients, le poids du livre et la friabilité du papier : à ne pas lire quand le vent fait valdinguer les parasols.

Quant au jeune homme s'apprêtant à parcourir l'Europe avec un billet BIGE, en seconde classe de ces trains où l'on est contraint de lire debout dans des couloirs archibondés, le bras passé par la fenêtre, on lui conseillera d'emmener trois des six tomes de *Delle navigationi e viaggi* (Einaudi) de Giovan Battista Ramusio ; il les lira en tenant un volume en main, un autre sous le bras et le troisième entre l'aine et la cuisse. Lire des histoires de voyages durant un voyage est une expérience intense, très stimulante.

Pour les jeunes rescapés (ou déçus) des expériences politiques, qui voudraient malgré tout garder un œil sur les problèmes du Tiers-Monde, je suggérerai quelque petit chef-d'œuvre de la philosophie musulmane. Les éditions Adelphi viennent de publier le *Livre des conseils* de Kay Ka'us ibn Iskandar ; malheureusement l'original iranien n'est pas mis en regard, si bien qu'on en perd tout le sel. En revanche, je conseillerai sans la moindre réserve le délicieux *Kitab al-s'ada wa'Lis'ad*, d'Abdul'l-Hasan Al'Amiri, dont on trouve à Téhéran une édition critique de 1957.

Tout le monde ne lisant pas couramment les langues moyennes-orientales, ceux qui se déplacent en voiture sans problèmes de bagages liront avantageusement les toujours excellentes *Patrologies* de l'abbé Migne. Je déconseille vivement de choisir les Pères grecs jusqu'au concile de Florence de 1440, car il faudrait emporter les 160 volumes de l'édition gréco-latine et les 81 volumes de l'édition latine, alors qu'avec les Pères latins jusqu'à 1216, on se limite à 218 volumes. Je sais pertinemment qu'on ne les trouve pas tous sur le marché, mais on peut toujours recourir aux photocopies. À ceux qui ont des intérêts moins spécifiques, je conseillerai quelques bonnes lectures (toujours en version originale) de la tradition kabbalistique (indispensable pour comprendre la philosophie contemporaine). Deux ou trois ouvrages suffisent : un exemplaire du *Sefer Yezirah*, le *Zohar* naturellement, puis Moses Cordovero et Isaac Luria. Le corpus kabbalistique est particulièrement adapté aux vacances, car il existe encore d'excellents rouleaux originaux des œuvres les plus anciennes, lesquels se logent aisément dans un sac à dos. C'est pratique, même pour les auto-stoppeurs. Par ailleurs, le corpus kabbalistique fait merveille au Club Med : les G.O. forment deux équipes qui s'affrontent pour produire le Golem le plus sympa. Enfin, pour ceux qui auraient du mal avec l'hébreu, il reste toujours le *Corpus Hermeticum* et les écrits gnostiques (mieux vaut choisir Valentin, Basilide étant trop souvent prolixe et irritant).

Voilà. Vous avez tout ce qu'il vous faut (entre autres) pour passer des vacances intelligentes. Sinon, inutile de discuter, emmenez les *Grundrisse*, les Évangiles apocryphes sans oublier les inédits de Peirce en microfiches. Après tout, un hebdo culturel n'est pas un bulletin d'information scolaire.

(1981)

En 1991, Laura Grimaldi a écrit un Monsieur Bovary *où elle raconte ce qui arrive à Charles après la mort d'Emma, et une dénommée Ripley (probablement un personnage de Patricia Highsmith) a fait un triomphe avec* Scarlett, *la suite de* Autant en emporte le vent. *De* Œdipe à Colone *à* Vingt ans après, *la pratique a acquis ses lettres de noblesse.*

Giampaolo Proni, qui avec L'Affaire de l'ordinateur Asia *a démontré qu'il savait inventer des machines affabulatrices, m'a conseillé de proposer quelques autres suites de romans célèbres.*

Marcel qui ?

Le Narrateur de Proust, affaibli par l'asthme, après avoir conclu son œuvre sous le sceau du Temps, décide de consulter un célèbre allergologue de la Côte d'Azur, où il se rend en voiture. Inexpert en matière de conduite, il est victime d'un terrible accident : commotion cérébrale, perte quasi totale de la mémoire. Il est soigné par Alexandre Lurija qui l'incite à développer la technique du monologue intérieur. Comme le Narrateur n'a plus aucun patrimoine mnémonique sur lequel monologuer et qu'il distingue mal les perceptions actuelles, Lurija lui conseille de s'exercer aux monologues intérieurs de l'*Ulysse* de Joyce.

À grand-peine, le Narrateur lit l'insupportable roman, se reconstruit un moi fictif, et récupère ses souvenirs à partir du moment où sa grand-mère venait lui rendre visite au collège de Conglowes Wood. Il réacquiert une subtile capacité synesthésique, et le seul parfum de la graisse de mouton d'un *shepherd's pie* lui rappelle les arbres de Phoenix Park et le clocher de l'église de Chapelizod. Il meurt alcoolique, gavé de Guiness devant une porte d'Eccles Street.

MOLLY

S'étant réveillée de son sommeil agité au matin du 17 juin 1904, Molly Bloom trouve dans la cuisine Stephen Dedalus en train de se préparer un café. Leopold Bloom est parti s'occuper de ses vagues affaires et peut-être a-t-il voulu les laisser tous deux en tête-à-tête. Molly a le visage bouffi de sommeil, mais Stephen, aussitôt fasciné par elle, la voit comme une merveilleuse femme-baleine. Il lui récite des poèmes à dix sous et Molly tombe dans ses bras. Ils décident de fuir ensemble à Pula puis à Trieste, toujours poursuivis par Bloom, déguisé en homme au mackintosh.

À Trieste, Italo Svevo conseille à Stephen de mettre par écrit son histoire et Molly, très ambitieuse, l'y encourage. Au fil des ans, Stephen écrit un roman monumental, *Télémaque*. Après avoir rédigé l'ultime page, il abandonne son texte et s'enfuit avec Sylvia Beach. Molly trouve le manuscrit, le lit, s'y plonge tout entière, et se retrouve exactement à son point de départ, inquiète dans son lit à Dublin, la nuit du 16 au 17 juin 1904.

Folle de rage, elle poursuit Stephen à Paris, et, rue de l'Odéon, elle le descend de trois coups de pistolet sur le seuil de Shakespeare & Co., en criant : « Yes, yes, yes ! » Puis elle s'enfuit, entre par erreur dans une bande dessinée d'Hugo Pratt et découvre dans son lit Bloom qui fait l'amour — simultanément — avec Anna Livia Plurabelle, Lenin, Sam Spade et Corto Maltese. Bouleversée, elle se tue.

Play it again Sam

Vienne, 1950. Vingt années ont passé, mais Sam Spade n'a pas renoncé à s'emparer du faucon maltais. Son contact est maintenant Harry Lime, et tous deux sont en train de comploter au sommet de la grande roue du Prater. « J'ai trouvé une piste », dit Lime. Ils descendent et se rendent au café Mozart, où un Noir est en train de jouer dans un coin, sur une lyre, *As time goes by*. À la table du fond, la cigarette au coin des lèvres tordues en une grimace amère, se tient Rick. Il a trouvé un indice parmi les documents que lui a montrés Ugarte et il montre une photo de Ugarte à Sam Spade : « Cairo ! » murmure le détective. « Moi, je l'ai connu sous le nom de Peter Lorre », ricane Lime.

Rick continue : à Paris, où il était entré triomphalement à la suite de De Gaulle avec le capitaine Renault, il avait appris l'existence d'une espionne américaine, dite la Dame de Shangaï, que les services secrets avaient libérée pour la mettre sur les traces du faucon. On disait alors qu'elle avait tué Victor Laszlo à Lisbonne. Elle devait être là d'une minute à l'autre. La porte s'ouvre, une silhouette féminine apparaît. « Ilse ! s'écrie Rick. — Brigid ! s'écrie Sam Spade. — Anna Schmidt ! s'écrie Lime. — Miss Scarlett ! s'écrie le Noir, gris comme seuls les hommes de couleur savent l'être quand ils pâlissent, vous êtes revenue ! Ne faites plus de mal à mon maître ! » La femme a un sourire indéfinissable : « Personne n'a donc deviné ? Et pourtant, vous m'avez connue à Dublin, lorsqu'on m'appelait Molly. »

« Feinté, pour la seconde fois », murmure Spade en serrant les mâchoires, tandis que son profil se fait encore plus tranchant. « C'est fichu, dit Harry Lime, le faucon est désormais en possession de Sylvia Beach. — Un cognac », demande Rick, blême.

Du fond du bar émerge la silhouette d'un homme trapu, une pipe entre les dents, portant un imperméable fatigué et un chapeau mou. « Eh bien, madame Maigret avait raison. Vous êtes là. Allons-y, Thérèse Desqueyroux, le Deuxième Bureau nous attend à Combray. »

COMMENT RÉPONDRE À LA QUESTION « COMMENT ÇA VA »[1]

Icare : « Je me suis planté. » Proserpine : « Je suis au trente-sixième dessous. » Thésée : « J'ai un fil à la patte. » Œdipe : « La question est complexe. » Damoclès : « Ça pourrait être pire. » Priape : « Je fais la queue. » Ulysse : « Je reviens de suite. » Homère : « Je vois la vie en noir. » Héraclite : « Ça va, ça va... » Parménide : « Ça ne va pas. » Thalès : « J'ai l'eau à la bouche. » Épiménide : « Je mentirais si je vous le disais. » Gorgias : « Bof. » Démosthène : « Dif-ff-ficcile à ddire. » Pythagore : « Tout est d'équerre. » Hippocrate : « Tant qu'on a la santé... » Socrate : « Je ne sais pas. » Diogène : « Une vie de chien. » Platon : « Idéalement. » Aristote : « En forme. » Plotin : « Divinement. » Catilina : « Tant que ça dure... » Mucius Scaevola : « J'ai besoin d'un coup de main... » Marcus Atilius Regulus : « Je ne vaux pas un clou ! » Quintus Maximus Fabius : « Un moment... » Jules César : « Voyez mon teint rubicond. »

Lucifer : « Ça va Dieu sait comment. » Job : « Je n'ai pas à me plaindre. » Jérémie : « Lamentable-

1. Il s'agit d'imaginer comment différents personnages répondraient à la question « Comment ça va ? » Le jeu fut mené avec Paolo Fabbri, Nino Buttitta, Jean Petitot, Omar Calabrese, Furio Colombo, Marco Santambrogio, Enzo Golino, Mario Andreose, Enrico Mistretta, Giovanni Manetti, Francesco Marsciani, Costantino Marmo, Andrea Tabarroni, Isabella Pezzini, Daniele Barbieri, Loreta Somma, auxquels vinrent s'ajouter Vittorio Volterra, Fausto Curi, Giampiero Cerutti, Salvatore Romano et l'ensemble de la Faculty de la John Hopkins University de Bologne. Puis, j'ai recyclé les diverses suggestions à ma manière et d'autres variations ont été introduites au cours de la traduction française par Myriem Bouzaher. En voici un florilège.

ment. » Noé : « Vous connaissez une bonne assurance ? » Onan : « Je me contente de peu. » Moïse : « Oh ! la barbe ! » Saint Antoine le Grand : « Selon ma vision des choses... » Khéops : « Tant qu'on a une petite place au soleil... » Shéhérazade : « Je vais vous le dire en bref... »

Boèce : « On se console comme on peut. » Charlemagne : « Pour être franc, bien. » Dante : « Je suis au septième ciel. » Averroès : « Je vais bien, je vais mal. » Abélard : « Ne coupez pas ! » Jeanne d'Arc : « Quelle fournaise ! » Saint Thomas d'Aquin : « Somme toute, bien. » Guillaume d'Occam : « Bien, je suppose. » Nostradamus : « Quand ? » Érasme : « Follement bien. » Christophe Colomb : « Je ne touche plus terre ! » Alberti : « J'ai de bonnes perspectives. » Copernic : « Bien, grâce au ciel. » Lucrèce Borgia : « Je vous offre quelque chose à boire ? » Giordano Bruno : « Infiniment bien. » Laurent de Médicis : « Magnifiquement. » Descartes : « Bien, je pense. » Berkeley : « Bien, il me semble. » Hume : « Bien, je crois. » Pascal : « Et vous ? Bien, je parie. » Henri VIII : « Moi bien. C'est ma femme qui... » Galilée : « Ça tourne rond. » Torricelli : « J'ai des hauts et des bas. » Le Pontormo : « Bien, de toute manière. » Desdémone : « Vous ne trouvez pas qu'on étouffe ? » Vivaldi : « Ça dépend des saisons. » Le Greco : « Tout va de travers. » Newton : « Votre question tombe à pic ! » Leibniz : « Ça ne pourrait pas aller mieux. » Spinoza : « Bien, en substance. » Shakespeare : « Comme il vous plaira. » Hobbes : « J'ai une faim de loup ! » Fontenelle : « Certains vont bien et certains vont mal. » Vico : « Chez moi, c'est cyclique. » Papin : « À toute vapeur ! » Montgolfier : « Je mets la pression ! » Franklin : « Du tonnerre ! » Robespierre : « Vous perdez la tête ! » Marat : « Ça baigne ! » Casanova : « Tout le plaisir est pour moi. »

Schielmann : « Au fond, tout va bien. » Beethoven : « En sourdine. » Schubert : « Aimez-vous la truite ? » Novalis : « Un rêve. » Leopardi : « Infiniment mal. » Foscolo : « Je rédige ma dernière lettre. » Manzoni : « Grâce à Dieu, bien. » Sacher-Masoch : « Grâce à Dieu, mal. » Sade : « Foutrement bien ! » D'Alembert et Diderot : « Impossible de répondre en deux mots. » Kant : « Question critique. » Hegel : « Au total, bien. » Schopenhauer : « Ce n'est pas la volonté qui manque. » Cambronne : « Je vous réponds en cinq lettres... » Marx : « Ça ira mieux demain. » Paganini : « *Allegro ma non troppo*. » Garibaldi : « Mille fois mieux. » Darwin : « On s'adapte... » Livingstone : « Well, I presume. » Nietzsche : « Au-delà de bien, merci. » Proust : « Donnons du temps au temps. » Henry James : « Ça dépend des points de vue. » Kafka : « J'ai le cafard ! » Musil : « En plein désarroi. » Joyce : « Fine, yes yes yes. » Gide : « Question gratuite. » Marguerite Duras : « Bien. Forcément bien. » Nobel : « Ça boume. » Larousse : « En un mot comme en cent, mal. » Marie Curie : « Je suis radieuse ! » Dracula : « J'ai de la veine. »

Boole : « Soit bien soit mal. » Wittgenstein : « Mieux vaut ne pas en parler. » Cantor : « Dans l'ensemble, bien. » Picasso : « Ça dépend des périodes. » Lénine : « Que faire en avril ? » Hitler : « J'ai peut-être trouvé la solution. » Sotheby : « Bien. Qui dit mieux ? » Ernst Bloch : « Bien, j'espère. » Gallup : « Question insondable. » Freud : « Et vous ? » D'Annunzio : « Voluptueusement. » Popper : « Prouvez que je vais mal. » Lacan : « Ça va. » Carducci : « Ça ira. » Ungaretti : « Bien (à la ligne) Merci. » Fermi : « Je suis à un stade fissionnel. » Foucault : « Qui ? » Spielberg : « Vous avez un téléphone ? » Queneau : « Bien merci, merci bien, mien berci, nebi cimer, ieei bnmrc, crié nimbé. » Camus : « Question absurde. » Mishima :

« J'ai le ventre creux. » Eichmann : « Je relis Villon. » Pétain : « Ah ! Vous voilà ! »

Pithécanthrope : « *Erectus sum.* » Mathusalem : « On rajeunit pas. » Mithridate : « On se fait à tout. » Chrysippe : « S'il fait jour ça va, mais il fait jour, donc ça va. » Apulée : « Hi-han. » Jean-Baptiste : « Ça ira, j'en mets ma tête à couper. » Cléopâtre : « Je reprendrais volontiers de l'aspic. » Jésus : « Je revis. » Lazare : « Ça marche. » Judas : « Un baiser ? » Pilate : « Où est mon essuie-mains ? » Saint Pierre : « J'ai perdu mes clefs. » Saint Jean : « *Apocalypse now !* » Néron : « Je suis tout feu tout flamme ! » Philippidès : « À bout de souffle. » Saint Laurent : « Je suis sur des charbons ardents. » Constantin : « J'ai mis une croix dessus. » Mahomet : « Mal, je vais à la montagne. »

Frédéric Ier Barberousse : « Je suis à la diète. » Savonarole : « Je fume trop. » Jérôme Bosch : « Bien, par tous les diables ! » Cyrano : « À vue de nez, bien. » Volta : « Plus ou moins... » Jacquard : « Je fais la navette. » Poe : « Extraordinairement. » Malthus : « Mesurez vos propos ! » Winckelmann : « Question classique. » Napoléon : « Je me sens exîlé. » De Gaulle : « Excusez-moi, j'ai un appel. » Dickens : « Les temps sont difficiles mais j'ai de grandes espérances. » Bellini : « Normalement. » Daguerre : « Je suis en plein développement. » Lumière : « Gare ! » Agatha Christie : « Devinez. » Einstein : « Relativement bien. » Virginia Woolf : « J'espère que demain le temps sera beau. » McLuhan : « Moyen moyen. » Eliot : « Je suis désolé. » Heidegger : « Was heisst gehen ? » Austin : « Bien, je le jure. » Searle : « C'est une question ? » Barnard : « J'ai le cœur à l'ouvrage. » Rubbia : « Physiquement bien. »

À mettre en scène : Léonard, qui se borne à sourire de manière ambiguë.

Comment on pourvrait revenir en arrière dans le futur

Les scientifiques l'ont annoncé maintes fois : il est possible de voyager dans le temps, du moins en théorie et malgré les difficultés techniques probablement insurmontables qui font encore obstacle. N'ayant aucune qualification en la matière, je ne me prononcerai pas sur ces annonces. Cependant, bien que profane, elles ne m'ont pas vraiment surpris car je me rappelais que Hans Reichenbach, par exemple, dès 1956, dans son magnifique *The Direction of Time* évoquait des recherches montrant que, au niveau subatomique, le vecteur temps peut changer de sens. Certes, la certitude que des particules peuvent voyager en arrière ou en avant dans le temps ne nous assure pas que nous serions capables de faire pareil, mais, au moins, cela nous laisse entrevoir une possible ouverture.

L'enjeu est clair. L'intérêt n'est pas tant d'aller voir comment sera l'an 3000 (la terre risque d'être en piteux état, songez à H.G. Wells) mais plutôt de voyager à rebours, et cela, non pour le charme indéniable du passé, mais parce que remonter le temps laisse espérer que l'on pourrait retarder la mort. Or, le voyage à rebours n'offre qu'une alternative : soit je reste le moi qui part, je garde mon âge et en ce cas, même lors du retour en arrière, je vais vers mon déclin physique, et je risque en outre de croiser le moi-même d'avant, situation embarrassante s'il en fut ; soit je rajeunis, oui mais pas trop, sous peine de n'être plus qu'une possibilité génétique dans l'ADN de mon bisaïeul. Admettons que je remonte, disons, jusqu'en 1940 : je me retrouverais gamin, mais avec mon esprit d'alors, si bien que je serais incapable de profiter de l'expérience que je vivrais ; sans compter qu'à l'époque, les voyages dans le temps n'étant pas développés, je ne pourrais plus revenir vers le futur (d'ailleurs, enfant inconscient que je serais, je ne désirerais plus revenir là d'où je ne saurais plus être parti). En somme, de quelque côté qu'on le prenne, remonter le temps présente moult inconvénients.

J'ai lu, je ne sais plus où, un argument qui vient trancher ce nœud gordien : nous sommes aujourd'hui certains de ne pas savoir voyager dans le passé mais nous sommes sûrs qu'ils n'en seront pas davantage capables, même dans le futur le plus éloigné. En effet, si dans le futur quelqu'un pouvait (non, avait pu, non, serait capable de, non, mieux encore, aura été capable de — zut, voyez comme les temps verbaux s'embrouillent eux aussi), en somme, excusez le néologisme, mais si, dans le futur, quelqu'un pouvrait voyager à rebours, nous le saurions car il serait encore là. Eh bien, des voyageurs à rebours, nous, on n'en a encore jamais vu.

Évidemment, l'argument suscite plusieurs objections, dont celle-ci : en supposant que, en 20000, quelqu'un puisse remonter le temps, mais seulement de mille ans, eh bien ne le sauraient (ou sauront) que les habitants de l'année 19000, pas nous. On peut émettre une autre hypothèse : les habitants du futur savent (sauront) depuis très longtemps voyager dans le passé, et, de fait, ils sont parmi nous depuis le Neandertal ; mais par décret des autorités du futur, il leur est interdit de révéler qui ils seront. Ils sont déjà parmi nous, mais nous ne le savons pas.

Vous imaginez le regain d'optimisme que procurerait une telle hypothèse à ces politiciens et journalistes à l'affût du moindre complot et de ses causes occultes ? Tous nos malheurs viennent de ces visiteurs secrets. Et si Andreotti et Craxi et Tapie étaient des leurs ? Mais auraient-ils pu faire ce qu'ils ont fait (s'ils l'ont fait), ayant déjà lu dans les journaux du futur que tout finirait par leur procès ? Et si au contraire, ils nous arrivaient du passé ? Et comment tenir pour des visiteurs du futur les spécialistes ès sondages, vu qu'ils se trompent immanquablement ? En outre, ces visiteurs du futur devraient toujours œuvrer pour le seul bien de l'humanité : en effet, s'ils commettaient d'irréparables erreurs, ils prépareraient un futur (qui sera leur présent) très désagréable (pour eux, pas pour nous).

J'en viens à l'hypothèse maximale : ils ont toujours été présents parmi nous et c'étaient ceux qui en savaient le plus long. L'inventeur de la hache en silex, Socrate, Copernic, Pasteur, Einstein, etc., bien sûr qu'ils étaient plus intelligents que nous : la terre tourne, $E = Mc^2$, tout ça, ils l'ont appris à l'école quand ils étaient petits. Bel effort ! Cette considération devrait apaiser les jalousies universitaires.

Seulement il y a un hic : si tous les génies viennent du futur, comment feront-ils (comment auvraient-ils fait) pour devenir géniaux, si dans le passé, personne ne valait un clou et n'était capable de leur transmettre la moindre expérience digne d'intérêt ?

(1995)

Comment employer son temps

Si j'appelle mon dentiste pour prendre rendez-vous et qu'il affirme n'avoir plus une seule heure de libre dans la semaine à venir, je le crois. C'est un professionnel sérieux. Quand on m'invite à un congrès, à une table ronde, à diriger un ouvrage collectif, à écrire un essai, à participer à un jury et que je réponds n'avoir pas le temps, personne ne me croit. « Allons, cher ami — me dit-on — quelqu'un comme vous trouve toujours le temps. » Évidemment, nous les humanistes ne sommes pas tenus pour des professionnels sérieux, mais pour des fainéants.

Aussi ai-je fait le calcul. J'invite mes confrères à s'y essayer eux aussi et à me dire s'il est juste ou non. Une année non bissextile compte 8 760 heures. Huit heures de sommeil, une heure pour le réveil et la toilette, une demi-heure pour se mettre en pyjama et poser un verre d'eau minérale sur la table de chevet, enfin pas plus de deux heures par repas, total : 4 170 heures. Deux heures pour les déplacements en ville, égale 730 heures.

Avec trois leçons hebdomadaires de deux heures chacune et un après-midi consacré à recevoir les étudiants, l'université me prend, pour la vingtaine de semaines que durent les cours, 220 heures d'enseignement, auxquelles s'ajoutent 24 heures d'examen, 12 de soutenance de thèse, 78 entre réunions et conseils divers. À raison d'environ cinq thèses annuelles de 350 pages l'une, chaque page étant lue au moins deux fois, avant et après révision, à la moyenne de trois minutes par page, j'en suis à 175 heures. Mes collaborateurs prenant en charge les exposés, je n'en compterai que quatre par session d'examen, trente pages chacun, cinq minutes par page entre lecture et discussion préliminaire, nous en sommes à 60 heures. Sans considérer mon travail de recherche, j'en arrive à 1 465 heures.

Je dirige la revue de sémiotique *VS* qui publie trois numéros avec un total de 300 pages par an. Sans compter les manuscrits lus et écartés, à raison de dix minutes par page (évaluation, révision, épreuves), j'en suis à 50 heures. Je m'occupe de deux collections afférentes à mes intérêts scientifiques, en calculant six livres par an pour environ 1 800 pages, à raison de dix minutes par page, cela fait 300 heures. Quant aux traductions de mes textes, essais, livres, articles, actes de congrès, en considérant uniquement les langues que je peux contrôler, je calcule une moyenne de 1 500 pages par an à raison de vingt minutes par page (lecture, vérification sur l'original, discussion avec le traducteur, de vive voix, par téléphone ou par lettre), cela fait 500 heures. Ensuite, il y a les œuvres originales. En admettant que je ne sois pas en train d'écrire un livre, les essais, conférences, rapports, préparations des leçons, etc., me prennent facilement 300 heures. Pour la *Bustina di Minerva*, entre trouver le sujet, prendre des notes, consulter quelques ouvrages, l'écrire, la réduire au format imposé, l'expédier ou la dicter, en étant optimiste, je compte trois heures que je multiplie par 52 semaines, total : 156 heures (non compris les articles exceptionnels). Enfin, le courrier, auquel je consacre trois matinées par semaine de neuf à treize heures, sans réussir à l'écluser, me prend 624 heures.

J'ai calculé qu'en 1987, en acceptant dix pour cent des propositions, en me limitant à des congrès autour de ma discipline, à des présentations de travaux dirigés par mes collaborateurs ou moi-même, à des actes de présence incontournables (cérémonies universitaires, réunions convoquées par les ministères compétents), j'ai totalisé 372 heures de présence effective (je néglige les temps morts). La plupart de ces engagements étant à l'étranger, j'ai compté 323 heures de déplacements. Le calcul considère qu'un Milan-Rome prend quatre heures entre taxi jusqu'à l'aéroport, attente, voyage, taxi jusqu'à Rome, installation à l'hôtel et déplacement vers le lieu de réunion. Un voyage à New York vaut 12 heures.

Il en résulte un total de 8 094 heures. Défalquées des 8 760 que compte une année, il reste 666 heures, à savoir une heure quarante neuf par jour, que j'ai utilisée comme suit : sexe, échange avec mes amis et ma famille, enterrements, cures médicales, shopping, sport et spectacle. On le voit, je n'ai pas calculé le temps de lecture des imprimés (livres, articles, BD). En admettant que j'aie lu durant mes déplacements, en 323 heures, à raison de cinq minutes par page (lecture pure et simple et annotations), j'ai eu la possibilité de lire 3 876 pages, lesquelles correspondent à seulement 12,92 livres de 300 pages chacun. Et le tabac ? À raison de soixante cigarettes par jour, une demi-minute pour chercher le paquet, allumer et éteindre, cela fait 182 heures. Je ne les ai pas. Je vais devoir arrêter de fumer.

(1988)

Comment se préparer sereinement à la mort

Je ne suis pas sûr de me montrer d'une grande originalité en affirmant que l'un des problèmes majeurs de l'Homme consiste à affronter la mort. Si la question est difficile pour les mécréants (comment faire face au Néant qui les attend ?), les statistiques prouvent qu'elle embarrasse également beaucoup de croyants. Leur certitude d'une vie après la mort ne les empêche pas de trouver que la vie avant la mort est bien agréable et qu'il est détestable de l'abandonner. Aussi désirent-ils de toute leur âme rejoindre le chœur des anges. Mais le plus tard possible.

Que signifie « Être-pour-la-mort », telle est l'évidente question soulevée ici. La poser, c'est reconnaître tout bonnement que les hommes sont mortels. Facile à dire, tant qu'il s'agit de Socrate mais, dès que ça nous concerne, c'est une autre paire de manches. Le moment le plus difficile sera celui où nous saurons que, pour un instant encore, nous sommes là et que l'instant d'après nous n'y serons plus.

Récemment, un disciple soucieux (un certain Criton) m'a demandé : « Maître, comment bien se préparer à la mort ? — Une seule solution, être convaincu que tous les gens sont des couillons », ai-je répondu.

Devant la stupeur de Criton, je me suis expliqué. « Vois-tu, comment peux-tu marcher à la mort, même en étant croyant, si tu songes que, au moment où toi tu passes de vie à trépas, de beaux et désirables jeunes gens des deux sexes dansent en boîte et s'amusent follement, des scientifiques éclairés percent les derniers mystères du cosmos, des politiciens incorruptibles s'emploient à créer une société meilleure, des journaux et des télévisions ont pour seul but de donner des informations dignes d'intérêt, des directeurs d'entreprises responsables s'ingénient à ne pas polluer l'environnement et à nous redonner une nature faite de ruisseaux potables, de montagnes boisées, de cieux purs et sereins protégés par un ozone providentiel, de nuages moelleux distillant les douces pluies d'antan ? Si tu te dis que toutes ces choses merveilleuses se produisent tandis que toi tu t'en vas, cela te serait proprement insupportable, n'est-ce pas ?

Mais essaie un instant de penser que, à l'instant où tu sens que tu vas quitter cette vallée, tu as la certitude inébranlable que le monde (cinq milliards d'êtres humains) est rempli de couillons, que ceux qui dansent en boîte sont des couillons, des couillons les scientifiques qui croient avoir résolu les mystères du cosmos, des couillons les politiciens qui proposent une panacée pour tous nos maux, des couillons les pisseurs de copie qui remplissent nos journaux d'ineptes et vains potins, des couillons les industriels malpropres qui détruisent la planète. En cet heureux moment, ne serais-tu pas soulagé, satisfait d'abandonner cette vallée de couillons ? »

Criton m'a alors demandé : « Maître, quand dois-je me mettre à penser ainsi ? — Pas trop tôt, lui ai-je répondu, car penser à vingt ou trente ans que tous les gens sont des couillons, c'est être un couillon qui n'accédera jamais à la sagesse. Il faut y aller mollo, commencer en se disant que les autres sont meilleurs que nous, puis évoluer peu à peu, avoir les premiers légers doutes vers la quarantaine, réviser son jugement entre cinquante et soixante ans, et atteindre à la certitude alors qu'on va sur ses cent ans, mais en se tenant prêt à partir, tous ses comptes à jour, dès réception de la convocation.

Seulement voilà : acquérir la certitude que les cinq milliards d'individus autour de nous sont des couillons, est le fruit d'un art subtil et avisé, qui n'est pas à la portée du premier Cébès venu, avec son anneau à l'oreille (ou dans le nez). Cela requiert du talent et de la sueur. Il ne faut pas brusquer les choses. Il faut y arriver doucement, juste à temps pour mourir sereinement. Mais la veille, on doit encore penser qu'il existe un être, aimé et admiré de nous, qui lui n'est pas un couillon. La sagesse sera de reconnaître au bon moment — pas avant — que lui aussi est un couillon. Alors, seulement, on pourra mourir.

Donc, le grand art consiste à étudier petit à petit la pensée universelle, à scruter l'évolution des mœurs, à analyser jour après jour les médias, les affirmations d'artistes sûrs d'eux, les apophtegmes de politiciens en roue libre, les démonstrations de critiques apocalyptiques, les aphorismes de héros charismatiques, en étudiant leurs théories, propositions, appels, images, apparitions. Alors seulement, à la fin, tu auras cette bouleversante révélation : ce sont tous des couillons. Et tu seras prêt à rencontrer la mort.

Jusqu'au bout, il te faudra résister à cette insoutenable révélation, tu devras t'obstiner à penser qu'on profère des choses sensées, que tel livre est meilleur que les autres, que tel guide du peuple veut vraiment le bien commun. C'est le propre de notre espèce, c'est naturel, c'est humain de refuser de croire que les autres sont indistinctement des couillons. Sinon, en quoi la vie vaudrait-elle la peine d'être vécue ? Mais, à la fin, quand tu sauras, alors tu auras compris en quoi cela vaut la peine — en quoi c'est splendide même — de mourir. »

Criton m'a regardé et m'a dit : « Maître, je ne voudrais pas prendre de décisions hâtives, mais je vous soupçonne d'être un couillon. — Tu vois, ai-je répondu, tu es déjà sur la bonne voie. »

(1997)

III

Fragments de la Cacopédie

à Angelo Fabbri

NOTE

Dans les pizzerias de Bologne, au début des années quatre-vingt, nous étions quelques-uns, tous professeurs, à mitonner un grand projet : la Cacopédie. En cours de route, notre cercle s'élargit à d'autres collègues et étudiants, virtuoses en la matière, et une première série de textes cacopédiques fut publiée en supplément à Alfabeta, 38-39, *1982, et dans* Le Cheval de Troie, 3, *1982.*

La Cacopédie (dont l'évidente étymologie oppose une éducation perverse et difforme à une éducation circulaire et harmonieuse) devait se présenter comme une somme négative du savoir, ou une somme du savoir négatif — nous n'avons jamais su dire laquelle de ces deux formules soulignerait le mieux les visées déstabilisantes d'une telle entreprise. Sa tâche cognitive se proposait d'être un inventaire exhaustif de l'anti-savoir.

Toute entrée de la Cacopédie exigeait les critères suivants : a) partir d'un titre représentant l'inversion si possible symétrique d'une entrée d'encyclopédie normale ; b) sur la base de paralogismes, déduire d'une prémisse exacte des conclusions erronées, ou sur la base de syllogismes, déduire d'une prémisse erronée des conclusions irréfutables ; c) à la fin, les entrées devront constituer un système, ou mieux, un antisystème ; d) pour les dix ans à venir au moins, elles devront empêcher, sous la menace du terrorisme et du chantage, l'éclosion de théories scientifiques prétendument sérieuses, c'est-à-dire veiller à ce que personne ne développe un thème cacopédique en le proposant comme digne de foi. Vous le voyez, ce dernier critère souligne le but éthique et eugénique de notre affaire.

Le projet a capoté pour maintes raisons, l'une d'elles étant que, au fur et à mesure qu'on avançait, on s'apercevait que, dans les divers secteurs du savoir, l'inversion cacopédique était en gestation — sans aucune ironie — quand elle n'existait pas déjà : songez par exemple au corps sans organe, à l'interprétation comme malentendu, au néolibéralisme marxiste ou au néomarxisme libéral, etc.

Avant de vous proposer un échantillon d'entrées cacopédiques, éditées et inédites, rédigées de ma main (mais toujours amplement débattues avec l'ensemble des Cacopédistes), voici une brève bibliographie d'entrées ou de projets d'entrées dus à mes confrères.

Angelo Fabbri, Théorie des anastrophes *(cf.* Alfabeta, *op. cit.), comme théorie des formes molles, où étaient décrites avec une rigueur mathématique les anastrophes en forme de boudin, de préservatif, de macaroni, d'oreille de lapin, de passoire.*

Renato Giovannoli, Grammaire abortive *(cf.* Alfabeta, *op. cit.) : algorithme chomskyen apte à produire des chaînes de silences, avec une admirable exemplification sur l'énoncé* le chien mange le facteur.

Renato Giovannoli, tapuscrits inédits, sur la Logique de l'implication large *(elle s'applique uniquement lorsque l'antécédent est vrai et le conséquent faux, et aussi dans les autres cas), sur le* Modus Intollerans, *le* Modus Quodlibetalis *et le* Modus Indisponens.

Omar Calabrese, Catamorphose *(cf.* Alfabeta, *op. cit.) :*

étude de ce procédé, habituellement négligé par les historiens d'art, réalisé grâce au catadioptre, lentille sphérique biconvexe limitée par deux surfaces concentriques de courbure différente, telles que tout rayon incident sur la surface la plus courbe, après avoir été réfracté par la lentille et reflété par l'autre surface, qui est argentée, réémerge en revenant exactement sur lui-même ; si l'observateur est hors du catadioptre, il est impossible de distinguer l'image originale de l'image catadioptrique ; mais si l'observateur réussit à pénétrer à l'intérieur de l'appareil, alors chaque image est vue comme un point singulier.

Auteur incertain, tapuscrit inédit, Zérologie *: calcul logique complet fondé uniquement sur le zéro, avec des règles d'addition, de soustraction, de multiplication et de division, ainsi que des tables de vérité, la zérologie aspirait à résoudre le paradoxe de la régression à l'infini des métalangages puisqu'un langage logique qui a comme primitif le seul zéro suffit à parler de lui-même.*

Auteur incertain, tapuscrit inédit, théorie des Peace Games, *jeux beaucoup plus difficiles que les* War Games, *puisque le résultat optimal est identique à la position du pat. On prévoyait aussi la commercialisation de jeux tels que* Traité à l'ONU, Oncle Picsou et le Syndicat, Comment Je T'utilise le Tiers-Monde, Je T'ai Cueilli La Main Dans Le Pot-de-Vin.

Giorgio Sandris, Ars Oblivionalis *(non réalisé).*

Tullio de Mauro, divers projets parmi lesquels l'étude de l'endophore (procédé rhétorique de reductio ad silentium *de tout trope possible), et l'anaurique ou hynotique, science des systèmes qui servent seulement à ne pas être entendus.*

Paolo Fabbri voulait élaborer une cinquantaine de mythes Bororo, chacun basé sur une glisposition, *les* glispositions *étant des disjonctions binaires ayant subi un glissement dans le système ; il avait trouvé les* glispositions *nature* vs *fricative, mâle* vs *adulte, cru* vs *gauche, vie* vs *dentale, local* vs *nature, analogique* vs *impair, consanguin* vs *chasseur, domestique* vs *occlusif.*

*Dans l'*Alfabeta *cité, étaient publiées en outre les contributions de deux Cacopédistes indépendants. En tant qu'écrivains, ils proposaient certains éléments de Kalopédie. Antonio Porta dissertait sur les* idiotrismes *(de « idiotie » + « truismes » + « aphorismes ») du type* je panse donc j'essuie *et* Donner un coup de nain ; *Luigi Malerba — sous prétexte d'expliquer les origines de la vitesse du son et de la lumière — fournissait des effets stimulants sur la vitesse de l'obscurité. Autres projets restés à l'état embryonnaire : rédaction d'un* Antijocaste, *théorie des dysfonctions narratives, essai sur le déplaisir du texte, conséquences juridiques de l'*Habeas Animam, *dysergonomie, Imbécillité Artificielle, machines mariées, économie de la moins-value, métaphysique de la Chose Hors de Soi, code de procédure incivile.*

La Cacopédie n'a jamais vu le jour — murmure-t-on — parce que d'aucuns affirmaient qu'elle était par nature un work in regress, *et que les Cacopédistes, tout en rédigeant les nouvelles entrées, devaient détruire celles déjà écrites. Le fait que certaines aient été publiées quand même prouve combien notre vanité était illimitée et faible notre éthique scientifique.*

Mais la raison de l'abandon définitif du projet fut la tragique disparition d'un de ses plus brillants animateurs, Angelo Fabbri. Sans lui à la table de la pizzeria, plus personne n'avait envie de continuer.

C'est pourquoi je publie deux entrées signées — et pensées — avec Angelo Fabbri, une manière pour moi de rendre hommage à sa mémoire.

De l'impossibilité de construire
la carte 1 : 1 de l'empire

« ... *En cet Empire, l'Art de la Cartographie fut poussé à une telle Perfection que la Carte d'une seule Province occupait toute une Ville et la Carte de l'Empire toute une Province. Avec le temps, ces Cartes Démesurées cessèrent de donner satisfaction et les Collèges des Cartographes levèrent une Carte de l'Empire qui avait le Format de l'Empire et qui coïncidait avec lui, point par point. Moins passionnées pour l'Étude de la Cartographie, les Générations Suivantes réfléchirent que cette Carte Dilatée était inutile et, non sans impiété, ils l'abandonnèrent à l'Inclémence du Soleil et des Hivers. Dans les déserts de l'Ouest, subsistent des Ruines très abîmées de la Carte. Des Animaux et des Mendiants les habitent. Dans tout le Pays, il n'y a plus d'autre trace des Disciplines Géographiques.* »

(Viajes de Varones Prudentes *de Suárez Miranda, livre IV, chap. XIV, Lérida, 1658. Cité par Jorge Luis Borges*, Histoire universelle de l'infamie, « Et cætera. », *Paris, Bourgois, 1985.)*

1. Conditions requises pour une 1 : 1

On examine ici la possibilité théorique d'une carte 1 : 1 de l'empire, en partant des postulats suivants :

1. Que la carte soit effectivement 1 : 1 et donc coextensive au territoire de l'empire.

2. Que ce soit une carte et non un calque : on ne

considère donc pas la possibilité que la superficie de l'empire soit recouverte d'un matériau malléable qui en reproduise le moindre relief ; en ce cas, on ne parlerait pas de cartographie mais d'emballage ou de pavement de l'empire et il conviendrait davantage de déclarer par loi l'empire comme carte de lui-même, avec tous les paradoxes sémiotiques qui s'ensuivraient.

3. Que l'empire dont on parle soit cet x dont *nihil majus cogitari possit*, et que donc la carte ne puisse être produite et déployée dans une zone désertique d'un second empire x_2 tel que $x_2 > x_1$ (comme si on déployait au Sahara la carte 1 : 1 de la Principauté de Monaco). En ce cas, la question serait dépourvue de tout intérêt théorique.

4. Que la carte soit fidèle, et représente donc, de l'empire, non seulement les reliefs naturels, mais aussi les réalisations artificielles ainsi que la totalité des sujets (cette dernière est une condition maximale pouvant ne pas être appliquée pour une carte appauvrie).

5. Qu'il s'agisse d'une carte et non d'un atlas à feuilles partielles : rien n'empêche en théorie qu'on réalise en un laps de temps raisonnable une série de projections partielles sur des feuilles séparées à utiliser séparément pour se référer à des portions partielles du territoire. La carte peut être produite sur des feuilles séparées, mais à condition de les coller de façon à constituer la carte globale du territoire de l'empire tout entier.

6. Enfin, que la carte s'avère être un instrument sémiotique, capable donc de signifier l'empire ou de permettre des références à l'empire surtout au cas où l'empire ne serait pas autrement perceptible. Cette dernière condition exclut que la carte soit un transparent déployé de manière stable sur le territoire sur lequel les reliefs du territoire même seraient projetés point par point, parce qu'en ce cas, toute extrapolation effectuée

sur la carte serait effectuée en même temps sur le territoire sous-jacent, et la carte perdrait sa fonction de graphe existentiel maximal.

Il faut donc ou que (a) la carte ne soit pas transparente, ou que (b) elle ne repose pas sur le territoire, ou enfin que (c) elle soit orientable de sorte que les points de la carte reposent sur des points du territoire n'étant pas ceux représentés.

On démontrera que chacune de ces trois solutions conduit à des difficultés pratiques et à des paradoxes théoriques insurmontables.

2. Modes de production de la carte

2. 1. Carte opaque étalée sur le territoire

Étant opaque, cette carte serait perceptible à défaut de perception du territoire sous-jacent, mais créerait une séparation entre territoire et rayons solaires ou précipitations atmosphériques. Elle altérerait donc l'équilibre écologique dudit territoire, si bien que la carte représenterait le territoire différemment de ce qu'il est effectivement. La correction continuelle de la carte, en théorie possible avec une carte suspendue (cf. **2.**2), est ici impossible car les altérations du territoire sont imperceptibles vu l'opacité de la carte. Les habitants tireraient donc des inférences sur un territoire inconnu à partir d'une carte infidèle. Enfin, si la carte doit représenter aussi les habitants, elle se révélerait par cela même une fois encore infidèle, car elle représenterait un empire habité par des sujets qui en réalité habitent sur la carte.

2. 2. Carte suspendue

On plante sur le territoire des poteaux d'une hauteur égale à ses plus hauts reliefs, et on tend sur le sommet de ces poteaux une surface de papier ou de lin sur laquelle, d'en bas, on projette les points du territoire. La carte pourrait être utilisée comme signe du territoire, étant donné que pour l'examiner, il faut tourner le regard vers le haut, en détournant les yeux du territoire correspondant. Toutefois (et c'est une condition qui vaudrait aussi pour la carte opaque étalée, si elle n'était rendue impossible par d'autres considérations plus irréfutables) chacune des portions de la carte prise séparément ne pourrait être consultée que si l'on réside sur la portion de territoire correspondant, si bien que la carte ne permettrait pas de tirer des informations sur ces parties de territoire différentes de celle sur laquelle on la consulte.

Le paradoxe serait surmontable en survolant la carte : mais [outre (a) la difficulté de sortir avec des cerfs-volants ou des ballons captifs d'un territoire intégralement recouvert par une surface de papier ou de lin ; (b) le problème consistant à rendre la carte lisible vu d'en haut et d'en bas ; (c) le fait que le même résultat cognitif pourrait être facilement atteint en survolant un territoire sans carte] tout sujet qui survolerait la carte, abandonnant donc le territoire, rendrait automatiquement la carte infidèle, car elle représenterait un territoire ayant un nombre d'habitants supérieur d'au moins un par rapport à celui des résidants effectifs au moment de l'observation. La solution ne serait donc possible qu'en cas d'une carte appauvrie qui ne représente pas les sujets.

Enfin, pour la carte suspendue, si elle est opaque, la même observation vaut que pour la carte étendue : en empêchant la pénétration des rayons solaires et des précipitations atmosphériques, elle altérerait l'équilibre écologique du territoire, en en devenant donc une représentation infidèle.

Les sujets pourraient remédier à cet inconvénient de deux manières : en produisant chacune des parties de la carte, une fois hissés tous les poteaux, en un seul instant en chaque point du territoire, de façon à ce que la carte soit fidèle au moins au moment où elle est achevée (et peut-être pour plusieurs heures consécutives) ; ou bien en procédant à la correction continuelle de la carte à partir des modifications du territoire.

Mais en ce second cas, l'activité de correction obligerait les sujets à des déplacements non enregistrés par la carte, laquelle deviendrait ainsi une fois encore infidèle, à moins qu'elle ne soit appauvrie. En outre, occupés à corriger la carte, les sujets ne pourraient plus contrôler la dégradation écologique du territoire, et l'activité de correction de la carte amènerait à l'extinction même de tous les sujets, et donc de l'empire.

Le cas ne serait pas différent si la carte était en un matériau transparent et perméable. Elle serait inconsultable de jour à cause de l'éblouissement des rayons solaires, et toute zone colorée qui réduirait l'éblouissement solaire réduirait fatalement l'action du soleil sur le territoire, produisant des transformations écologiques de moindre portée mais non de moindre impact théorique sur la fidélité de la carte.

Enfin, on néglige le cas d'une carte suspendue pliable et dépliable selon une orientation différente. Cette solution éliminerait certes plusieurs des difficultés exposées ci-dessus, mais, même si elle est techniquement différente de la solution de pliage d'une carte de troisième type, elle s'avérerait physiquement plus difficile à appliquer et s'exposerait de toute manière aux paradoxes de repliage posés par la carte de troisième type, si bien que les objections soulevées pour l'une vaudraient aussi pour l'autre.

2. 3. CARTE TRANSPARENTE, PERMÉABLE, ÉTALÉE ET ORIENTABLE

Cette carte tracée sur un matériau transparent et perméable (de la gaze, par exemple) est étalée sur la surface et doit être orientable.

Toutefois, après l'avoir tracée et étalée, soit les sujets sont restés sur le territoire sous la carte, soit ils marchent sur la carte. Si les sujets l'avaient produite au-dessus de leur tête, non seulement ils ne pourraient bouger, car tout mouvement altérerait les positions des sujets qu'elle représente (sauf à recourir à une carte appauvrie), mais en bougeant, ils provoqueraient des enchevêtrements de la très fine membrane de gaze tendue au-dessus d'eux, retirant de cela une gêne sérieuse et rendant infidèle la carte, car elle prendrait une configuration topologique différente, présentant des zones accidentées ne correspondant pas à la planimétrie du territoire. On doit donc supposer que les sujets ont produit et tendu la carte en restant au-dessus d'elle.

En ce cas, plusieurs paradoxes déjà examinés pour les cartes précédentes sont valables : la carte représenterait un territoire habité par des sujets qui en réalité habitent sur la carte (sauf carte appauvrie) ; la carte s'avérerait inconsultable car chaque sujet ne peut examiner que la partie correspondant au territoire sur lequel sujet et carte reposent ; la transparence de la carte lui ôterait sa fonction sémiotique parce qu'elle ne fonctionnerait comme signe qu'en présence de son référent ; résidant sur la carte, les sujets ne peuvent s'occuper du territoire qui se dégrade, rendant la carte infidèle... Il faut donc que la carte soit repliable puis dépliable selon une orientation différente, de manière que chaque point x de la carte représentant un point y du territoire puisse être consulté quand le point x repose sur un quelconque point z du territoire où $z \neq y$. Enfin, repliage et dépliage permettent de ne pas consulter la carte pendant longtemps et de ne pas recouvrir le territoire, lequel pourra donc être cultivé et remis en état de façon à ce que sa configuration effective soit toujours pareille à celle représentée par la carte.

2. 4. Repliage et dépliage de la carte

Cela dit, il est nécessaire de poser certaines conditions préliminaires : (a) que les reliefs du territoire n'entravent pas les mouvements des sujets affectés au repliage ; (b) qu'il existe un vaste désert central où l'on puisse loger et faire rouler la carte repliée, afin de la déplier selon une orientation différente ; (c) que le territoire soit en forme de cercle ou de polygone régulier de façon que la carte, quelle que soit son orientation, ne dépasse pas de ses frontières (une carte 1 : 1 de l'Italie, roulée de quatre-vingt-dix degrés, déborderait sur la mer) ; (d) que l'on accepte alors la condition fatale faisant qu'il y aura toujours un point central de la carte qui reposera toujours sur la même portion de territoire que celle qu'il représente.

Une fois ces conditions satisfaites, les sujets se déplaceront en masse vers les confins périphériques de l'empire afin d'éviter que la carte soit repliée avec les sujets dedans. Pour résoudre le problème de l'accumulation de tous les sujets aux marges de la carte (et de l'empire), il faut postuler un empire habité par un nombre de sujets non supérieur au nombre d'unités de mesure du périmètre total de la carte, l'unité de mesure périmétrale correspondant à l'espace occupé par un sujet debout.

Supposons maintenant que chaque sujet prenne un bord de la carte et le replie progressivement en reculant : on arriverait à une phase critique où la totalité des sujets se trouverait condensée au centre du territoire, sur la carte, en en soutenant les bords repliés au-dessus de sa tête. Situation dite de catastrophe en scrotum, où la population de l'empire est enfermée dans une poche transparente, en situation de pat théorique et de grave gêne physique et psychique. Les sujets devront donc, au fur et à mesure du repliage, sauter hors de la carte, sur le territoire, en continuant à la replier de l'extérieur, jusqu'à la phase ultime du repliage, quand plus aucun sujet n'est dans la poche interne.

Cependant, une telle solution créerait le problème suivant : une fois le repliage effectué, le territoire serait composé de son propre habitat et d'une énorme carte repliée en son propre centre. Donc, la carte repliée, bien qu'inconsultable, se révélerait infidèle, car on saurait avec certitude qu'elle représenterait le territoire sans elle-même repliée en son centre. Et l'on ne voit pas pourquoi on devrait déplier pour la consulter une carte que l'on sait a priori infidèle. D'autre part, si la carte se représentait elle-même repliée au centre, elle deviendrait infidèle chaque fois qu'elle serait dépliée.

Admettons que la carte soit soumise à un principe d'indétermination, de sorte que c'est l'acte de dépliage qui rend fidèle une carte qui, repliée, est infidèle. À ces conditions, la carte pourrait être dépliée chaque fois qu'on voudrait la rendre fidèle.

Reste (si l'on ne recourt pas à la carte appauvrie) le problème de la position que devront prendre les sujets après que la carte aura été dépliée et étalée selon une orientation différente. Pour qu'elle soit fidèle, chaque sujet, après le dépliage, devra reprendre la position qu'il avait au moment de la représentation, sur le territoire effectif. À ce prix seulement, un sujet résidant sur le point z du territoire, sur lequel, mettons, repose le point x_2 de la carte, serait exactement représenté au point x_1 de la carte qui repose par hasard sur le point y du territoire. Chaque sujet pourrait simultanément obtenir des informations (à partir de la carte) sur un point du territoire différent de celui où il réside, comprenant un sujet différent de lui-même.

Bien que d'une faisabilité ardue et peu pratique, cette solution permet d'élire la carte transparente et perméable, étalée et orientable, comme étant la meilleure, en évitant le recours à la carte appauvrie. À ceci près qu'elle aussi, à l'instar des cartes précédentes, est sensible au paradoxe de la Carte Normale.

3. Le paradoxe de la Carte Normale

À partir du moment où la carte est installée, recouvrant tout le territoire (qu'elle soit étalée ou suspendue), le territoire de l'empire est caractérisé par le fait d'être un territoire intégralement recouvert par une carte. La carte ne rend pas compte de cette caractéristique. À moins que, sur la carte, ne soit placée une autre carte qui représente le territoire plus la carte sous-jacente. Mais le processus serait infini (argument du troisième homme). En tout cas, si le processus s'arrête, on a une carte finale représentant toutes les cartes interposées entre elle et le territoire mais qui ne se représente pas elle-même. Nous appelons cette carte la Carte Normale.

Une Carte Normale est sensible au paradoxe Russel-Frege : territoire plus carte finale représentent un ensemble normal où la carte n'est pas une partie du territoire qu'elle définit ; mais on ne peut pas concevoir des ensembles normaux (et donc des cartes de territoires avec des cartes) même si nous considérions des ensembles d'ensembles à un seul membre comme dans notre cas. Un ensemble d'ensembles normaux doit être conçu comme un ensemble non normal, où donc la carte des cartes serait partie du territoire tracé en carte, quod est impossible.

D'où les deux corollaires suivants :

1. Chaque carte 1 : 1 reproduit toujours le territoire de manière infidèle.

2. Au moment où il réalise sa carte, l'empire devient irreprésentable.

On pourrait observer qu'avec le second corollaire, l'empire réalise ses rêves les plus fous, en devenant imperceptible pour les empires ennemis, mais par la force du premier corollaire, il se rendrait aussi imperceptible pour lui-même. Il faudrait postuler un empire qui acquiert une conscience de soi en une sorte d'aperception transcendantale de son propre appareil catégoriel en action : mais cela impose l'existence d'une carte dotée d'autoconscience, laquelle (si jamais elle était concevable) deviendrait à ce stade l'empire lui-même, si bien que l'empire céderait son propre pouvoir à la carte.

Troisième corollaire : chaque carte 1 : 1 de l'empire entérine la fin de l'empire en tant que tel et c'est donc la carte d'un territoire qui n'est pas un empire.

L'anopticon

L'anopticon est un édifice de forme hexagonale qui renferme en lui-même cinq autres édifices de forme hexagonale, de sorte que, entre les parois des différents édifices, se forment comme unique interstice habitable cinq couloirs au parcours hexagonal, plus une pièce fermée de forme hexagonale. L'anopticon réalise le principe du « pouvoir être vu de tous sans voir personne ». Le sujet de l'anopticon est un geôlier qui est placé dans la pièce centrale, fermée et hexagonale, éclairée par deux ou trois soupiraux tronconiques permettant à la lumière d'entrer par le haut mais ne laissant voir au geôlier rien d'autre qu'une toute petite portion circulaire de ciel. Le geôlier reste dans l'ignorance de ce qui se passe dans les cinq couloirs hexagonaux où vivent librement les détenus.

À partir du couloir ayant le plus petit périmètre, les détenus peuvent observer le geôlier par des soupiraux, tronconiques eux aussi, de sorte que le geôlier observé ne puisse jamais savoir s'il est observé, ni quand ni par qui. L'anopticon permet au geôlier de n'avoir aucun contrôle sur le reste de la geôle : il ne peut surveiller les détenus, ne peut empêcher leur évasion, ne peut même pas savoir s'il y a encore des prisonniers ni si quelqu'un l'observe, et, en supposant que quelqu'un l'observe, le geôlier n'est pas en mesure de savoir si celui-ci est un détenu ou le visiteur occasionnel de cette machine-à-laisser-faire (cf. aussi les machines mariées et La Vierge Habillée par ses Époux Autres).

L'anopticon réalise l'idéal de la totale déresponsabilisation du gardien, entérinée par sa punition, et répond à l'éternelle question : « *Quis custodiet custodes ?* »

The Wom

1. On définit comme machine toute boîte noire recevant en input une grandeur x et restituant en output une grandeur y, où x ≠ y.

1.1. Une boîte noire recevant x en input et restituant x en output n'est pas une machine mais un canal neutre.

1.2. Il est négligeable qu'une machine soit un automate parfait (actionnée sans opérateurs extérieurs et selon un mouvement perpétuel) ou qu'ellc soit actionnée de l'extérieur.

1.3. Il est donc négligeable qu'une machine soit sensible au second principe de la thermodynamique ou à son opposé (il n'est pas interdit de concevoir une boîte noire recevant un input très bas et restituant un output très haut qui, par feedback, va générer des inputs de plus en plus hauts, et ainsi de suite, à l'infini).

1.4. Il est négligeable de connaître le point de départ de l'input et le point d'arrivée de l'output (sauf dans le cas exposé en **1.**3, par ailleurs déjà défini comme étant négligeable pour les objectifs présents).

C'est pourquoi une machine est toujours représentable comme :

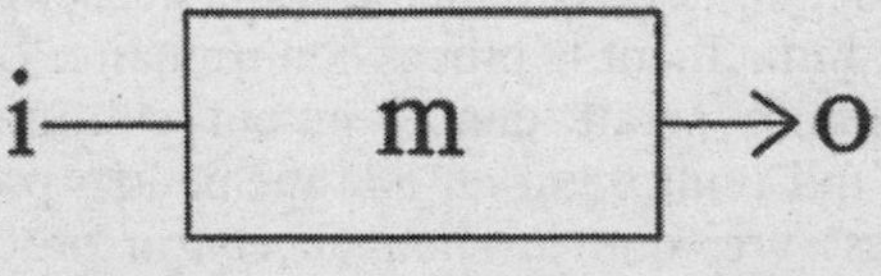

2. Se pose maintenant le problème de savoir si l'on

peut penser et/ou produire des Wims et des Woms, c'est-à-dire des *Without input machines* et des *Without output machines*.

3. En principe, une Wim est pensable, dans le sens où elle a été pensée. En termes mythologiques, elle serait Dieu :

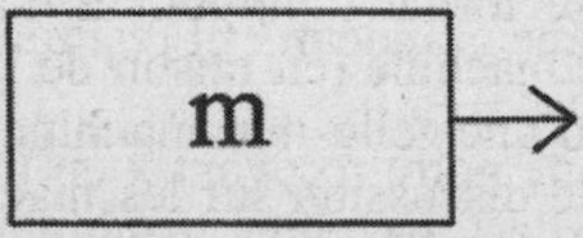

On pense au modèle du Dieu de Plotin. La notion du Un inaccessible et indéfinissable élimine, au moins en termes théorétiques, le problème de l'input. Une telle machine est une boîte noire par excellence, définissable seulement en termes négatifs, dont on ne connaît que les outputs.

De la même manière, le Dieu de la théologie catholique, éternel et consistant en son *ipsum esse*, n'a aucun input et peut en théorie produire continûment des outputs, au-delà de la fin des temps (les temps étant un by-product de l'activité divine, laquelle, au-delà de la fin des temps, continue à produire de la vision béatifiante et, en absence de celle-ci, de la pensée). Puisque la boîte noire se pense elle-même pensante (même si elle n'est perceptible par personne), cette production de *noûs* constitue un output, représentant une quelconque forme d'activité.

Par ailleurs, l'activité même de se penser soi-même produit continûment la procession trinitaire. La procession trinitaire serait donc l'output continuel d'une machine qui réintroduit en elle-même son propre produit. Il est vrai que le Dieu un et trin produirait un output intérieur à lui-même, mais d'une certaine manière il impliquerait aussi son extérieur, puisque l'output représenterait l'activité par laquelle la boîte noire se définit par rapport au non-être, c'est-à-dire au Néant où, même dans l'hypothèse de l'abolition de l'enfer, il y aurait toujours des pleurs et des grincements de dents. L'output d'une telle machine serait donc l'activité de son autosustentation et en ce sens, la machine serait active. D'autre part, s'il n'y avait pas au moins cette forme d'output, la machine divine ne serait pas une machine (en raison de la définition **1**) et le problème d'une telle non-machine ne concernerait pas la présente discussion sur les machines.

On soutient qu'une Wim, si elle n'est pas productible, est en tout cas pensable, ainsi que l'atteste saint Anselme : nous pouvons penser un *esse cujus nihil maius cogitari possit*. Que la possibilité de penser cet être soit également la preuve de son existence est un problème négligeable pour nos objectifs présents.

4. On soutient maintenant qu'il est impossible de penser une Wom, c'est-à-dire un *esse cujus nihil minus cogitari possit*. Le projet d'une Wom est évidemment celui d'une boîte noire qui, bien qu'elle reçoive un input, ne restitue aucun output. En termes mécaniques, il faudrait concevoir une boîte noire quadrangulaire dont on perçoit l'input mais qui, à la sortie, ne restitue ni un produit au sens de « chose » ni aucune sensation thermique ou tactile. En vérité, elle ne devrait pas non plus restituer des possibilités de perception, par conséquent elle devrait être imperceptible : une Wom perceptible par n'importe quel autre être restituerait à la sortie un champ de stimulations constituant la possibilité de percevoir son propre environnement, et aurait donc une quelconque forme d'activité. Une Wom parfaite devrait réduire sa possibilité d'output jusqu'à s'autodétruire. Toutefois, étant donné la disparition de la boîte noire qui définit l'input comme input de cette boîte, la Wom ne serait plus une machine, en vertu de la définition **1**. En ce sens, le concept de Wom est autocontradictoire.

Il est donc évident qu'on ne peut définir comme Woms les trous noirs, d'abord parce qu'ils sont perceptibles (même s'ils ne le sont pas de façon sensitive mais par inférence de données expérimentales très ténues), ensuite parce qu'ils donnent en output la capacité d'attirer sans cesse une nouvelle matière comme propre input, enfin parce qu'on suppose qu'ils s'évaporent et que l'évaporation, tant qu'elle se produit, est une activité (output) de la machine, et après évaporation complète, il n'y a plus de machine.

5. On en tire la conclusion provisoire que, la Wom étant impensable, on ne peut démontrer son existence (fût-ce en se fondant sur l'argument nég-ontologique) mais pas davantage son inexistence. Cependant, en l'état actuel du développement de la pensée, on ne peut pas non plus en démontrer l'impensabilité, puisque, sur l'impensabilité de la Wom, sont appliqués tous les arguments sur l'impensabilité ou la pensabilité de la négation ou du non-être.

À propos de la Wom, on ne peut pas ne pas penser qu'elle n'est pas pensable, mais en vertu des règles d'effacement de la négation, (a) on peut penser qu'elle n'est pas pensable, (b) on ne peut pas penser qu'elle soit non pensable et (c) on peut ne pas penser qu'elle soit non pensable. Mais on ne peut pas dire que l'on peut penser qu'elle est pensable.

6. Ce fait induirait à penser que tout le développement de la métaphysique occidentale est fondé sur un acte de paresse, puisqu'elle se pose sans cesse le problème de l'origine (c'est-à-dire d'une Wim), problème déjà résolu au départ, sans jamais se poser le problème de la fin (de la Wom), lequel serait le seul et unique digne d'intérêt. Cette paresse est probablement due à la structure biologique de l'animal pensant, qui a eu en quelque sorte l'expérience de son propre début et, par induction, a la certitude qu'il y a un début, mais n'a jamais l'expériencc, sinon pendant un très bref instant, de sa propre fin, et qui, au moment même où il l'a eu cesse de l'avoir (et de pouvoir en parler ; cf. *Martin Eden* : « Et quand il le sut, il cessa de le savoir »). En termes juridiques, il existe des témoignages dignes de foi sur le début (« Moi j'ai commencé... ») ou sur un début éternel (« Je suis celui qui est ») mais il n'y a aucun témoignage digne de foi sur la fin (même dans l'histoire des religions, jamais un être n'est apparu pour dire « Je ne suis pas » ou bien « Je suis celui qui n'est plus »). En admettant qu'il y ait eu un être capable d'avoir une expérience directe de l'absence de tout input, on n'a encore jamais vu un être capable d'avoir une expérience directe de l'absence de tout output (un tel être, s'il existait, serait la Wom, mais par définition elle ne pourrait fournir la définition d'elle-même, car la formulation d'une telle définition serait son output, et par cette activité, elle s'autodétruirait en tant que Wom).

7. Le projet d'une pensée qui élise la Wom comme son propre objet représente donc l'exemple du nouveau fondement de l'acte de penser que l'on inaugure ici ; et ne pouvant penser immédiatement la Wom, on ne peut que partir d'exemples imparfaits de womitude. Tel est le but de la Cacopédie en tant que perfectionnement ultime de la pataphysique, qui, de science des solutions imaginaires, devra se transformer en science des solutions inimaginables.

La pensée de Benar el-Falouz [1]

Benar el-Falouz (Bora Bora 1818-Baden Baden 1919) est le fondateur de l'école tautologique dont les principes fondamentaux sont définis dans l'œuvre *Je dis ce que je dis* : L'Être est l'Être, la Vie est la Vie, l'Amour est l'Amour, Ce qui plaît plaît, Qui peut peut et le Néant Anéantit. Le Maître se montrait notoirement inflexible et sévère (d'aucuns disent dogmatique) envers ses disciples déviationnistes. Benar el-Falouz soutenait une version rigidement substantialiste de sa pensée, selon laquelle dire « la femme est la femme » représente une vérité totalement incontestable, tandis qu'affirmer, à l'instar de certains, « la femme est femme » impliquait une dangereuse dégénérescence accidentelle (avec des nuances de relativisme sceptique). On se souvient en effet du cas du fidèle disciple Gourou Gourou qui, après avoir soutenu que « les affaires sont à faire », s'était enfui avec la caisse de la communauté.

Benar el-Falouz avait accusé le coup avec stoïcisme. Toutefois, cet événement avait marqué le début de sa fin car, ainsi que le disent certains doxographes, il avait laissé échapper un « qui s'y frotte s'y pique » qui, de

1. Texte de tradition postcacopédique, parti d'une fulgurante intuition de Furio Colombo sur la vie et l'œuvre du grand philosophe hindou Brachamutanda (devenu en français le philosophe arabe Benar el-Falouz), élaboré ensuite en septembre 1989 dans une pizzeria de Harvard Square, par un échantillon choisi de penseurs américains et italiens, parmi lesquels je ne citerai, par souci de brièveté, que Paolo Fabbri, Omar Calabrese, Giampaolo Proni et Sandra Cavicchioli.

toute évidence, contredisait les principes essentiels de sa logique.

D'un tel événement (que la littérature nomma le Tournant ou la *Benar el-Falouz-Kehre*) ne pouvait que naître, par un renversement dialectique interne, l'école hétérologique, dont le fondateur fut le professeur Janein Schwarzenweiss, né à Bergthal en 1881, auteur de deux petites sommes hétérologiques parues sous les titres *Je est un autre* et *Le Futur antérieur*. Schwarzenweiss soutenait — nos lecteurs l'auront sans doute deviné — que L'Être est le Néant, le Devenir reste, L'Esprit est Matière, la Matière est Esprit, la Conscience est Inconscience, le Mouvement est Immobile, jusqu'à l'énonciation du fameux Principe Ultime : « La philosophie finit avec les Présocratiques. » Cette école n'a pas manqué de subir des déviations économistes (« Le bon marché coûte cher »), sans oublier de rappeler sa filiation d'une école hétéropragmatique (« Partir c'est mourir un peu, Qui ne dit mot consent, le Mieux est l'ennemi du Bien » : où l'on n'est pas sans voir, avertissait Schwarzenweiss, l'ombre menaçante de Benar el-Falouz).

L'école hétérologique accusait les tautologistes de n'avoir inspiré que des œuvres d'un maigre intérêt artistique comme *Tora Tora, New York New York, Nono Nanette* et *Que sera sera*. Les hétérologistes se glorifiaient de l'influence qu'ils auraient exercée sur des chefs-d'œuvre tels que *Guerre et Paix, Le Rouge et le Noir, Little big man, Pauvre petite fille riche*. À quoi les disciples de Benar el-Falouz rétorquaient que ces œuvres n'avaient rien d'hétérologiques, car elles se fondaient non sur l'opposition mais sur la connexion logique, et ils affirmaient qu'à ce compte-là, les hétérologistes auraient aussi bien pu revendiquer des droits sur le whisky Black and White.

Quand, dans la revue *Alfa-Omega*, les hétérologistes

avaient voulu s'approprier le fameux « Être ou ne pas être », les tautologistes s'étaient gaussés (et non sans fondement), en arguant qu'à la base du monologue shakespearien, il y avait le principe de Benar el-Falouz selon lequel « soit l'être est l'être, soit le non-être est le non-être ». « Cher Hamlet, c'est ou l'un ou l'autre » avait observé, sarcastique, le grand tautologue Jean Jean-Jean, pour conclure, en citant l'un des plus limpides aphorismes du Maître : « Trop c'est trop. »

Mais, à gâtifier dans ces débats d'école, les deux filons s'étaient épuisés, balayés par ce qu'il convenait de nommer la Pensée Désarticulée. Partant de l'affirmation apparemment obscure que « Chat échaudé craint le diable par la queue », les disciples du nouveau courant fondaient sa légitimité sur les paradoxes connus de l'implication matérielle selon laquelle « Si je suis mon chat alors mon chat n'est pas moi » est une proposition vraie dans tout monde possible.

Comment s'inscrire en faux contre Héraclite (en collaboration avec Angelo Fabbri)

L'expérience qui suit entend prouver la fausseté non pas de la fameuse proposition selon laquelle tout s'écoule comme un fleuve mais de celle, en apparence complémentaire, selon laquelle on ne se baigne jamais deux fois dans le même fleuve. Démonstration sera faite qu'il existe des conditions idéales où, bien que tout s'écoule, on se baigne toujours dans le même fleuve. Le cas le plus sûr dans l'absolu est celui du saumon qui, c'est notoire, nage en remontant le courant.

Quelle que soit la vitesse réciproque du fleuve et du saumon, étant donné un segment de fleuve x_1... x_{10} représentant dix segments minimum de fleuve, étant posé que le fleuve coule de x_1 à x_{10} et que le saumon remonte de x_9 à x_1 (x_1 étant en amont et x_{10} en aval), étant posé que le saumon commence à avancer de x_9 à x_{10} quand le premier contingent d'eau fluviale (après une période de tarissement) a déjà parcouru tous les segments 1... 9, il est évident qu'au moment où le saumon a atteint le point x_8 en un temps t_1, le fleuve, quelle que soit sa vitesse de progression, envahit le segment x_8-x_9 avec un contingent d'eau différent de celui qui désormais coule déjà de x_9 à x_{10}.

Le principe vaut pour le saumon même si l'on accepte le paradoxe de Zénon : le saumon, à l'instar d'Achille, mettrait un temps infini à parcourir les segments d'espace infini séparant x_8 de x_9, mais simultanément, le fleuve coulerait de son côté (autrement dit, on ne se baigne jamais deux fois dans le même fleuve même si on y prend un bain de pieds en restant assis). Ce serait différent si le paradoxe de Zénon valait aussi pour le fleuve. À fleuve immobile, saumon immobile. Mais en ce cas, le fleuve, en mouvement après son tarissement, coulerait éternellement de x_1 à x_2 et le saumon resterait immobile en x_9, non pas en vertu du paradoxe de Zénon, mais parce qu'il serait en attente éternelle du fleuve à remonter.

En ce cas, les propositions « le saumon ne se baigne jamais dans le même fleuve » et « le saumon se baigne toujours dans le même fleuve » seraient toutes deux dépourvues de valeur de vérité, puisque le terme « fleuve » n'aurait aucun indice référentiel. Le saumon serait alors forcément un animal terrestre (en cours d'évolution, développant donc des extrémités à fonctions motrices et des poumons de mammifère). D'autre part, si le paradoxe de Zénon était valable, les fleuves ne pourraient exister, il n'y aurait que des névés qui mettent un temps infini à dégeler et ne se transforment jamais en eau courante — à ceci près qu'il n'existerait jamais de névés mais des précipitations atmosphériques ne précipitant pas, et ainsi de suite *ad infinitum*.

Selon les principes exposés ci-dessus, celui qui reste immobile au milieu du courant ne se baigne jamais dans le même fleuve, étant entendu naturellement que le fleuve coule, et qu'il s'agit bien d'un fleuve et non d'un étang. Par ailleurs, Héraclite n'a jamais affirmé qu'on ne se baigne jamais deux fois dans le même étang.

Imaginons maintenant un sujet désirant s'immerger dans un fleuve et se baigner continuellement dans la même eau. Pour ce faire, il devra réaliser le projet Mao, lequel consiste à évoluer dans le fleuve à une vitesse égale à celle de l'eau. La démonstration de la façon dont on peut, grâce à cet artifice, se baigner toujours dans la même eau, est intuitive. Tout aussi intuitive — quoique erronée — est l'idée que celui qui nagerait à une vitesse v_j telle que (la vitesse du fleuve étant v_y) $v_j < v_y$, celui-là donc ne se baignerait toujours pas dans le même fleuve.

Le problème serait par conséquent de savoir (a) comment déterminer la vitesse du fleuve, (b) comment calculer ses mouvements afin d'adapter sa vitesse à celle du fleuve, grâce à la formule

$$m\vec{a} = \vec{F} - K\eta\vec{v}$$

où m est la masse du corps, $\vec{a}$ l'accélération, $\vec{F}$ la force sous l'action de laquelle le corps nage, K un coefficient dépendant de la forme du corps, η un coefficient de viscosité dépendant des caractéristiques physiques de l'eau du fleuve (densité, température, etc.), et $\vec{v}$ la vitesse du corps.

En supposant que la force $\vec{F}$ soit constante, l'accélération produirait une augmentation de la rapidité qui amènerait le corps à avoir une vitesse supérieure à celle du fleuve. En ce cas, il se baignerait toujours dans des eaux différentes. D'un autre côté, si, pour combattre cette accélération, le corps nageait à contre-courant, il risquerait de se trouver dans la situation du saumon, examiné plus haut.

Cependant, à une augmentation continue de la vitesse correspond une augmentation du frottement avec le fluide, jusqu'à ce que, à un moment donné, la valeur $\vec{F} - K\eta\vec{v}$ s'annule. Alors, l'accélération est elle aussi de zéro, et l'on n'a plus d'augmentation de vitesse, puisque le frottement avec le fluide est parfaitement contrebalancé par la force appliquée.

La technique consiste à ne nager que ce qui est

nécessaire afin d'aligner sa propre vitesse natatoire sur la vitesse du fleuve selon la formule

$$\vec{V}_L = \frac{\vec{F}}{K\eta}$$

où $\vec{V}_L$ = vitesse de régime = vitesse du fleuve.

Le théorème des huit cents couleurs

(en collaboration avec Angelo Fabbri)

Au début des années soixante-dix, un problème de topologie chromatique du plus haut intérêt s'est posé à la perspicacité des logiciens du monde entier. Connu sous le nom de « Théorème de la carte aux huit cents couleurs », il répond à la question : « Est-il possible d'élaborer une carte d'Europe subdivisée en États disjoints, en utilisant huit cent couleurs différentes de façon que chaque État soit coloré diversement d'un autre et qu'il n'y ait pas deux États adjacents présentant le même ton ? »

Les mathématiciens pensaient que oui, mais n'en étaient pas sûrs. Étant donné l'extrême difficulté de formalisation, leur instinct leur conseillait d'effectuer des essais empiriques. Toutefois, il était si ardu de trouver huit cent tons chromatiques différents de pastels ou de feutres que cela rendait le problème fort peu aisé.

En 1974, Martin Rendrag, un collègue du professeur Nicolas Bourbaki, proposa une brillante méthode de numérotation des couleurs, et suggéra une reformulation du Théorème disant peu ou prou ceci : « Est-il possible de construire une carte d'Europe, subdivisée en États disjoints et numérotés de 1 à 800, de façon que chaque État soit indiqué par un numéro différent et qu'il n'y ait pas deux États adjacents indiqués par un numéro identique ? » Cette nouvelle formulation ne faisait que renvoyer à plus tard la coloration, sans résoudre les difficultés chromatiques du problème ;

cependant, elle offrait un excellent point de départ pour une solution rationnelle de la question.

Ce nonobstant, aucun mathématicien ne fut en mesure, carte et crayons de couleur en main, de résoudre le théorème, jusqu'à ce que, en 1979, une équipe dirigée par le professeur Göthe du MIT réussisse à fournir une solution théorique partielle, fondée sur la reformulation de Rendrag : en programmant une machine de Turing à États Désunis, le professeur Göthe a réussi à subdiviser l'Europe en huit cents États numérotables de façon à satisfaire les conditions logiques du problème. Pour obtenir ce résultat, il a été nécessaire d'enregistrer comme États indépendants tous les cantons suisses, toutes les provinces italiennes et tous les départements français, y compris la Creuse, la Corrèze et la Meuse, ainsi que les îles Faer Øer, Elbe et Lampedusa.

À ce stade, le problème, très simplifié, consiste à attribuer à chaque numéro une seule et unique couleur. Mais les difficultés pratiques sont évidentes : une fois qu'on a énuméré une dizaine de tons radicalement différents les uns des autres, se pose la question de leur dénomination, identification et comparaison.

Après avoir tenté une solution rationnelle rigoureusement naturaliste, fondée sur des distinctions chromatiques du type jaune citron, jaune tigre, jaune canari, vert petit pois, vert espérance, vert dragon, vert émeraude, vert pomme, vert tabac, blanc licorne, etc., force fut d'admettre l'échec de l'expérience, en raison d'une découverte fondamentale : les citrons varient d'intensité chromatique jusqu'à changer carrément de couleur en raison d'une infinité de facteurs souvent impondérables — climat, latitude, hauteur au-dessus du niveau de la mer, pression atmosphérique, degré de maturation, état de conservation, emploi de conservateurs, j'en passe et des meilleures. Et il en va de même pour les canaris, sans parler des petits pois, des dragons et du tabac.

En outre, vu que certains citrons siciliens présentent un camaïeu chromatique strictement identique à celui des canaris portugais, on a la preuve que la méthode chromatico-naturaliste pour la nomenclature des couleurs ne présente aucune garantie scientifique.

De plus, il faut tenir compte du fait que la carte ne peut être consultée par des individus daltoniens, ni par différents genres et espèces d'animaux présentant des organes visuels structurés de façon particulière, dans le cas qui nous intéresse les ânes, mais aussi les bardots et d'autres types d'équidés.

On a proposé d'adopter une échelle chromatique strictement fondée sur la longueur d'onde des spectres de la lumière solaire, de façon telle que chaque couleur soit identifiable, sans aucune équivoque possible, par la mesure et la longueur d'onde. Ainsi, il suffirait de substituer à chacun des huit cents numéros de la carte un nouveau numéro, puis de vérifier qu'il n'y a pas de numéros adjacents semblables.

Dans ce cas aussi, il est déconseillé d'effectuer des essais empiriques, étant donné la difficulté de comparer entre eux un par un 800 numéros différents. À l'heure actuelle, personne n'a pu fournir une démonstration complète et exhaustive du Théorème des huit cents couleurs. Hélas, la question reste ouverte.

Projet pour une université d'insignifiance comparée

Département d'oximorique

Urbanistique tzigane
Œnologie musulmane
Phonétique du film muet
Iconologie Braille
Institutions de révolution
Langues franco-germaniques
Langues ouralo-mélanésiennes
Langues ougro-romanes
Hydrographie sélénitique
Dynamique parménidienne
Statique héraclitéenne
Océanographie tibétaine
Microscopie sidérale
Ophtalmologie gastrique
Byzantinisme suisse
Codes de déviance
Institutions d'aristocratie de masse
Institutions d'oligarchie populaire
Histoire des traditions novatrices
Dialectique tautologique
Éristique booléenne

Département d'adynata (ou impossibilia)

Fortune de la langue étrusque au Moyen Âge
Morphématique du Morse
Histoire de l'agriculture antarctique
Histoire des États-Unis à l'époque hellénistique

Histoire de la peinture dans l'île de Pâques
Littérature sumérienne contemporaine
Institutions de docimologie montessorienne
Psychologie des foules dans les terres sahariennes
Phénoménologie des valeurs chromatiques du Saint Suaire
Histoire de la peinture paléolithique
Histoire de l'agriculture à l'ère jurassique
Histoire des institutions familiales chez les Templiers
Anatomie des kangourous de Bourgogne
Philatélie assyro-babylonienne
Équitation aztèque
Technologie de la roue dans les empires pré-colombiens
Thérapie de l'aérophagie par pendaison
Traits pertinents en rectophonie
Syntactique du borborygme
Phonologie de la pause
Histoire raisonnée de la dentisterie gallinacée

Département de byzantinologisme

Encéphalotomie hydraulique
Phénoménologie du coup de glotte dans la fellation danoise
Microscopie des indiscernables
Psychothérapie des ensembles non normaux
Théorie des séparés (en complément de la théorie des ensembles)
Calcul infime (en complément du calcul sublime)
Calcul lyophilisé (en complément du calcul intégral)
Histoire des évidences de Zermelo
Technique du tiers inclus
Logique informelle
Ars oblivionalis
Histoire de la philosophie pré-présocratique
Archéologie des instituts d'archéologie
Géographie du Vatican
Histoire des colonies de la principauté de Monaco

Département de tétrapilectomie[1]

Hydrogrammatologie
Luthomiction
Pyropygie
Scatotechnie perlocutoire
Orchopercussion
Sodomokinésie
Hellénépiphanisation

Pour obtenir leur Licence en Insignifiance comparée, les étudiants devront passer dix-huit examens dans des matières n'ayant absolument aucun lien entre elles ni aucun rapport réciproque. La bibliographie requise pour l'examen comportera soixante titres par matière, tous au nom du candidat. Il n'est pas nécessaire que le titre corresponde à un texte, ni que le texte, si texte il y a, corresponde au titre. La bibliographie obéira aux critères éditoriaux des éditions Harlequin.

1. Malgré les dénominations techniques (dont l'hermétisme est dû, entre autres, à des raisons de décence), le bon étymologiste saura en déduire les contenus qui sont, dans l'ordre : technique de l'écriture sur des surfaces hydriques, art de pisser dans un violon, technique de mettre le feu aux fesses d'autrui, analyse de formules comme « va te faire foutre », art de s'en battre les couilles, rythmique de la pénétration a posteriori, art d'aller se faire voir chez les Grecs. Par tétrapilectomie, on entend évidemment la science permettant de couper les cheveux en quatre.

Éléments de critique quantique

Tout débat autour des best-sellers révèle les limites de la sociologie de la littérature, laquelle étudie les rapports entre auteur et édition (avant fabrication du livre) puis entre produit et marché (après publication), négligeant ainsi un aspect important du problème : la structure interne de l'œuvre. Non pas au sens, très banal, de sa qualité littéraire (une telle question échappe à toute vérification scientifique), mais à celui, bien plus délicieusement matérialiste et dialectique, d'une endosocioéconomie du texte narratif.

Pour chaque roman, on doit pouvoir calculer les frais de fournitures engagés par l'auteur dans l'élaboration des expériences qu'il évoque : si le calcul s'avère enfantin pour les romans à la première personne (les dépenses sont celles du narrateur), il se complique lorsqu'un narrateur omniscient se partage entre tous les personnages.

Ainsi, *Pour qui sonne le glas* d'Hemingway ne coûte quasiment rien : voyage clandestin dans un train de marchandises jusqu'en Espagne, gîte et couvert fournis par les républicains, et la femme dans un sac de couchage, belle économie sur l'hôtel borgne. Vous imaginez la différence avec *Au-delà du fleuve et sous les arbres*, quand on songe au prix d'un Martini au Harry's Bar.

Papillon a écrit ses *Mémoires* entièrement aux frais du gouvernement, et Butor, pour *La Modification*, n'a déboursé que le prix d'un billet de train, tandis que *Le Voyage autour de ma chambre* a coûté à De Maistre plusieurs mois de loyer, voire l'achat d'un appartement de 60 m^2, cuisine, W-C, salle de bains compris. Nos comptes se compliquent avec l'ensemble de *La Comédie humaine* : on ne sait plus très bien qui paye quoi, mais connaissant le bonhomme, Balzac a dû faire un tel micmac de bilans falsifiés, de dépenses de Rastignac mises sous la colonne Nucingen, de dettes, de lettres de change, d'argent perdu, de trafic d'influence et autre banqueroute frauduleuse, qu'il est impossible d'y voir clair.

Pavese offre en revanche une situation presque toujours limpide : quelques lires pour un verre de vin dans les collines et le tour est joué, exception faite de *Entre femmes seules*, où vous avez des notes de bars et de restaurants. Le genre vraiment pas cher, c'est le *Robinson Crusoé* de De Foe où seul compte le prix du billet d'embarquement, puisque, sur l'île, tout est réalisé avec du matériel de récupération. Cela dit, vous avez des romans apparemment bon marché mais qui, après examen, se révèlent très onéreux : ainsi, dans le *Dedalus* de Joyce, il faut calculer au minimum onze ans de pension chez les jésuites, de Conglowes Wood à Belvedere, jusqu'à l'University College, auxquels vient s'ajouter le coût de l'ensemble des livres. Enfin, n'oublions pas les œuvres ouvertement dispendieuses. Pour *À Rebours*, entre architectes, décorateurs, orfèvres, joailliers, tailleurs, animaleries exotiques, livres anciens, tapis orientaux, essences précieuses, brocarts d'or, soieries et tutti quanti, comptabiliser les frais engagés par Huysmans serait un véritable casse-tête chinois, étant donné l'évolution du cours de la monnaie. Une chose est sûre, la somme est astronomique. Pas donnée non plus, *La Recherche* dans sa totalité. Pour fréquenter les Guermantes, il faut banquer. Pas question de louer un frac, ni de négliger les fleurs, les petits cadeaux, sans compter l'hôtel à Balbec avec ascenseur, la voiture de la grand-mère, la bicyclette pour retrouver Albertine et Saint-Loup. Je n'ose même pas penser au prix d'une bicyclette en ce temps-là. Rien à voir avec *Le Jardin des Finzi-Contini*, où les vélos sont devenus monnaie courante ; pour le reste, une raquette de tennis, un polo neuf, et roule cocotte, les autres dépenses sont acquittées par la très hospitalière famille éponyme.

Quant à *La Montagne magique*, là aussi c'est du sérieux : pension au sanatorium, fourrure, colback, manque à gagner de l'entreprise de Hans Castrop. Et que dire de *La Mort à Venise* ? Songez seulement au prix d'une chambre avec salle de bains dans un hôtel du Lido, et n'oubliez pas qu'à l'époque, un monsieur comme Aschenbach, pour des raisons de décorum, dépensait une petite fortune rien qu'en pourboires et en gondoles.

Des recherches ultérieures menées durant la période cacopédique ont permis de mettre au jour d'autres questions préoccupantes. Ainsi, comparons les aventures extraordinaires sur terre et sur mer de Conrad et de Verne. Il est évident que Conrad, après avoir investi sur son brevet de capitaine au long cours, trouve gratuitement à sa disposition tout son matériel de travail. Mieux : on le paye pour naviguer. La situation de Verne est très différente. Nous le savons, il n'a jamais voyagé ou presque, si bien qu'il doit s'arranger entre Bibliothèque Nationale et matériel d'accessoiristes, lequel est toujours hors de prix. Mais restons-en au seul voyage et prenons son *Tour du monde en quatre-vingts jours*. Si on calcule qu'aujourd'hui, pour une chambre d'hôtel décente à Singapour, on vous demande 1 000 F par tête de pipe, c'est-à-dire 2 000 F à deux, vous voyez déjà le coût de la balade quotidienne. Mettons que la location de tous les moyens de transport possibles et imaginables revienne environ à

2 000 F par jour. On en est à 4 000 F que l'on multiplie par 80 jours, cela donne la bagatelle de 320 000 F de notre époque. Imaginez-vous un peu à celle de Verne !

La comparaison Conrad-Verne en suggère une autre : la bataille de Waterloo de *La Chartreuse de Parme* et celle des *Misérables*. Cela saute aux yeux, Stendhal s'est servi de la vraie bataille, et le fait que Fabrice n'y comprenne strictement rien est la preuve incontestable qu'elle n'a pas été fabriquée de toutes pièces. Hugo, au contraire, la reconstruit *ex novo*, comme la carte de l'empire, point par point, avec d'énormes mouvements de masses, des vues aériennes prises d'hélicoptères, des chevaux estropiés, une débauche d'artillerie, parfois tirée en salves, mais toujours de façon que Grouchy l'entende de loin. Le seul truc bon marché, dans ce gigantesque *remake*, c'est le « Merde ! » de Cambronne.

Enfin, une dernière comparaison. D'un côté, on a cette opération économiquement très rentable que furent *Les Fiancés* — excellent exemple de best-seller de qualité au demeurant, soupesé mot à mot, selon l'humeur des Italiens de l'époque. Du château sur la colline, au bras du lac de Côme en passant par Porta Renza, Manzoni avait tout à sa disposition ; et nous ne manquerons pas de noter l'habileté avec laquelle, lorsqu'il n'a pas sous la main l'émeute dont il a besoin, il vous la fait sortir d'un ban, exhibe le document et, avec une honnêteté toute janséniste, vous annonce qu'il ne reconstruit pas à partir de son imagination mais vous donne ce que vous pouviez trouver à la bibliothèque. Unique exception, le manuscrit de l'anonyme, seule concession faite à l'accessoiriste de théâtre. Cela dit, en ce temps-là, il devait y avoir à Milan des libraires antiquaires comme il en existe encore dans le Barrio Gotico à Barcelone, lesquels pour trois francs six sous vous fabriquent de faux parchemins qui sont de pures merveilles.

Aux antipodes de cela, vous avez bien d'autres romans historiques, faux comme *Le Trouvère*, mais aussi tout Sade, et le roman noir. Et je ne parle pas des dépenses somptuaires d'un William Beckford pour son *Vathek*, car nous en sommes ici à la dilapidation symbolique, pire que Neuschwanstein, mais, croyez-moi, les châteaux, les abbayes, les cryptes d'Ann Radcliffe, de Matthew Lewis ou d'Horace Walpole, ne se trouvent pas sous le sabot d'un cheval. Il s'agit d'ouvrages très onéreux qui, bien qu'ils soient devenus des best-sellers, n'ont jamais remboursé les sommes investies. Encore heureux que leurs auteurs aient été des nobles nantis, sinon leurs héritiers n'auraient pas encore épongé l'amortissement sur les droits. Bien entendu, il convient d'ajouter à ce fastueux groupe de romans tout artificiels le *Gargantua et Pantagruel* de Rabelais. Et, si l'on tient à être rigoureux, *La Divine Comédie*.

Une seule œuvre semble stationner à mi-chemin, c'est *Don Quichotte*. En effet, le chevalier de la Mancha parcourt un monde qui est tel qu'il est, où les moulins existent déjà ; mais la bibliothèque a dû coûter très cher, car tous ces romans de chevalerie ne sont pas des originaux, ayant été réécrits, en l'occurrence, par Pierre Ménard.

L'intérêt de ces considérations, c'est de nous permettre de comprendre la différence entre deux formes de narrativité pour lesquelles ni le français ni l'italien n'ont deux termes distincts, à savoir *the novel* et *the romance*. *The novel* est réaliste, bourgeois, moderne, et de faible coût, car l'auteur utilise une expérience gratuite. *The romance* est fantastique, aristocrate, hyperréaliste et hypercher, car tout y est reconstruction et mise en scène. Et comment reconstruire, sinon en se servant du matériel déjà existant des accessoiristes ?

Tel est le véritable sens de termes abscons comme « dialogisme » et « intertextualité ». À ceci près qu'il ne suffit pas de dépenser beaucoup, ni d'amasser beaucoup de choses reconstruites, pour que le jeu soit réussi. Il faut aussi le savoir, et savoir que le lecteur le sait, et donc ironiser à ce propos.

Ludwig de Visconti et *Salò* de Pasolini sont tristes parce que les auteurs prennent au sérieux leur jeu, sans doute pour se rembourser des dépenses engagées. Or, l'argent ne rentre que si l'on se comporte avec la nonchalance du grand seigneur, à l'instar des maîtres du *gothic*. C'est pourquoi ils nous fascinent et constituent, selon Leslie Fiedler, le modèle d'une littérature post-moderne allant jusqu'à nous divertir.

Afin d'appliquer avec méthode aux œuvres créatives une logique économique, bonne et désenchantée, on pourrait même trouver les raisons pour lesquelles le lecteur, invité à visiter des châteaux fictifs aux destins artificieusement croisés, reconnaît parfois le jeu de la littérature et y prend goût. Bien entendu, si on veut faire bonne figure, il ne faut pas regarder à la dépense.

IV

Alexandrie (Piémont)

Barbares

Dante ne s'est pas montré tendre avec Alexandric (Piémont), ma ville natale. Dans son *De vulgari eloquentia*, passant en revue les différents dialectes de la péninsule, il affirme que les sons rocailleux émis par lcs gens de chez nous ne sont en rien un dialecte italien, laissant à entendre qu'il les tient à peine pour un langage. Eh bien soit. Nous sommes des barbares. Mais cela aussi, c'cst une vocation.

Nous ne sommes pas des Italiens (latins) et pas davantage des Celtes. Nous descendons de tribus ligures, dures et hirsutes, et en 1856, Carlo Avalle commençait son *Histoire du Piémont* en rappelant ce que Virgile disait de ces peuples italiques préromains au neuvième livre de l'*Énéide*.

> Ici pas d'Atrides, pas d'Ulysse adroit discoureur, mais une race de souche dure. Nos fils, dès qu'ils sont nés, nous commençons par les descendre au bord des fleuves, à les endurcir au contact des eaux et de la glace mordante ; enfants, ils passent leur veille à la chasse, ils battent les forêts, leur jeu c'est de dresser des chevaux, de bander l'arc, de lancer des flèches (trad. fr., Paris, Les Belles Lettres, p. 28).

Et ainsi de suite. Avalle dit aussi que ces barbares « avaient une corpulence moyenne et fine, une peau douce, de petits yeux, le cheveu rare, le regard plein de fierté, une voix âpre et sonore : de sorte que, au premier regard, ils ne donnaient pas une idée exacte de leur extraordinaire vigueur... ».

À propos d'une mère, on raconte que « saisie par les douleurs de l'accouchement, tandis qu'elle travaillait, sans rien laisser paraître, elle alla se cacher derrière un buisson d'épineux. Là, après la délivrance, elle recouvrit l'enfant de feuilles et s'en retourna au labeur, sans que personne fît cas d'elle. Mais le nouveau-né se mit à vagir, révélant la mère ; laquelle, sourde aux sollicitations des amis et des compagnons, refusa de se reposer, jusqu'à ce que le maître l'y eût contrainte, lui offrant sa juste récompense. De là naquit le mot repris par les historiens, affirmant que chez les Ligures, les femmes avaient la force des hommes ; et ceux-ci, celle des bêtes féroces ». Cela fut relaté par Diodore de Sicile.

Sur les champs de Marengo...

Le héros d'Alexandrie se nomme Gagliaudo. Nous sommes en 1168, Alexandrie existe sans exister, en tout cas pas sous ce nom. Il s'agit d'une fédération de bourgs, peut-être avec un château pour noyau. La zone est habitée par des paysans et sans doute par des « marchands » qui, ainsi que le dira Carducci, apparaîtront aux feudataires allemands comme ces adversaires inacceptables « qui ont ceint hier leur ventre adipeux de l'armure des chevaliers ». Les communes italiennes s'unissent contre Frédéric Ier Barberousse en constituant la Ligue Lombarde, et décident de construire une nouvelle cité, au confluent du Tanaro et de la Bormida, afin de bloquer la progression de l'envahisseur.

Les habitants de ces bourgs éparpillés acceptent la proposition, probablement parce qu'ils y trouvent leur compte. Ils semblent ne considérer que leur intérêt, mais à l'arrivée de Frédéric Ier Barberousse, ils organisent la résistance et l'empereur ne passe pas. Nous sommes en 1174, les troupes germaniques assaillent les portes de la ville, Alexandrie est affamée, et c'est alors, selon la légende, qu'intervient notre Gagliaudo, un paysan rusé comme un renard. Il se fait remettre par lcs notables de la ville le peu de froment qu'ils réussissent à rassembler, il en gave sa vache Rosina, et l'emmène paître devant le mur d'enceinte. Bien entendu, les hommes de l'empereur la capturent, l'éventrent, et sont ébahis de la découvrir si pleine. Gagliaudo, qui joue à merveille les idiots, raconte à Frédéric Ier que la ville regorge tellement de blé qu'ils en sont réduits à l'utiliser pour nourrir le bétail. Revenons un instant au récit de Carducci, voyez cette armée de romantiques qui pleurent la nuit, l'évêque de Spire rêvant aux belles tours de sa cathédrale, le comte palatin Ditpoldo, à la chevelure si blonde, désespérant de revoir jamais sa fiancée, tous déprimés, anéantis par l'idée de devoir « mourir de la main des marchands... ». Les troupes germaniques lèvent le camp et s'en vont.

Telle est la légende. L'assaut a été en réalité beaucoup plus sanglant, on dit que les milices communales de ma ville ne perdirent pas leur honneur au champ de bataille, mais la cité préfère retenir comme héros ce paysan matois et non violent, pas trop doué pour la chose militaire, mais guidé par une lumineuse certitude : tous les autres sont plus idiots que lui.

Épiphanie dans la plaine du Pô

J'ai conscience d'aborder ces souvenirs avec un esprit très alexandrin, et je n'arrive pas à concevoir de présentation, comment dirai-je, plus monumentale. Au contraire. Je crois que pour décrire une ville « plate » telle qu'Alexandrie, l'approche monumentale est erronée. Je préfère emprunter des chemins plus humbles : raconter des épiphanies. Pour Joyce, l'épiphanie est une soudaine manifestation spirituelle, dans un discours, un geste ou une pensée, qui mérite d'être gardée en souvenir. Un dialogue, l'horloge d'une ville émergeant de la brume du soir, une odeur de choux pourris, une chose insignifiante prenant soudain du relief, telles sont les épiphanies que Joyce enregistrait dans son brumeux Dublin. Et Alexandrie ressemble davantage à Dublin qu'à Constantinople.

C'était un matin du printemps 1943. Après mûre réflexion, on évacuait définitivement. Soit dit en passant, les miens avaient eu l'idée admirable de se réfugier à Nizza Monferrato, près d'Asti, où nous allions certes échapper aux bombardements, mais où, quelques mois plus tard, pris entre le feu croisé des partisans et des fascistes, il me faudrait apprendre à plonger dans les fossés pour éviter les rafales de mitraillettes. C'était l'aube, nous nous dirigions vers la gare, la famille au grand complet, dans une voiture de louage. Là où le cours des Cents Canons s'élargit vers la caserne Valfré, dans cet ample espace désert à cette heure, il me sembla apercevoir au loin Rossini, mon camarade d'école primaire ; je me mis debout, compromettant l'équilibre du véhicule, et l'appelai à grands cris. Ce n'était pas lui. Mon père se fâcha. Il me dit que, à mon habitude, j'agissais de manière irréfléchie, qu'on ne se comportait pas ainsi, qu'on ne criait pas comme un fou « Verdini ! ». « Rossini », avais-je corrigé, « Rossini ou Bianchini, c'est du pareil au même » avait-il rétorqué. Quelques mois plus tard, après le premier bombardement sur Alexandrie, j'appris que Rossini était mort sous les décombres avec sa mère.

On ne devrait jamais expliquer les épiphanies. Cela dit, ce souvenir en compte au moins trois. La première, j'avais été grondé pour avoir cédé à un excès d'enthousiasme. La deuxième, j'avais prononcé inconsidérément un nom. À Alexandrie, on joue chaque année *Gelindo*, une fable pastorale sur Noël. Bien que l'histoire se déroule à Bethléem, les bergers parlent tous le dialecte alexandrin. Seuls les centurions romains, saint Joseph et les Rois Mages s'expriment en italien (ce qui les rend comiques). À un moment donné, l'un des domestiques de Gelindo, Medoro, rencontre les Rois Mages et lâche imprudemment le nom de son maître. Lorsque Gelindo l'apprend, il est fou furieux et enguirlande Medoro. Et d'un, on ne doit jamais dire son propre nom à n'importe qui, et de deux, on ne crie pas le nom de quelqu'un d'autre dans la rue, quand tout le monde peut entendre. Un nom, c'est une propriété qu'il faut garder jalousement, et traiter avec pudeur. S'il parle de vous, un Américain glisse votre nom à chaque phrase, et il apprécie que vous en fassiez autant pour lui. Un Alexandrin peut discuter avec vous un jour entier sans jamais prononcer votre nom, même quand il vous salue. On dit « Bonjour », ou « Au revoir », on ne dit pas « Bonjour Joseph ».

Quant à la troisième épiphanie, elle est plus ambiguë. Je garde en mémoire la vision de cet espace urbain trop large, comme une veste transmise de père en fils, où se détachait la petite silhouette, trop loin de la voiture, et cette hypothétique rencontre avec un ami que je n'allais plus jamais revoir. Au cœur des espaces plats et démesurés d'Alexandrie, on se perd. Quand elle est vraiment déserte, tôt le matin, en pleine nuit ou le week-end du 15 août (mais aussi le dimanche vers une heure et demie), il y a toujours trop de chemin à parcourir (dans cette ville si petite) pour aller d'un point à un autre, et toujours à découvert, quand n'importe qui, tapi au coin d'une rue ou dans une voiture qui passe, pourrait vous voir, percer votre intimité, prononcer votre nom, et vous perdre à jamais. Alexandrie est plus vaste que le Sahara, traversée par des fées Morgane délavées.

Voilà pourquoi les gens parlent peu, s'adressent des gestes brefs, vous (se) perdent. Cela influe sur les relations, les haines comme les amours. D'un point de vue urbanistique, Alexandrie n'a pas de centres de réunion (un seul peut-être, place de la Ligue), mais des *centres de dispersion*. Aussi ne sait-on jamais qui est là et qui n'y est pas.

J'ai à l'esprit une histoire qui n'est pas d'Alexandrie mais qui pourrait l'être. À vingt ans, Salvatore quitte son village natal pour émigrer en Australie, où il vit en exil durant quarante longues années. Puis, à soixante ans, il réunit ses économies et s'en revient chez lui. Et tandis que le train approche de la gare, Salvatore rêve : va-t-il retrouver ses copains, ses amis d'autrefois, au bar de sa jeunesse ? Le reconnaîtront-ils ? Lui feront-ils la fête, lui demanderont-ils de raconter ses aventures entre kangourous et aborigènes, avides de curiosité ? Et cette fille qui... ? Et l'épicier du bout de la rue ? Etc.

Le train entre dans la gare déserte, Salvatore descend sur le quai, écrasé sous le soleil de midi. Au loin, un petit homme courbé, l'employé des chemins de fer. Salvatore l'observe, il reconnaît la silhouette malgré les épaules voûtées, le visage raviné par quarante ans de rides : bien sûr, c'est Giovanni, son ancien camarade de classe ! Il lui fait signe, s'approche tout frémissant, indique d'une main tremblante son propre visage comme pour dire « c'est moi ». Giovanni le regarde, semble ne pas le reconnaître, puis il lève le menton en un geste de salut : « Hé, Salvatore ! Qu'est-ce que tu fais, tu pars ? »

Dans l'immense désert alexandrin, se consument des adolescences fébriles. 1942, et moi en bicyclette, entre deux heures et cinq heures d'un après-midi de juillet. Je cherche quelque chose, de la Citadelle vers la Piste, puis de la Piste vers les Jardins, puis des Jardins vers la gare, puis je coupe par la place Garibaldi, fais le tour de la prison, descends de nouveau vers la rivière, mais en passant par le centre-ville. Pas un chat. J'ai un but constant, le kiosque de la gare où j'ai vu un fascicule des éditions Sonzogno, vieux de dix ans peut-être, contenant une histoire traduite du français qui me paraît fascinante. Il coûte une lire et je n'ai qu'une lire en poche. Je l'achète ou pas ? Les autres magasins sont fermés ou semblent l'être. Mes copains sont en vacances. Alexandrie n'est qu'espace, soleil, piste pour mon vélo aux pneus poreux, le fascicule de la gare est la seule promesse de narrativité, et donc de réalité. Bien des années plus tard, j'ai eu une intermittence du cœur, une sorte de court-circuit entre images passées et présentes, en atterrissant à bord d'un avion bringuebalant, au centre du Brésil, à San Jesus da Lapa. L'avion ne pouvait se poser car deux chiens somnolents étaient couchés au beau milieu de la piste en ciment, et ils ne bougeaient pas. Quel est le rapport ? Aucun, les épiphanies fonctionnent ainsi.

Mais ce jour-là, ce jour de longue séduction entre le livre et moi, entre moi et le livre, entre mon désir et la résistance étouffante des espaces alexandrins — et qui sait si le livre n'était pas l'écran, le masque d'autres émois agitant déjà un corps et une imagination en jachère — cette longue course amoureuse au creux du vide estival, cette fuite concentrique, restent dans leur horreur un souvenir déchirant de douceur et — disons-le — d'orgueil ethnique. Nous sommes faits comme ça, à l'image de notre ville. Si vous voulez connaître la fin de l'histoire, sachez que je me suis décidé à acheter le fascicule. Si ma mémoire est bonne, il s'agissait d'une adaptation de *L'Atlantide* de Pierre Benoit, avec en plus un extrait de Jules Verne. Au coucher du soleil, enfermé à la maison, j'avais depuis longtemps quitté

Alexandrie, j'étais parti explorer le fond de mers silencieuses, j'avais vu d'autres crépuscules et d'autres horizons. Mon père en rentrant fit remarquer à ma mère que je lisais trop et que je devrais sortir davantage. Et moi, au contraire, je me désintoxiquais de trop d'espace.

Ne jamais exagérer

Le choc, ce fut mon entrée à l'université de Turin. Les Turinois sont des Français, et non des Barbares ligures comme nous. Mes nouveaux camarades arrivaient en fac le matin, avec une belle chemise, une belle cravate, ils me souriaient et s'avançaient vers moi, la main tendue : « Salut, comment vas-tu ? » Jamais pareille chose ne m'était arrivée. À Alexandrie, je retrouvais mes copains appuyés contre un mur, ils me regardaient, les yeux mi-clos, et me disaient avec une pudique cordialité : « 'lut, l'idiot ! » Quatre-vingt-dix kilomètres de distance, et c'était déjà une autre civilisation. J'en suis encore tant imprégné que je m'obstine à la considérer comme supérieure. Ici, chez nous, on ne ment pas.

Le jour où on tira sur Togliatti, la ville fut en ébullition. Parfois, les Alexandrins s'énervent. Ils s'amassèrent place de la Liberté, ex-Rattazzi. Tout à coup, un communiqué radio annonça la victoire de Bartali au Tour de France. Superbe opération des médias qui, dit-on, fonctionna dans toute l'Italie. À Alexandrie, ça marcha plutôt mal, on est des malins, on ne nous fait pas oublier Togliatti avec une histoire de vélo. Soudain, un aéroplane survola la mairie. C'était sans doute la première fois qu'un avion publicitaire traversait le ciel d'Alexandrie, et j'ai oublié ce que vantait sa banderole. Il ne s'agissait pas d'un plan diabolique, mais d'un pur hasard. L'Alexandrin se montre méfiant envers les plans diaboliques mais très indulgent avec le hasard. La foule observa l'avion, commenta la trouvaille (belle idée, ça sort un peu de l'ordinaire, mais où vont-ils chercher des trucs pareils, ils inventent vraiment n'importe quoi). Chacun exposa avec détachement son opinion, mêlée à la profonde certitude que, de toute façon, la chose n'aurait aucune incidence sur la courbe générale de l'entropie et la mort thermique de l'Univers — ils ne s'exprimèrent pas exactement en ces termes, mais c'est ce que sous-entend le moindre demi-mot prononcé par un Alexandrin. Ensuite, on rentra à la maison, car la journée ne réservait plus de surprises. Togliatti dut se débrouiller tout seul.

J'imagine que ces histoires, racontées ailleurs (aux non-Alexandrins, j'entends) peuvent horripiler. Moi, je les trouve sublimes, équivalentes aux autres sublimes épiphanies que nous offre l'histoire d'une ville qui réussit à se faire construire grâce à l'aide conjuguée du pape et de la Ligue Lombarde, qui résiste par entêtement à Frédéric Barberousse, mais ne participe pas à la bataille de Legnano. D'une ville dont la légende raconte que la reine Pédauque, venue d'Allemagne pour l'assiéger, plante des vignes à son arrivée et jure qu'elle ne partira pas avant d'avoir bu le vin de ce raisin. Le siège dura sept ans. La fin de la légende dit que la reine, battue par les Alexandrins, accomplit, hallucinée, un rituel enragé et destructeur, déversant sur la terre aride le vin de ses tonneaux, évocation mystique d'un immense et barbare sacrifice du sang. Pédauque, reine fantasque et poétique, se punit, renonce à son plaisir, s'enivre de massacre, fût-il symbolique... Les Alexandrins regardent, prennent note, et en tirent comme unique conclusion que, pour indiquer la stupidité de quelqu'un, on devra dire à l'avenir : « *Rusé comme Pédauque* ».

Alexandrie, où passe saint François et y convertit un loup, comme à Gubbio, à ceci près que Gubbio en fait une histoire à n'en plus finir, et qu'Alexandrie l'oublie, que doit faire un saint, si ce n'est convertir les loups ? Et puis, comment pouvaient-ils comprendre, les Alexandrins, cet Ombrien un peu théâtral, un brin hystérique, qui parle aux petits oiseaux au lieu d'aller travailler ?

Intéressés par leur commerce, les Alexandrins savent faire la guerre et chercher noise. En 1282, ils ôtent les chaînes du pont de Pavie et les placent dans le Duomo comme trophée. Cependant, lorsque, peu après, le sacristain les prend pour en équiper la cheminée de sa cuisine, personne ne s'en aperçoit. Ils saccagent Casale, volent l'ange qui surmonte la tour de la cathédrale, mais, va-t'en savoir comment, ils finissent par le perdre.

Si vous feuilletez le *Guide de l'Italie légendaire mystérieuse insolite fantastique* (Sugar) au début, là où une série de cartes montre la répartition des êtres fantastiques sur l'Italie du Nord, vous verrez que la province d'Alexandrie y brille par sa virginité : ni sorcières, ni diables, ni fées, ni lutins, ni mages, ni monstres, ni fantômes, ni grottes, ni labyrinthes, ni trésors ; elle sauve l'honneur avec un « édifice bizarre », mais vous admettrez que c'est peu.

Méfiance du mystère. Défiance pour le Noumène. Une ville sans idéal et sans passion. À l'époque où le népotisme est une vertu, Pie V, pape alexandrin, chasse ses parents de Rome, leur intimant de se débrouiller tout seuls ; habitée durant des siècles par une riche communauté juive, Alexandrie ne trouve pas l'énergie morale pour devenir antisémite et oublie d'obéir aux injonctions de l'Inquisition. Les Alexandrins ne se sont jamais enthousiasmés pour aucune Vertu Héroïque, même quand celle-ci prêchait d'exterminer les Différents. Alexandrie n'a jamais ressenti le besoin d'imposer un Verbe sur la pointe des armes ; elle ne nous a pas donné de modèles linguistiques à offrir aux speakers radiophoniques, elle n'a pas créé de miracles de l'art pour lesquels ouvrir des souscriptions, elle n'a jamais rien eu à apprendre aux gens, n'a aucune raison d'être fière de ses enfants, dont elle ne s'est jamais souciée d'être fière.

Si vous saviez comme on se sent fier en se découvrant fils d'une ville sans rhétorique et sans mythe, sans mission et sans vérité.

Comprendre le brouillard

Alexandrie est faite de grands espaces vides et somnolents. Mais par certaines soirées automnales ou hivernales, quand la ville est plongée dans le brouillard, les vides disparaissent, et, pointant de la grisaille laiteuse, à la lueur des lampadaires, des coins, des angles, des façades inattendues, des trouées sombres émergent soudain du néant, en un nouveau jeu de formes à peine esquissées. Alors Alexandrie devient « belle ». Une ville faite pour être vue entre chien et loup, en rasant les murs. Il ne faut pas chercher son identité dans le soleil, mais dans le brouillard. Dans les brumes, on marche doucement, on doit connaître les tracés pour ne pas se perdre, mais on finit toujours par arriver quelque part.

Le brouillard est bon, il récompense fidèlement celui qui le connaît et l'aime. Marcher dans le brouillard est plus beau que marcher dans la neige en la piétinant avec des chaussures de montagne, car le brouillard ne vous réconforte pas seulement d'en bas mais aussi d'en haut, on ne le souille pas, on ne le détruit pas, il se coule affectueusement autour de vous et se recompose après votre passage, il vous emplit les poumons comme un bon tabac, il a un parfum fort et sain, il vous caresse lcs joues, se glisse entre votre col et votre menton en vous picotant le cou, il fait entrevoir des fantômes qui s'évaporent quand vous vous approchez, ou surgir sous votre nez des silhouettes sans doute réelles, qui vous évitent et s'évanouissent dans le néant. Hélas, il faudrait toujours qu'il y ait la guerre et le black-out, c'était l'époque où il donnait le meilleur de lui-même, mais on ne peut pas tout avoir. Dans le brouillard, vous êtes à l'abri du monde extérieur, en tête-à-tête avec votre for intérieur. *Nebulat ergo cogito.*

Heureusement, quand il n'y a pas de brouillard sur la plaine d'Alexandrie, surtout le matin, on a la « brumille ». Une sorte de rosée nébuleuse qui, au lieu d'illuminer les prés, se lève pour confondre ciel et terre, vous mouillant légèrement le visage. À la différence de l'effet de brume, la visibilité est excessive, mais le paysage reste suffisamment monochrome, tout se joue en un délicat camaïeu de gris, rien ne heurte l'œil. Il faut sortir de la ville, aller en bicyclette sur les routes départementales ou mieux sur des sentiers longeant un canal rectiligne, rouler sans écharpe, un journal glissé sous la veste pour se protéger la poitrine. Sur les champs de Marengo baignés de lune, où, entre la Bormida et le Tanaro, s'agite et gémit un bois sombre, deux victoires ont déjà été remportées (1174 et 1800). Le climat est vivifiant.

San Baudolino

Le saint patron d'Alexandrie est Baudolino (« Ô saint Baudolino — protège là-haut dans le ciel — notre diocèse — et son peuple fidèle »). Voici ce qu'en raconte Paul Diacre :

> « À l'époque de Liutprand, en un lieu nommé le Forum, près du Tanaro, resplendissait un homme

d'une admirable sainteté, qui avec l'aide de la grâce du Christ, accomplissait maints miracles, et souvent il prédisait l'avenir, et annonçait de lointaines choses comme si elles étaient présentes. Une fois, le roi s'en vint chasser dans le bois d'Orba, et il advint que l'un des siens, visant à tuer un cerf, d'une flèche blessa le neveu du roi lui-même, fils de sa sœur [...]. Voyant cela, Liutprand, qui aimait grandement l'enfant, commença à pleurer sur le malheur et aussitôt envoya l'un de ses chevaliers vers l'homme de Dieu, Baudolino, le priant qu'il fît oraison au Christ pour la vie du malheureux enfant. »

J'arrête ici la citation, un instant, afin que le lecteur se livre à quelques prévisions. Qu'aurait fait un saint normal, c'est-à-dire pas d'Alexandrie ? Eh bien, reprenons le cours de l'histoire en redonnant la parole à Paul Diacre :

> « Tandis que le chevalier approchait, l'enfant mourut. Alors le prophète, le voyant arriver, lui parla ainsi : "Je connais la raison de ta venue, mais ce que tu me demandes est impossible, parce que l'enfant est déjà mort." En entendant ces mots, le roi, bien qu'il s'affligeât de n'avoir pu obtenir l'effet de sa prière, reconnut toutefois ouvertement que l'homme du Seigneur, Baudolino, était doté d'un esprit prophétique. »

Je trouve que Liutprand se comporte bien et comprend la leçon du grand saint. Laquelle tient en ceci : dans la vie réelle, on ne peut faire des miracles tous les jours, et l'homme sage est celui qui prend conscience de la nécessité. Baudolino accomplit le miracle de convaincre un Lombard crédule que les miracles sont une denrée très rare.

Table

Préface 5

I. GALONS ET GALAXIES 7

II. MODES D'EMPLOI 39

Note 41

_____ VOYAGER 43

Comment voyager avec un saumon 43
Comment faire tomber une valise à roulettes 46
Comment manger en avion 50
Comment se servir de ces foutus pots à café 53
Comment user du chauffeur de taxi 56
Comment passer la douane 59
Comment voyager dans les trains américains 62
Comment visiter les marigots de demain 65
Comment acheter des gadgets 68

_____ SE COMPRENDRE 79

Comment remplacer un permis de conduire volé . 79
Comment faire un inventaire 88
Comment suivre un mode d'emploi 91
Comment dire la vérité, rien que la vérité 94
Comment choisir un métier rentable 97
Comment démentir un démenti 100
Comment ne pas répondre « absolument » 102
Comment mettre des points de suspension 104
Comment écrire une introduction 107
Comment présenter un catalogue d'art 110
Comment ne pas parler de foot 119

_____ VIVRE DANS LA SOCIÉTÉ DU SPECTACLE 122

Comment êtrc présentateur à la télé 122
Comment retrouver l'idiot du village à la télé 127
Comment voir une pendaison en direct à la télé .. 130
Comment faire un scoop avec le cormoran des Shetlands 133
Comment réagir aux visages connus 137
Comment reconnaître un film porno 140
Comment ça commence, comment ça finit 143

_____ AFFRONTER LES TECHNOLOGIES NOUVELLES 146

Comment reconnaître la religion d'un logiciel 146
Comment chercher du sexe sur Internet 148
Comment se préparer au triomphe de la technologie légère 151
Comment jeter au panier les télégrammes 154
Comment ne pas utiliser le téléphone portable ... 157
Comment ne pas utiliser le fax 160
Comment ne pas savoir l'heure 163

_____ ÊTRE POLITIQUEMENT CORRECT 166

Comment éviter les maladies contagieuses 166
Comment envoyer un message en fumant le cigare 170
Comment réécrire *Le Petit Chaperon Rouge* 173
Comment être un Indien 176
Comment parler des animaux 180
Comment manger une glace 183

_____ UTILISER LIVRES ET MANUSCRITS 186

Comment se garder des veuves 186
Comment justifier une bibliothèque privée 189
Comment organiser une bibliothèque publique ... 192

_____ COMPRENDRE LA TRADITION 195

Comment devenir chevalier de Malte 195
Comment écrire un Guénon inédit 198
Comment passer des vacances intelligentes 201

_____ COMMENT ÉCRIRE UNE SUITE 204

_____ COMMENT RÉPONDRE À LA QUESTION : « COMMENT ÇA VA » 208

_____ AFFRONTER LE FUTUR 212

Comment on pouvrait revenir en arrière dans le futur 212
Comment employer son temps 215
Comment se préparer sereinement à la mort 218

III. FRAGMENTS DE LA CACOPÉDIE 223

Note 225
De l'impossibilité de construire la carte 1 : 1 de l'Empire 229
L'anopticon 239
The Wom 241
La pensée de Benar el-Falouz 246
Comment s'inscrire en faux contre Héraclite 249
Le théorème des huit cents couleurs 253
Projet pour une université d'insignifiance comparée . 256
Éléments de critique quantique 259

IV. ALEXANDRIE (PIÉMONT) 265

Du même auteur :

L'Œuvre ouverte, Seuil, 1965.

La Structure absente, Mercure de France, 1972.

Le Nom de la rose, traduit de l'italien par Jean-Noël Schifano, Grasset, 1982. Prix Médicis étranger.

Le Nom de la rose, édition augmentée d'une *Apostille* traduite de l'italien par Myriem Bouzaher, Grasset, 1985.

La Guerre du faux, traduit de l'italien par Myriam Tanant avec la collaboration de Piero Caracciolo, Grasset, 1985.

Lector in Fabula, traduit de l'italien par Myriem Bouzaher, Grasset, 1985.

Pastiches et Postiches, traduit de l'italien par Bernard Guyader, Messidor, 1988.

Sémiotique et philosophie du langage, traduit de l'italien par Myriem Bouzaher, PUF, 1988.

Le Signe : histoire et analyse d'un concept, adapté de l'italien par L.-M. Klinkenberg, Labor, 1988.

Le Pendule de Foucault, *roman*, traduit de l'italien par Jean-Noël Schifano, Grasset, 1990.

Les Limites de l'interprétation, traduit de l'italien par Myriem Bouzaher, Grasset, 1992.

De Superman au surhomme, traduit de l'italien par Myriem Bouzaher, Grasset, 1993.

La Recherche de la langue parfaite dans la culture européenne, traduit de l'italien par Jean-Paul Manganaro, Préface de Jacques Le Goff, Le Seuil, 1994.

L'Île du jour d'avant, *roman*, traduit de l'italien par Jean-Noël Schifano, Grasset, 1996.

Six promenades dans les bois du roman et d'ailleurs, traduit de l'italien par Myriem Bouzaher, Grasset, 1996.

Art et beauté dans l'esthétique médiévale, traduit de l'italien par Maurice Javion, Grasset, 1997.

Kant et l'ornithorynque, essai, traduit de l'italien par Julien Gayrard, Grasset, 1999.

Composition réalisée NORD COMPO

IMPRIMÉ EN FRANCE PAR BRODARD ET TAUPIN
La Flèche (Sarthe).
N° d'imprimeur : 4622D – Dépôt légal : Edit. 1-01/2000
LIBRAIRIE GÉNÉRALE FRANÇAISE - 43, quai de Grenelle - 75015 Paris.
ISBN : 2 - 253 - 14792 - 3

31/4792/3